中公文庫

巡査長 真行寺弘道

榎本憲男

中央公論新社

目次

登場人物

真行寺弘道……警視庁刑事部捜査第一課　巡査長
黒木良平……ハッカー

警視庁・警察庁

水野玲子……警視庁刑事部捜査第一課　課長
橋爪……警視庁刑事部捜査第一課　巡査長
加古……新宿署　捜査本部　捜査主任官　刑事課　課長
橘……新宿署　捜査本部　捜査員　生活安全課
宇田川……新宿署　捜査本部　捜査員　刑事課
溝口……新宿署　捜査本部　捜査員　刑事課
谷村……八王子署〈お孫さん〉事件捜査本部　捜査員
吉良大介……警察庁警備局

政界

尾関一郎……衆院議員
鴻上康平……衆院議員　厚生労働大臣

土屋隆行……衆院議員
尾関幸恵……尾関の妻
亀山……尾関の秘書

芸能とヤクザ

横町れいら……デリヘル嬢
是方……デリヘル ムーンライト　経営者
上沼真一……AVレーベル ヨアケならびに芸能事務所 アップレイク　社長
児玉天明……大手芸能事務所 天明プロモーション　社長

マスコミ

浜崎……首都新聞　社会部　記者
喜安……首都新聞　政治部　記者

その他

ジョージ……謎の男
波木麻衣子……真行寺の別れた妻
波木亘……真行寺の別れた妻の今の夫

巡査長　真行寺弘道

X　巡査長

いったいどうなってるんだ。

慌てるな。まだじゅうぶん対処は可能だ。下手《へた》に浮き足立たないほうがいい。油断は禁物だが。

ああ、もう一度しっかりガードを固めないとな。

しかし、驚いたな。よく嗅《か》ぎつけましたね、日本の警察を見直しましたよ。

実際、だれが捜査を引っ張ってるのかわかったか。

こいつです。

…………ん、ってことは、こいつひとりで……。

おそらくは。

なんだ巡査長ってのは。

彼の職位になります。

巡査長……。いちおう長とついていますが、巡査長は正式な階級じゃないと聞いた覚えがありますが。

仰《おっしゃ》る通《とお》りです。巡査長はしょせんは巡査です。

つまり、警察機構の一番下《した》っ端《ぱ》ってことですね。我々の言葉で言えば平社員ですかね。

ええ。

五十三歳で、か。

さようです。

なぜだ。

詳しいことはわかりません。普通なら、よっぽどデキない馬鹿だと考えていいのでしょうが。

この事態を鑑《かんが》みるとちがうようだな。

なんで、こんな下っ端に嗅ぎ回らせてるんだ。

申し訳ありません。

とにかく、なんとかしろ。つぶしてもいい。

そうだな。もう引き返すわけにはいかないからな。つぶせ――。

1　ハッカー

休みを取った。誰もいない一軒家にひさしぶりに帰ると、柔らかい布団でぐっすり眠り、そのまま翌日も休むことにした。

解決の糸口が見えないまま、事件発生十日目に休む刑事などほとんどいない。だが、これは長期戦になるぞ、むしろリフレッシュして頭を切り替えたほうが早期解決につながる。彼はそう考えた。こういう合理的思考は警察では禁物だ。昼夜を問わず一致団結して邁進《まいしん》する態度こそが評価されるのが警察なのだ。しかし、そんな空気など気にかけない変わり種が真《しん》行寺弘道《ぎょうじひろみち》であった。こんな勝手ばかりを押し通してきたから、五十三になるというのに、巡査長のままで、彼を「おやっさん」などと呼んでなついてくる若い刑事もいない。

ベッドから抜け出し、リビングに降りると、棚からレコードを一枚抜いた。ビートルズの『マジカル・ミステリー・ツアー』。

ターンテーブルに黒盤を載せ、大仰な音響システムのスイッチをパチンパチンと入れていき、レコードに針を落とした。ところがスピーカーは黙りこくったままだ。見ると、パワーアンプの灯《あか》りがついていない。真空管が切れたらしい。盤をとっかえひっかえ浴びるほど聴いてやろうと思っていた矢先に、出端《ではな》をくじかれてしまった。真空管なんて時代遅れなものにこだわっているので、今日中に装置を鳴らしたければ、秋葉原《あきはばら》に行くしかなかった。

真行寺は家を出た。朝ご飯も食べずにどこへ行くの、と声をかける妻はいない。八王子《はちおうじ》駅から特急券を買ってスーパーあずさに乗った。ゆったりとシートに背中をあずけ、これが東京かと思うほどに緑深い風景が窓に流れるのを眺めながら、たしか快老院《かいろういん》はあっちのほうだったなと、心はほんのひととき事件のほうへと吸い寄せられた。

奇妙な事件である。

その奇妙さゆえに、警視庁捜査一課の刑事が首を突っ込むヤマではないのでは、と真行寺は上司に訴えた。

「だけど、巡査長のご自宅ってちょうどあのあたりでしょ。現場にも近いんだし八王子署の捜査本部に出張《でば》ってください」

水野玲子《みずのれいこ》課長はへんな理屈を言った。このキャリア女性警官は真行寺より二十以上も若いが階級は四つ上の警視である。

「生活安全課のヤマでしょ、これは」と真行寺は抵抗した。

「でも犯行声明が出てますから」

「犯行声明……」

「殺してやる、って言ってるけど」

「ロボットがね」

「言ったのはロボットだけど、ロボット逮捕してもしょうがないじゃない」

水野は、ボールペンをクルクル回しながら、歯並びのいい白い歯を覗《のぞ》かせて笑った。これまたへんな理屈だなと真行寺は思った。

　事件が起こったのは八王子の高台にある快老院という高級老人介護施設であった。ここでは介護に人型《ひとがた》ロボットを導入していた。入居者の老人たちに話しかけながら、彼らの生活を監視する役割を、ロボットが受け持っていたのである。

　入居者の一人ひとりにあてがわれたロボット〈お孫さん〉は大手家電メーカーが開発したものだ。彼らは毎日十数回、入居者に話しかけるようプログラムされている。

「おはようございます。今日も元気に過ごしましょうね」

「朝のお薬の時間ですよ、飲みましょう」

などから始まって、

「苦いお薬、よく飲めましたね」

「今日もちゃんと起きてえらいですね」

と褒《ほ》めそやしたり、

「血圧がちょっと高めなので、塩分は控えましょう」

「少し熱があるようです。安静にしましょう」

などと注意を与えたり、さらに部屋にひきこもりがちの老人には、

「起き上がって、談話室に行きませんか」

と活動や運動を促したりもしていた。

　ロボットにそんなことを言われるなんて気味が悪いじゃないか、と真行寺は思った。しか

し、老人たちは、介護士から誘われたり急《せ》かされたり注意されたりするよりも、〈お孫さん〉から優しく声をかけられるほうを好んだという。

爺《じい》さんや婆《ばあ》さんは、あてがわれた〈お孫さん〉にそれぞれ名前を付けて、本当の孫のように可愛がっていたそうだ。そんな子供だましで癒《い》やされるほど耄碌《もうろく》したくはないな、と真行寺は思った。それでも、当人が喜び、さらに介護士の負担が軽減されるのなら結構なことかもしれない、とも考えた。

しかし、ある日、この〈お孫さん〉が、

「お薬の時間ですが、今日はもう飲まなくてもいいんじゃないですか。もったいないですからね」

「血圧なんて気にしてもつまらないですよ。人間死ぬときは死ぬんです」

などとおかしなことを言いだした。さらにその言葉は、

「今日は血圧が低いですね。もっと高くないと早く死ねませんよ」

「いつまで生きるつもりですか」

と、はなはだ不謹慎なものとなり、ついには、

「そういつまでも生きていられると、医療保険費用がかさみ、国庫は逼迫《ひっぱく》するばかりです」

「もうそろそろ死んでいいんじゃないですか」

などと悪態をつきだし、「国のお荷物」「粗大ゴミ」「死にぞこない」というような罵詈雑《ばりぞう》言《ごん》を浴びせはじめたのである。

〈お孫さん〉たちの豹変《ひょうへん》が介護士に伝わるまでには少々時間がかかった。老人たちは、かわいい〈お孫さん〉がちょっとキツい冗談を言ったのだと思い、笑おうとしたのである。しかし、中には真に受けて深く傷つく者もいた。そして、

「早く死ねよ、くそばばあ。死ななきゃ殺してやる」

そう罵《ののし》られた老人がひとり、ショックによって急性の心停止に陥り、亡くなった。

これは非常に悪質な悪戯《いたずら》の結果だろうと思われた。しかし、「死ななきゃ殺してやる」は犯行声明とも受け取れる。そして、現実にひとり死んだ。当初から殺人を意図したものだという仮説もまた成立する。警視庁刑事部捜査第一課課長の水野玲子はそう説明し、八王子署に行って捜査本部に合流しろと命じたのである。

一理あると言えた。しかしやはり、本庁一課の刑事が出張《でば》るのは大げさすぎると真行寺は思った。それが態度に醸《かも》し出《だ》されていたのだろう、わかったわ、と水野は背もたれに預けていた上体を起こし、立っている真行寺を上目遣いで見つめてきた。

「真行寺さんだからぶっちゃけで言うけれど、亡くなったご老人は、首席監察官の遠縁らしいの。それで内々に捜査状況について問い合わせがあったってわけ。ほらうちはなにかと監察からお叱りを受ける立場だから、ね」

「それが理由ですか」

半信半疑で真行寺は聞きかえした。すると水野課長は、

「ごめんなさい、本当はこんなの理由にならないことはわかってるんだけど」と言い、「行

ってくれますよね」と念を押した。

「なんで俺なのか、説明してもらってもいいですか」

「それは、捜査員として信頼してるから」

水野はさらりと言った後、もうそんなことは覚えちゃいないとでも言うように、机の上の書類をめくりはじめた。


八王子署の捜査本部に合流はしたものの、真行寺は耳慣れないコンピュータの専門用語に翻弄《ほんろう》され、状況を把握《はあく》するのに精一杯で、それはほかの刑事たちも同じらしく、初動捜査は完全に停滞し、混乱していた。

ただ、〈お孫さん〉がなぜ凶暴化したのかについては、それは誰かが彼らを操ったからにちがいなかった。

入居者の一人ひとりにふさわしい言葉で呼びかけられるよう、〈お孫さん〉は快老院の事務室にある専用パソコンで集中管理されていた。〈お孫さん〉と専用パソコンはケーブルで接続され、そして〈お孫さん〉が喋《しゃべ》る台詞《せりふ》はこのパソコンでのみ書き換えることができた。専門知識などは必要なく、日本語でそのまま入力すれば読み上げソフトで発話されるようになっていた。このダイアログデータを誰かが書き換えない限り、〈お孫さん〉はいい子でいたはずだ。

さらに、コンピュータを操作した履歴はログとして残る。それを辿《たど》っていくと、確かに前日の夜の十一時過ぎにデータが書き換えられていた。

まずは館内の職員を疑え。現場を指揮する管理官は初動捜査をそう指示した。順当だと真行寺も思った。数年前に知的障害者福祉施設の元職員が、就寝中の入所者を次々と夜中に刺殺した事件も記憶に生々しかった。

川村正樹《かわむらまさき》という職員が捜査線上に浮かび上がった。担当というわけではないが、川村は台詞《せりふ》を書き換える機会が最も多い職員だった。そして、台詞を打ち込みながら、

「なーにが『今日も元気に過ごしましょう』だよ。へっ」

などとつぶやいているのを、ほかの職員何人かが耳にしていた。認知症気味の入居者に対する態度がやや冷たいという評判も聞こえてきた。

しかし、データが「死ななきゃ殺してやる」に書き換えられた時、川村はその前日から休暇を取って香港《ホンコン》で遊んでいた。つまり、彼にはアリバイがあったわけである。

ならば、彼の旅行はアリバイ工作を意図したものであり、川村は香港からインターネット経由で〈お孫さん〉専用パソコンに侵入し台詞を書き換えたのではないか、と疑うこともできた。しかし、このパソコンはネットに接続されていなかった。

となると、川村のみならず、誰かが外からこの専用パソコンをハッキングして、〈お孫さん〉を操ったという線も同時に消えることになる。

であれば、前日から当日にかけて出勤していたほかの職員を疑うのがスジというものだ。

しかし、この日のこの時刻には誰も専用パソコンに触っていないと全職員が口を揃《そろ》えて証言

した。当直の女性職員は、書き換えられた時刻にはもう仮眠室に引き取っていたと供述した。実際、監視カメラをチェックしてみても、からっぽの事務所が映っているだけだった。真行寺は頭を抱えた。

「なぜだ」

「さあ……」

谷村《たにむら》という八王子署の生活安全課の捜査員は肩をすくめた。一般的にサイバー犯罪はこの課の担当である。

「これはある種の密室殺人ですよね」

密室殺人、と真行寺は訊《き》き返《かえ》すような調子でくり返した。

「事務所に設置された〈お孫さん〉専用パソコンが凶器です。だけど、それは外にはつながっていない。言ってみれば密室になっている。そして凶器が置かれたこの密室には誰も入った形跡がない。つまり犯人は鍵のかかった密室の外から中に手を伸ばして凶器を摑《つか》み、それを使って殺人事件を起こしたんですよ」

お前さ、と真行寺は若い捜査員を睨《にら》んだ。

「推理小説仕立てにしてるだけで、実のあることはなにも言ってないじゃないか」

「すみません」

谷村は首をすくめた。

最近は、メイド服を着た少女が舗道に立つ秋葉原にも慣れた。アニメ画が描かれた看板を横目に狭い路地に入り、真行寺は「ラジオデパート」という雑居ビルに足を踏み入れた。二階に上がり、コンデンサーやらスイッチやらボリュームやらの細かい部品を店頭に出している商店が並ぶ狭い通路を抜けて、お目当ての店先に立ち、切れた球《たま》を取りだして、「おなじのくれないか」と若い店員に声をかけた。

「これですか。あーっと、今ちょっと切らしてるみたいですよ」

青年は真空管を手に取って困ったような笑みを漏《も》らした。

東京の端からはるばるやってきて、みたいですよですまされちゃあたまらないなと真行寺はげんなりした。それが顔に表れたのだろうか、

「これは中国製ですよね。同じタイプでロシア製のがありますけど、そちらにしては」

と、店員は代替案を出してきた。

「どうちがうんだ」

「まあ、口で言うのはなかなか難しいんですが、いけると思いますよ」

「いや、どうちがうんだって訊いてるんだよ、俺は」真行寺は少々むっとして言った。

「音の魅力ってのは言葉で捉えきれないからこそワンダフルなんですが、個人的にはロシア製のほうが無難だと思いますね」

なんだそりゃ、と真行寺は思った。あいかわらず要領を得ない上にどこか素《す》っ恍《とぼ》けていて信用ならない。しかし、このまま手ぶらで帰っては、今日は装置を鳴らせないことになる。

それでは、無理矢理休みを取った意味も、秋葉原まで乗り込んできた甲斐《かい》もないというものだ。

「もらうよ」と真行寺は言った。「で、切れてない中国製がまだアンプに挿《さ》さっているんだけど、そいつもロシア製にして統一したほうがいいのかな」

「うーん、気になるのなら」と若いのは笑った。

これも雲を摑むような返事である。

「じゃあ、そいつも換えるか」

独り言のように真行寺がつぶやいた時、通路の向こうからでっぷり太った男がやってきて、目の前の若いのに声をかけた。

「いま倉庫も見てきたけど、切らしてるみたいだわ」

「そうですか。まあ、しょうがないですね」

「すまんな、うっかり在庫あるなんて言っちゃって」

「いいですよ。他に買うものありますし。あっ、こちらのお客さん、３００Ｂをゴールドライオンで二管お求めだそうです」

毎度ありと言って主人は紙箱に入った真空管をビニール袋に入れた。青年は客だった。店員だと思い込み、えらそうな態度を取ってしまったと気がつき、真行寺は慌てた。

「ああ、ぜんぜん気にしてませんよ」

雑居ビルを出たところで、頭をかいて詫《わ》びると、青年は笑った。

「それより、昼時なので、どうですご一緒に」

こうしてふたりは近くの中華料理屋のテーブルを挟むことになった。

「かなり詳しいみたいですが、そちらも球を鳴らしてるんですか」

「いや、デジタルです」さらりと青年は言った。「真空管アンプはかさばるから、持ち運びが大変で」

「どうして持ち運びする必要があるんです」

「月単位や年単位で海外に出ることが多いので、アンプだけは連れて行くんですよ。パソコンからアナログ変換のコンバーターを経由してこいつにつないでます」

いま流行《はやり》のPCオーディオというやつだ。パソコンを使ってプレイヤーの代わりにするらしい。

「となるとスピーカーは？」

「現地調達です。木材とユニットを買ってきて自分で組み立てます」

こりゃ大した音は出てないな、と真行寺は高《たか》を括《くく》った。そして、

「デジタルの音ってのはどうもなあ」と正直なところを口にしてから、すぐ後悔した。

趣味の世界で他人の作法に異を唱えると、ひどい喧嘩《けんか》に発展することがままある。しかし、青年はまったく気にする様子もなく、

「お嫌いですか」と訊いてきた。

「結局、デジタルって0《ゼロ》か1《イチ》かの信号を読み取っているわけでしょう」

「まさしく」

「なんか味気ないんだよなあ」

真行寺の物腰からふと遠慮が消えて、本音が漏れた。

「でも、僕らの脳内ネットワークの半分はデジタル信号が飛び交っているんですけど」

意表を突く反論だった。

「かなり前になりますが、友人の家でCDでかけてもらって、帰宅してから同じ曲をこんどはレコードで鳴らしたことがあったんですが、高校野球とメジャーリーグくらい差がありましたよ」

真行寺は〝論より証拠〟で攻めた。

なるほど、と笑って青年は海老《えび》シューマイに箸《はし》を伸ばした。

「音楽は、耳じゃなくて心で聴くわけですからね。魂で聴くというか」

正論である。しかし体《てい》よくあしらわれている気もして、

「そちらの装置の鳴りっぷりはどうなんです」

と揺さぶりをかけた。すると、

「よかったら聴きに来ますか」

思いがけない返事があった。

「いまから？」

「お時間があれば。ちょっと遠いのですが」

聴きたい！　真行寺は思った。ひょっとしてゲイかしらん、という危惧《きぐ》も感じたが、だったとしても断ればいい、それでも迫ってくれば、テメエちがうって言ってるだろ！　とどやしつければ問題ないと判断した。それほど、この青年が鳴らす音には興味をそそられた。

「どちらですか」真行寺は訊いた。

「高尾《たかお》です」

そりゃ遠いな。しかし、方角は我が家と同じ。八王子を通り越してしまうが、戻るのにさほど時間はかからないだろう。

「いいとこですよ、高尾」

そう言って青年は五目炒飯《チャーハン》を自分の取り皿によそった。

ふたりで東京駅に出て、特急スーパーあずさの二人掛けシートに並んで座ると、ようやくたがいに名乗り合った。

黒木《くろき》ですと青年は言った。仕事はと訊くと、ハッカーだと言うので、真行寺は快老院の事件を思い出した。不正アクセスなどの悪事を働く連中という意味でよく耳にする言葉だが、もともとはコンピュータ工学に習熟している技術者を指すものだそうだ。

「海外出張が多いって言ってたけど、具体的にはどんな仕事を？」

「出張じゃないんですよ」

「さっき、そう言わなかったっけ」

「僕はフリーなんで、雇われてその期間はそこに住むんです。ここんところは海外のことが多いですね」

なるほど。肩までかかる長髪や、七分袖《しちぶそで》の麻シャツにジーンズというラフな出で立ちからも、黒木は勤め人には見えなかった。おそらく、打ち合わせをして、注文をもらった後は、日がな一日、カフェにラップトップを持ち込んでプログラムを書くのだろう。勝手にそんな日常を想像して、自由の匂いを嗅いだ気になった。

「海外というのはどの辺へ」

「やっぱり多いのはアメリカですね。そしてヨーロッパ、カナダ、最近はロシアからも声がかかっているので、もし機会があればお土産《みやげ》に買って来ましょうか」

真空管のことだなとすぐに察し、ぜひ頼む、と真行寺は言った。

「じゃあ、コンピュータには詳しいんだな」

つい取り調べをしているような口調になった。

「まあ、それが商売ですから」

「具体的にはどういった方面が専門なんだ」

「プログラムの分析とか、プログラムを書くこととか、サイバーアタックからの防御とか、その逆も」

「逆ってのは」

「防御の逆ですからアタックです」

「サイバー攻撃を請け負うこともあるのか」

真行寺の言葉遣いや物腰はそろそろ本格的にくだけてきた。

「ええ」

「たとえば、どこを」

「このあいだは北朝鮮が打ち上げたミサイルを落としちゃいましたけど」

さすがにこれはホラにちがいないと思った。

「他には」

「有名なところでは、僕の知人に、イランの核濃縮プラントを壊滅させた者がいます」

真行寺はたまげた。それは〈お孫さん〉事件どころではないな、と。

「どうやって」

「まあ、マルウェアを仕込んだんですよ」

「マルウェアってのはウイルスを感染させるソフトのことだろ。イランの核燃料精製施設のコンピュータにはウイルス駆除ソフトが入ってないのか？」

「当然入ってます。でも、ウイルス対策ソフトってのはだいたい、指名手配書を照合しながら待ち構えてるものなんです」

「『この顔にピンときたら一一〇番』ってやつだな」

「そうです。こいつは犯人ですよ、ファイルは開かずすぐに通報してくださいってリストを参照し、該当する者がいないか見張ってるんです」

「じゃあ、どうやってそのディフェンスラインを突破するんだ」

「突破する必要なんてありません。ディフェンスラインをなくしちゃうので」

「だって、ウイルス駆除ソフトがそこを守ってるんだろ」

「いや、まったく新しいマルウェアを作っちゃえば、こういう場合は初犯になるので、指名手配のリストには載ってないことになります。照合されてもフリーパスで通れちゃうんですよ」

真行寺はうなった。

「しかし、そんなウイルスソフト程度ででっかい施設を壊滅させることができるのかね」

「たとえば、イランの核施設の場合は、マルウェアを使ってシリンダーとバルブを制御しているアプリを乗っ取りました。それでシリンダーの回転速度をちょいと上げて、モニターには異常なしと表示するようにした。これで千二百台の遠心分離機を全部壊しちゃったんです」

「立派な犯罪じゃないか」

「そりゃあ面白半分でやれば重罪ですよね」と黒木は悪びれずに笑った。「でも、イランは国連決議に反して核爆弾の製造を進めていたわけですからセーフ、というのが雇い主の理屈です」

「雇い主ってのは？」

「もう公然の秘密だから言ってもいいと思うんですが、アメリカ政府です」

「しかし、ウランは原発にも使うだろ。核燃料の精製施設があるからと言って核爆弾を作っている証拠になるのか」

「原発には低濃縮ウランで充分なんです。それを手間のかかる高濃縮ウランをせっせと作っているということは、核兵器開発の立派な証拠です」

「それがアメリカの言い分だってことか」

「あとイスラエルの」

黒木は悪戯っぽく笑った。

「しかし、濃縮ウランの精製システムを司《つかさど》るコンピュータが野放図にネットにつながってるわけないだろう」

「そりゃそうですね」

「いわば〝鍵のかかった部屋〟にどうやってマルウェアをほうり込んだ」

谷村が口にした〝密室殺人〟という言葉を思い出しながら、真行寺が尋ねた。

「それは色んな手があるんですが――、おっと着きましたね」

黒木は立ち上がった。

八王子で降り、快速に乗り換えて高尾に着いた。古風な駅舎を出ると、間近に山が迫っていて、都心とは別天地の感があった。黒木は、ちょっと寄り道していいですかと断って、駅前のスーパーに立ち寄ると、卵や肉やチーズや野菜やビールやらを買い込み、

「面倒だからタクシーで行きましょう」

と真行寺の返事も待たずに、客待ちしていた一台に乗り込んだ。

車は山道に入り、細い渓流に沿ってどんどん登って、こりゃ駅から結構あるじゃないかと思い始めた頃に、赤いレンガの平屋の一戸建ての前につけた。

「もちろん賃貸です。来年取り壊すそうなんですが、それまで格安で借りられるというので」

一軒家に住んでるのかと驚いた真行寺に、黒木は鍵を回しながら説明してくれた。

「高齢化と人口減少で東京郊外にはこういう物件が結構あるんですよ。隣の家が離れてるから、爆音で鳴らせそうなので決めました。ああ、スリッパがないからそのままどうぞ」

そう言われ、靴下のままあがった。

敷居をまたいだ真行寺の視線は、広いリビングの奥で木目の肌を晒《さら》して鎮座しているスピーカーに吸い寄せられた。ラワン合板を木工用ボンドで貼り合わせた木箱にスピーカーの振動板ユニットが埋《う》め込《こ》まれ、左右に配置されている。この間に、銀色のアルミ箱がやはりふたつ並べて置かれてあった。たぶんアンプだろう。メーカーのロゴが見えないから、こいつも自作だ。これら音響装置に対面するようにしてソファーが、ソファーの前には膝高《ひざだか》の木製テーブルが置かれている。部屋の高いところに窓があって、その下に作業台のような大きな机が置かれ、机に取りつけられたアルミの支柱が、証券取引業者がよく使う四枚ものディスプレイを支えていた。

このリビングは仕切りなくそのままキッチンへとつながっていた。黒木はスーパーのビニール袋を大きな木製のダイニングテーブルの上に載せると、業務用らしき銀色のステンレス製の冷蔵庫を開けて、買って来た食料品をしまい出した。

「独り暮らしなのにどうしてこんな大層なものがあるんだ」

「これは備え付けのものですよ。ここがピザ屋だった頃のなごりの品です」

「ピザ屋だって？　こんなところで商売になるのか」

「この辺はサイクリストが好んで走るルートなので、休日には腹を空《す》かせた自転車乗りで賑《にぎ》わっていたんですって。そのほかには、ソファーも台所のテーブルも、窓際の机以外は、前の方《かた》が置いていったものをそのまま使わせてもらってます。——さ、お待たせしました、聴きましょうか」

　黒木はノートパソコンを、アンプの上に載った小さなアルミ箱にUSBケーブルでつないだ。こいつはおそらくDAC《ダック》だ。パソコンが吐《は》き出《だ》すのはデジタル信号（D）のままなので、これではまだ音楽にならない。それをアナログ（A）に変換《コンバート》（C）してからアンプに送り出すのがDACの仕事である。

　じゃあ、ちょっと鳴らしてみましょうかと黒木がスイッチをひねって、ノートパソコンに手を添えると、とつぜん弦楽四重奏曲が鳴った。朗々としかもたっぷりとした鳴りっぷりである。特にヴァイオリンの艶《つや》っぽい音色《ねいろ》や、チェロのぶるんと胴が鳴るような響きに真行寺は聴《き》き惚《ほ》れた。しかし、クラシック音楽じゃ音の善《よ》し悪《あ》しを計りかねる、とも思った。

「ロックをかけてもらえると俺にはわかりやすいんだがな。できれば古くさいのがいい」

「ロックですかあ」

黒木は困った顔をした。

「聴かないのか」

真行寺は驚いた。クラシックやジャズは自分よりも上の世代が聴くものだという先入観があった。

黒木はパソコンをインターネットにつなげ、オーディオファイルを販売しているサイトを開いた。そして、一曲プレゼントしますよと言った。

「CDよりも高音質だと評判のハイレゾ音源です。好きなのを選んでください」

じゃあ俺が払うよ、いやいや一曲なら大した金額じゃないですからなんてやりとりをしたあとで、真行寺は今朝がた聞き損ねたビートルズの「ストロベリー・フィールズ・フォーエヴァー」をリクエストした。

「CDやレコードじゃなく、全曲こういうオーディオファイルで聴いているのか」

「ええ、クラウドの専用サーバーにCDだと大体一万枚分を収納しているので、海外に出るときには、アンプとパソコンだけ持っていきます」

「スピーカーは自作って言ってたな」

「そうです。キャビネットは、向こうで木工店かDIYの店を見つけて、木材をカットしてもらって組み立てるんです。スピーカーユニットや結線の部品やなんかは通販で調達します」

「しかし、こんなデカいスピーカーをホテルで鳴らしてもいいのかね」

「いやいや、それは無茶なので大抵は家を借ります。僕らの仕事場はオフィス街のど真ん中にあるわけじゃないし、そもそも必ずしもオフィスに通う必要もないので」

ファイルを落とす間にそんな会話をした。

「では、リスニングポイントにどうぞ」と黒木が言った。

ソファーに腰をおろすと、黒木も隣に来て、手にしたスマートフォンを操作した。

左チャンネルに、足踏みオルガンのような奇妙な音色のフルートが現れ、つぶやくように歌った後、右チャンネルからベースがズーンと響いて、中央でジョン・レノンが口を開いた。その瞬間、まずいと思った。左でドラムが打ち鳴らされて時間が未来へと流れ出す。シタールは右から左へと飛翔し、シンバルの高音は金粉が舞っているように煌《きら》めき、低いところに力のこもった弦楽合奏が世界を押し広げた。手を伸ばせば摑めそうな輪郭のくっきりした音がそこにあった。これはひょっとしたら負けてるかもしらん、と真行寺は焦った。

同僚がパチンコや競馬や飲酒や車に使う金を、真行寺はオーディオ装置につぎ込んでいた。徐々に彼の装置はグレードアップしていき、今はそれなりの風格を醸し出してリビングに鎮座している。一方、見栄えという点では、黒木のシステムはいかにも粗野で野暮ったかった。しかし、薄いパソコンから流れたデジタル情報が、アルミの弁当箱のようなアンプを経由して、木目がむき出しになっている木工細工のスピーカーから音楽となって吹き出した時、それはなまめかしく鮮烈な音響に変貌していた。こんな安物からこんな音を出されたらたまらない。

真行寺は、金を払うから、もっとロックを聴かせてくれと申し込んだ。じゃあ、このサイトから好きなのをダウンロードしてくださいと言って、黒木はパソコンでの購入手続きを教えて、腰を上げた。

ドアーズ、レッド・ツェッペリン、リトル・フィート、キング・クリムゾン、U2、イーグルス、トーキング・ヘッズ、ニュー・オーダーをダウンロードし、教わったとおりに操作して再生ソフトで聴いた。聴くほどに、こいつはまずいなという思いが募った。

「いかがですか」

いつの間にか、黒木がマグカップと紙コップを両手に戻ってきた。

「いや、まいった。お見事と言うしかないな、これは」

真行寺は紙コップのコーヒーを受け取りながら白状した。

それはどうもありがとうございます、と黒木は笑った。

「差し支えなければ、総製作費を教えてもらいたいんだが」

おおよその額であることを断ってから黒木はある数字を口にした。それは真行寺の所有しているスピーカー一本の値段を下回った。そんな低コストでもこんな音が出せるのなら、自分は一体何をやってきたのだろうと思った。

「要するに、いい音を作り出そうとしないで、音が悪くなる要素をそぎ落としていく方向で組んでいくんです。で、このへんでまあいいかというところでやめる。やめないと泥沼にはまりますから」

味気ない答えである。ロマンがないと思った。それに、確かに音のバランスや解像度は負けているかも知れないが、俺の装置には個性があるしガッツもある、と思い直した。

「0と1の信号がこれほどの音にまでなるんだな」

真行寺はとりあえずそう答えた。

「デジタルはとびとびの信号です。そこがアナログファンに不信感を抱かせる原因なんですが、でもとびとびの間隔を縮めてやれば、連続と同じになる。そもそも、世界はとびとびの情報でできているんですから」

「世界がとびとびだってのは、どういう意味かな」

「この世界を作り上げている最小単位が原子です。原子は原子核とそのまわりを回っている電子でできていますよね」

いますよね、と言われてもそんなもの見たことないぞ、と真行寺は思った。

「で、原子核は陽子と中性子からできていて、陽子と中性子はクォークという素粒子が結びついてできている。クォークってやつは内部構造をもちません。ここまで小さいと記号みたいなものです。いってみれば情報です。量子力学の標準理論では、素粒子は大きさをもたないものとされ、超ひも理論ではひもの振動状態だと説明されます。これを小から大へ逆回転させると、このクォークが強い相互作用で結びついてできているのが陽子と中性子、それが原子核をつくり、原子核のまわりを電子が回って原子を構成している。その軌道もとびとびでスカスカです。だから、原子を最小単位としている我々の世界は、とびとびの情報が織りなした複雑な編み物だとも考えられるんです」

こういう非現実的な屁理屈を垂れる男の装置が、実に生々しくロックを鳴らしたというのは、癪《しゃく》に障《さわ》る。しかし事実なんだからしょうがない。

「PCはお持ちですか」

「一応持ってる」

「じゃあ、今日落としたファイルは持ち帰って、ご自宅の装置でも鳴らしてみてください」

黒木は、システムからパソコンを外して膝の上に載せた。

「だけど、君の金《かね》で買ったファイルを俺のパソコンで再生できるのか。メールアドレスとパスワードを入力しないと拒否されるんじゃないの」

「ええ。ですから、いまそのロックを外しちゃいます」

そう言ってちょこちょことキーボードの上で指を走らせた。それからUSBメモリーを挿し込んで、また、パソコンをいじった。

「はい、どうぞ」

黒木は抜き取ったUSBメモリーを差し出した。

「無粋なことを聞くようだが、ロックを外したってのは違法行為にならないか」

「まあ、なるでしょう」

となると、生活安全課の仲間にしょっ引かれる可能性がある。真行寺は考え込んだ。黒木は笑っている。

「ですから、再生期限を二週間に限定しました。それで、もし買ってもいいと思ったならご自分のカードで買い直してください」

「お試しってやつか。しかし、どうしていとも簡単にパスワードを外せるんだ」

「まあ、それが商売ですから」

真行寺はメモリーを受け取りながら、こいつなら〈お孫さん〉事件のトリックがわかるだろうかと思ったその時、

「ところで、ご商売はなんですか」と黒木が訊いてきた。

「公務員だ」

真行寺は職業を聞かれた時に警察官が応える慣例に従った。

「へえ、見えませんね」

「じゃあ何に見える」

「さあ、なんでしょうか」

また急に黒木の返答が曖昧《あいまい》になった。

真行寺はコンピュータについてのこの男の知識がどの程度なのかを知りたいと思い、

「ひとつ訊きたいんだが、本当にサイバー攻撃ってやったことあるのか」と尋ねた。

「ありますよ」黒木はこともなげに答えた。

「そのしくみってのを俺に解説してくれないか」

「そいつは難しいですねえ。じゃあ、一番簡単なやつで説明しましょう。パソコンは大抵通信ネットワークにつながってます。そして、〝3ウェイハンドシェイク〟っていう儀式を経て通信に入ることが多いんです」

真行寺は顔を曇らせた。黒木は笑った。

「いきなりわからなくなりましたよね。大丈夫です。じっくり説明しますから。まず通信を始めようとしているパソコンが、相手のパソコンに『通信させてよ』と挨拶《あいさつ》するんです。するとこの挨拶を受け取ったパソコンは『いいよ』『用意はいいかい』と返事をする。これで、お互いの機器の通信状態を確認して通信開始となります。通信ってのはこういう手順を踏む。『通信させてよ』『いいよ』『用意はいいかい』と三回やりとりをしているのを、三度の握手に見立てて、〝3ウェイハンドシェイク〟というわけです」

ここまではわかった。

「その儀式は、どこでも普通に行われているものなのか」

「ええ、伝送制御プロトコルと言って、メールやホームページを利用するときにごく普通に使われている通信手段です」

「勉強になった」

「いやいやここからですよ、本題は。——ところが『通信させてよ』と言って、『いいよ』『用意はいいかい』と返事が返ってきても、ダンマリを決め込むとどうなるか」

「どうなるんだ」

「相手はとうぜん、返事が返ってくるのを待ちますよね」

「だろうな」

「この〝待ち〟の状態にいる時、パソコンはＣＰＵとメモリを使います。原資を浪費してしまうわけです。つまりパソコンの機能を低下させることになります」

「そんなもの、大した負荷じゃないだろ」

「ええ、一回や二回じゃびくともしません。だから、攻撃する側は、専用のアプリを使って、何万回も『通信させてよ』と呼びかける。呼びかけられたほうは、自動的に『いいよ』『用意はいいかい』と返す。これはそう設計されているので返事をしないではいられないんです。しかし、やっぱりＣＰＵとメモリを使うわけですから、そのうちに原資が枯渇して、動かなくなります」

「汚《きたね》えなあ」

真行寺は口元をゆがめた。黒木は、ホントそうですよねと笑った。その笑いの屈託《くったく》のなさをはたして信じていいのか、真行寺は計りかねた。

「もう一回、この装置で聴かせてもらっていいかな」

いいですよと言って、黒木はパソコンをもう一度セットした。

再び目の前に現れた「ストロベリー・フィールズ・フォーエヴァー」は、実にくっきりしていて、それでいて姿をとどめず、常にゆらいで湧き上がっては消え、音を追いかけていると酔ったような気分になりそうだった。

「再生ソフトはなんでもいいのか」

「いや、僕が作ったアプリがありますからそれを使ってください。たぶん、PCにバンドルされているものよりは高音質だと思います。そいつもお渡ししたUSBメモリーに入ってます。こっちは正真正銘のフリーソフトです」

呼んでもらったタクシーに乗り込む間際にそう言われた。

家に戻ると、飯も食わずに、アンプに新しい真空管を挿し込み、棚からビートルズの『マジカル・ミステリー・ツアー』を抜いて、「ストロベリー・フィールズ・フォーエヴァー」の溝に、勝負だ、と針を落とした。そして聴き終え、心の中でしおしおと白旗を揚げた。

「でも、あんまり神経質にならないで、音楽を楽しむほうがいいと思いますよ。魂で聴いてください」

タクシーが走り出す直前に黒木が吐いた言葉を思い出した。

あくる朝、捜査本部に出勤するとすぐ、真行寺は長テーブルに向かっていた谷村の横に腰を下ろした。

「疲れはとれましたか」

「おかげさんで。——課長は何か言ってたか」

「いや、皮肉くらいです」

それなら問題ない、と真行寺は割り切っていた。

「川村のほうはなにかあったか」

「あっちの線は打ち切りってことになりました」

入居者への態度でいささか悪評を買っていた川村正樹だったが、疑いは晴れ、放免されたと聞いた。

「被害者の周辺は？」

「継続中です」

「手応えは？」

「いや、これもまた雲をつかむような話なので」と谷村は言葉を濁《にご》した。

被害者の原澤裕子《はらさわゆうこ》はかなりの資産家であるから、財産を狙《ねら》った犯行という線もありうる。彼女の死を喜ぶ者が〈お孫さん〉の台詞を書き換えて、ダメモトでショック死を狙ったという推理だ。

「しかし、原澤裕子をピンポイントで狙ったのならその筋書《すじが》きにも説得力があるんだろうけど、〈お孫さん〉たちは老人全員に罵声《ばせい》を浴びせてたんだろ」

以前、この疑問を口にした時、谷村は、原澤裕子が心臓に持病を抱えていたことを教えてくれた。また、各〈お孫さん〉の台詞の書き換えは一様ではなく個体ごとにばらつきがあった。

「早く死ねよ、くそばばあ。死ななきゃ殺してやる」

これほどの悪罵は原澤裕子にだけ浴びせられている。この事実を考慮すると、心臓が悪い金持ちの老婆を狙って、未必の故意があった可能性は捨てきれない。というか、捨てるには捜査のネタがなさすぎた。

つまり、どうやって台詞を書き換えたのかという手口の究明は後回しにして、まずは原澤裕子の死を望んでいるとおぼしき輩《やから》を捕まえて、締め上げ、オトしてしまう。手口の詳細はそのあと聴取すればいい、これが刑事たちの頭の中にある捜査の方針だった。

「本郷技研へは聞き込みに行ったのか」

本郷技研は〈お孫さん〉の製造会社である。

「行ってはみたんですが、なにを聞けばいいのかわからないままに帰ってきました」

「事件の概要は伝えたんだろ」

「ええ、だとしたら、それは誰かがそういう風に台詞を書き換えただけだという回答でした」

「本郷技研としてはそう言いたいだろうな。けれど、俺にもよくわからないんだが、〈お孫さん〉のプログラムが細工されたって可能性はないのか」

「それはどういうことです」

「〈お孫さん〉の台詞は事務所のパソコンで誰かが書く。言ってみりゃ〈お孫さん〉はアドリブを一切やらない役者と同じだ。パソコンに入力された台本をそのまんま読むだけ。俺たちはそう思っていた。だから、川村正樹をひどい改訂稿を書いた脚本家として疑ったんだ」

「まあ、そうですね」

「けれど、実際の〈お孫さん〉は台本を忠実に読む役者じゃない。なぜなら独自に台詞をアレンジするプログラムが組み込まれているからだ」

「えっ、本当ですか？」

「知るかよ。組み込まれていないとしたら、誰かが密《ひそ》かに埋め込んだって考えればいいんだ。使用して一定期間が経《た》つと動き出すんだよ」

谷村は呆《あき》れつつ、

「で、そのプログラムが発動するとどうなるんです」

「〈お孫さん〉は台本を改変して読むようになる。『今日も元気に過ごしましょう』は、『今日も元気に過ごされると困ります』という風に〈お孫さん〉のほうで勝手に変えて発語するんだ」

「でも、それだと、台詞が書き換えられたログがパソコンに残っていることの辻褄《つじつま》が合わなくなりますよ」

「台詞を読み替えると、〈お孫さん〉は新しくした台詞を元あった台詞に上書き保存する。だから、ログは残る」

「じゃあ、改訂版を書いたのは人じゃなくて〈お孫さん〉自身ってことですか」

真行寺はうなずいた。

「まあ、そう考えれば一応辻褄は合いますが。じゃあ動機はなんです」

「例えば、介護サービスへのロボット導入に反対で、なおかつプログラムが書ける者なら、そういうことも可能なんじゃないか」

「なるほど」

「とにかく、こういう目星がつかない事件の場合は、考えられることはすべて考えたほうがいい。もちろん、俺の言ったことは単なる思いつきだ。けれど、思いつきだって、思いつきにすぎないという証拠が挙がるまでは、あり得るかもとどこかで疑っておかなきゃならない。本庁の科捜研にお前のほうからその線も探っておくように伝えておいてくれ」

「わかりました。あっ、真行寺さん——どこへ?」

「ちょいと、聞き込みしてくる」

「どちらへ」

「コンピュータ関連だ」

「あっ、じゃあお供しますよ」

「いや、いい」

真行寺は青いリュックを背負って捜査本部を出た。手提《てさ》げ鞄《かばん》でなくリュック、しかもスニーカーというのは、一課の刑事のドレスコードに微妙に抵触している。上司から「個性的すぎるな」と嫌味混じりに笑われることもあった。

八王子駅までバスで出て、下《くだ》りに乗った。高尾駅で降り、タクシーに乗り込んだ。道順は覚えていた。赤いレンガの家の前で降りると、開け放した窓からキング・クリムゾンの「レッド」が聞こえてきた。盛大に鳴っている。邪魔しちゃ悪いと思い、曲が終わるまで玄関口で立っていた。ギターとベースの長い和音が減衰して、やがて木々の枝が風にそよぐ音がこれに代わるのを待ってから、インターフォンを押した。カチャリとシリンダー錠の回る音がして、

「真行寺さん、どうも。おあがりください」

と目の前の小さなスピーカーから声がした。連絡もなくいきなり訪ねてきたにしては、気持ちのいい出迎えである。

リビングでは黒木がガラスの冷水筒《ピッチャー》から、琥珀《こはく》色の液体をグラスに注いでいた。

「いまちょうど梅ジュースができたところです。さあ、どうぞ」

何しに来たんだとも訊かないで、黒木はガラスのコップを真行寺に手渡した。

「今日もお休みですか」

「ありがとう。いや、ちょっと話したくて来たんだ。――ロックは聴かないんじゃなかったのか」

「このあいだ真行寺さんがダウンロードしたのが残ってたので、試しに聴いてみたんです。これが一番気に入りました」

「なるほど。――うん、うまい。アンプやスピーカーだけじゃなくて、梅ジュースまで自作

なんだな」

「あはは。——ところで話ってのはなんですか」

「いやね、実は俺、ミステリーを書いてみたいと思っててね」谷村が密室殺人だのなんだのと推理小説風に解説していたのに触発されて、こう切り出した。「パソコンがらみのちょっと面白い殺人方法を思いついたんだが聴いてもらえるかな——よっこらしょっと」

腰を下ろし、以上のような前置きで、快老院の事件のあらましと、〈お孫さん〉の台詞の読み替えの推理を、トリックとして語り始めた。捜査中の事件を外部の人間にそのまま話すのははばかられたので、フィクションの体裁を取ったのである。

「で、このトリックのメカニズムをどういう風に描写していいのかが思いつかないんだ」

「その〈お孫さん〉てのはチューリング・テストをパスしてるんですか？」

「ん？　そりゃどういうことだ」

「簡単に言うと、そのロボットは人間とまちがえられるくらい自然な会話ができるのかってことです」

「うん。血圧と脈拍については、専用の血圧計が〈お孫さん〉に連結しているので、その数字を読み取って、『今日は正常です。この調子でいきましょう』なんてことは言うよ」

「それだけですか。例えば、入居者が『いい天気だね』と言えば『本当ですね、今日はいい天気です』なんて返したりできますか？　これは割と簡単なプログラムでできるんですが」

「いや、そこまでは対応してないな。〈お孫さん〉のほうから一方的に話しかけているだけだ」

「でしたら、いま真行寺さんが仰った台詞のアレンジみたいな複雑な手は必要ないと思いますね。たぶんそっちの方が、簡単な応答プログラムより格段にややこしいんじゃないかなあ」

「しかしだな、作者の俺としては、施設の職員が事務所のパソコンでこっそり台詞を書き換えていたなんてのは、話の展開がしょぼすぎる気がするんだ」

「じゃあ、どんなのがいいんです」

「犯人はやっぱり思いがけない人間がいいんだよ」

「本当の孫とかですか」

「いいね」

いいのかなあ、と言って黒木は笑った。意外性があるじゃないか、と真行寺は弁解した。

「ただ問題は、そのオフィスのパソコンはネットにつながってないんだよ。しかも、〈お孫さん〉につながっているのはそのパソコン一台だけだ。犯人が職員じゃないとしたら、どうやって台詞を書き換えるかだよ」

「つながってないとさすがに無理ですよ」

「やっぱ無理なのか」

「でも、つながってないと思っているけれど、実はつながっているという展開ならあり得るんじゃないですか」

思わず前のめりになる。

「そのパソコン、へんなマルウェアが仕込まれてないかどうかはチェックさせるんですか」

「ああ、そこは生活安全課、これはネット犯罪とかを取り締まるところなんだが、そこが洗ってクリーンだったたってことにしたいんだ」

「で、調べるのは本体だけですか」

「え?」

「ネットにつながってないと診断されるのはパソコン本体なんですよね」

「インターネットってのは本体からつながるんだろう」

「通常はそうですが。僕が言いたいのは、キーボードやディスプレイやマウスがつながっていたら、本体が外部につながっているのと同じですよってことです」

「……その中で一番怪しげなのはなんだ?」

「やろうと思えばどれでも操作できちゃいます。でも、初心者ならキーボードでしょうね」

「トイレ」

扉を閉めて便座に座ると、真行寺はすぐスマホを取りだした。

「谷村です」

「真行寺だ」

「あの、課長が行き先ぐらい言って出ろって怒ってます」

「おい、〈お孫さん〉パソコンのキーボード、それにディスプレイとマウスも科捜研に回してるのか」

「えっ、なんですって」

「〈お孫さん〉につながっていたパソコン、洗ったのは本体だけかと訊いてるんだ」

「さあ、どうだったか……、たぶん本体のみだと思いますが」

「周辺機器をみんな押さえろ」

「はあ。で、真行寺さん、なんでそんなにひそひそ声なんですか？」

「キーボード、マウス、ディスプレイ、みんな押さえて大至急科捜研に回せ。それから〈お孫さん〉のメンテに入ったのはいつか、業者はどこか、その時に周辺機器の交換などがなかったかを確認しておけ」

「確か、それは調べてたなあ……あっ、明後日《あさって》メンテの予定が入ってますね、それまでにパソコン関連も調べたら戻してくれって言われてますが」

「どこが」

「たぶん本郷技研のどこかの部署だと思いますが」

「だめだ、絶対に触らせるな」

「もしもし、真行寺さん、いまどこですか。——あっ」

　水を流してトイレを出た。

　リビングに戻ると、黒木がソファーに座って洋書を読んでいた。

「いや、参考になった。ありがとう。——そろそろおいとまする」

「でも、さっきの手口だったら、真犯人が意外性のある人物だったって展開にはなりませんよ」

「うん、まあ、そこは目をつぶるよ」

「え、いいんですか」

「まあな」と誤魔化《ごまか》し、黒木が手にしている本の表紙にある英文字を拾い読んで「――ポスト・ヒューマンってなんだ？」と話をそらした。

「いやね、〈お孫さん〉で思い出したんです。人間ってものの捉え方がこれまでとまったくちがってくるというか、人間が終わるというか」

「そのややこしい理屈がどうして〈お孫さん〉とつながるんだ」

「だって介護なんてものは、これまで人間こそがやる仕事だって考えられてきたわけでしょ。そういう仕事を安価なロボットが担当し始めているわけです」

確かに、ロボットから声をかけられるほうを老人たちが好むという事実を聞いた時には、自分が慣れ親しんだ社会が変わってしまったような気がした。

「つまり、人間とテクノロジーの境界線が曖昧になってきて、やがては人間ってものが終わりを迎えるかもって話です」

真行寺は首をひねって、

「しかし、それは一部が機械に置き換わっただけで、人間が消えたわけじゃないだろう。介護だって、それを使って最終的には人間がやってるわけなんだし」

「あくまで主体は人間にあると仰りたいわけですね」

「まあ、難しい言葉で言えばそうなるのかな」

「そうか、真行寺さんは実存主義者なんだ」

「なんだそりゃ」

「まず主体性より出発しなければならない。——サルトルの言葉です」

「はあ」

「実存は本質に先立つ、とも言いますが」

「詳しく聞きたいところだが、今日のところはいいや。そろそろ行かなきゃならない」

「じゃあどうです、最後に一曲聴いていかれては」

　こっちは魅力的な提案だった。ダウンロードした曲の中から、ジミ・ヘンドリックスの「ボーン・アンダー・ア・バッド・サイン」をリクエストした。ぶっといベースとそっけないドラムが単純なリフを繰り返し、くぐもったギターのたうつような旋律がこれにからみついた。大きな蛇が部屋の中をとぐろを巻いて舞っているようだ。参ったなと思った。これほどの音はなかなか出せるもんじゃない。

「でも、これはかなり古い録音ですよね。真行寺さんの青春の曲ってわけじゃないんじゃないですか」

　曲が終わった後で、黒木はそんな疑問を口にした。

「ジミヘンをリアルタイムで聴いてた連中なんてそろそろ古希を迎えて介護施設に世話にな

るような歳《とし》だよ。先輩たちからのお下がりで黄金期のロックを聴いていたのが俺たち世代なのさ。青春の曲だって威張れないところが哀しいところだ」

「でも好きなんですよね」

「自由を感じるからな」

「自由ですか」

六〇年代後半から七〇年代初頭のロックがテレビなどで紹介されると、これに合わせて学生運動や、黒人の公民権運動、ベトナム反戦運動などの映像が重ねられることがある。フィジカルに反抗する若者を見る度に、真行寺は彼らというよりもその渦に気持ちが引き寄せられた。自分自身は、そうした連中や動きを鎮圧する側にいることはわかっていながらも。

「やっぱり実存主義者だなあ」と黒木が言った。

「もらったファイルを俺の家でも鳴らそうと思うんだが、パソコンに入れてあとはどうすりゃいいんだ」真行寺は話題を変えた。

「音声ファイルはデジタルのままなのでアナログに変換しなきゃですね。DACお持ちですか？」

「いや、そろそろ買おうと思ってる。安くていいのがあったら教えてくれ」

「じゃあ、僕が作ったのを差し上げますよ」

「え、いいのか」

「よかったら持っていってください。見場は悪いんですが、集積回路やコンデンサーなど中の部品はいいものを使ってますよ」

黒木はいったんリビングを出ると、シガレットケースを少し厚くしたようなアルミ箱を手に奥の部屋から戻ってきた。こっちをパソコンにつないで、ここからアンプのソース端子に入力してくださいと説明してから、真行寺に持たせた。

礼を言って黒木邸を出た。教えてもらったバス停まで歩くと、タイミングよく駅行きが坂を下ってきた。揺れる座席で、それにしてもああやって日がな一日本を読んだり音楽を聴いたりして自由に過ごせるのはいいな、と羨《うらや》んだ。そんな日は俺には退職後にしか訪れないだろう。その時はもう聴力は落ちてるかもな、と思うとかなしかった。


科捜研に連絡したかと谷村に訊いたら、はい手配していますと答えたので、この日は帰らないで署で待つことにした。上役が帰らない限り部下は帰るべからずという不文律が警察にはある。ところが、真行寺はおかまいなしにさっさと庁舎を出て行く。そうして、名画座に立ち寄ってニューシネマを見たり、レコード屋で巣箱から古い盤をつまみ上げたりしている。当然、上の受けはよくない。しかし、本人はそれでいいと思っている。

そんな真行寺だが、この日は、待機していたほうがよさそうだと、出前の天津飯《テンシンハン》を平らげた後は、資料に目を通し、武道場の畳の上で寝転がっていた。

肩を揺すられ腕時計を見たら十一時半であった。当番の刑事から、警視庁本部の科捜研から電話があったとメモを渡された。捜査本部に戻り、目をこすりながらデスクの受話器を持ち上げてプッシュした。

「ああ、科捜研の羽生田《はにゅうだ》です。お電話したのは、快老院のパソコンのキーボードに妙な細工が施されていましたので、取り急ぎご連絡をと思いまして」

この一言で目が覚めた。

「説明してくれ、わかりやすく」

真行寺は胸ポケットからペンを抜いてメモ帳を手元に寄せた。

「このキーボードには工場出荷時にはない無線ＬＡＮの受信機が仕込まれていました」

「つまり、周辺にある Wi-Fi の電波を見つけてそれに飛びつくように改造されているわけだな」

メモを取りながら訊いた。

「そういうことです」

「つまりそのキーボードはネットにつながっている、キーボードにつながっているパソコンもまたネットにつながっている、そういう理解でいいか」

「いや、その無線ＬＡＮがセキュリティ保護されている場合は、無線にとびついただけではだめです。接続を拒否されてしまいますから」

「パスワードが必要だってことだな」

「そうです」

「でも、パスワードを解除する方法ってのがあるんだろう」

真行寺の脳裏に、黒木の姿が浮かんだ。あいつがパソコンを膝に置き、パタパタとキーを叩《たた》き、何度かクリックしただけで、ロックは無効になり、音声ファイルの使用制限が外された。おまけにあいつは独自に二週間の期限まで設定したじゃないか。

「パスワードを外すには、すべての記号を総当たりで組み合わせて検出する方法が確実ですが、かなり時間がかかりますし、それでうまくいくかどうかもわかりません。例えば、アルファベットの小文字8文字で組み合わされていれば、aaaaaaaaから始めて順に打ち込んでいけばいいんですが、大文字を混ぜられたり、数字を混ぜられたりしたら、その組み合わせは一気に増えます。第一8文字だって保証もないわけです。7文字かもしれないし、9文字かもしれない。この場合、総当たり戦はあまり現実的じゃないと思います」

「じゃあ、話を戻そう。もし、犯人が、そのパスワードを破る技術があって、そのキーボードをWi-Fiに接続できていたとしたら、〈お孫さん〉パソコンもネットに接続されていたと考えてもいいんだな」

「その時はそうなりますが」

切った。そして迷った末にスマホを取った。

「もしもし、DACはうまく接続できましたか」

電話をするには非常識な時刻だったが、黒木にはまったく気にする様子はなかった。

「いや、まだつないでない。実は例の推理小説の件で電話したんだ。また相談に乗ってくれないか」

「僕にわかることなら」

「主人公が Wi-Fi のパスワードを解除してネットに接続したい時にはどうしたらいいだろうか。ほら、君がオーディオファイルのロックを外したみたいに」

「ああ、あれは正しいパスワードを見つけたわけじゃないんです」

「どういうことだ」

「こっちでパスワードを生成したんです。ああいう商品ってのは、購買者の分だけパスワードを発行しなきゃならない。その規則《ルール》を見破って、こっちで作っちゃったんですよ」

「Wi-Fi のパスワードってのはそういうわけにはいかないのか」

「ええ、Wi-Fi のほうは固定のパスワードがあって、そいつにばっちり命中させなきゃいけないんで、方法が異なりますね」

「じゃあ、駄目ってことだ」

「そういう場合はもっと泥臭い方法を使ったほうが手っ取り早いんですよ」

「どういうことだ」

「訊くんです」

「訊くって何を?」

「だから、ここのパスワードってなんですか、ちょっとネットにつなぐ必要があるので教えてくださいっていってやるのが現実的だと思います」

「だったら、ネットにつないだってことがバレちゃうじゃないか」

「あっ、そうか、その小説の状況がわかってないんで、すみません。でもバレてもバレないような状況を作り出せばいいと思うんだけど、駄目ですかね」

　とりあえず礼を言って、切った。

　机の上に頰杖《ほおづえ》をついて考えた。バレてもバレないような状況ってなんだよ、と思い悩んだが、ひとつ思い当たるところがあった。

　朝になって、仲間の刑事たちが捜査本部に姿を現しはじめた頃、真行寺はリュックを背負って立ち上がった。

「どちらへ？」

　出勤してきた谷村が声をかけてきた。

「快老院。ホワイトボードに書いておいてくれ」

　そう言い置いて部屋を出て、捜査車両で快老院に向かった。

「ここに〈お孫さん〉がやって来たのはいつ頃でしょうか」

「確か去年の冬です。最初は三体で試して、意外と好評だったので、思い切って全面的に導入したんです」

「その時、セッティングにメーカーの技術者が来てますよね」

「もちろん」

「担当者の名刺ってお持ちですか」

「確かもらいましたよ。ちょっとお待ちください」

院長が席を立った。真行寺は通された談話スペースの周辺を見渡した。

フロアの片隅で、車椅子《くるまいす》に乗った老人が三人、指導員に導かれお遊戯をしていた。頭上に突き上げた手を閉じたり開いたりしている。身体《からだ》を動かすリハビリだろう。独り身の自分はやがてこういう施設に厄介になる。しかし、人生の終盤で「はい、手をぐーんと上に上げてニギニギしましょう」などとやられるのはぞっとしない。

ほどなく院長が戻ってきて、指に挟んだ名刺を二枚差し出した。

株式会社本郷技研販売　営業部　ＡＩ課　営業係長
石川君典《いしかわきみのり》
アジアテック株式会社　技術・サービス担当
内藤學《ないとうまなぶ》

「このアジアテックってのは？」

「主にセッティングの作業はこの方がやってました。石川さんはその作業を見ながら私らと世間話してましたね。出で立《いでた》ちからして、石川さんはスーツ。内藤って人は電気屋さんが着るような作業着でしたよ」

「なるほど。〈お孫さん〉は最初に三体導入して、そのあと二十体入れましたよね。その時もこのふたり連れでしたか」

「そうです」

「その後も保守点検などは？」

「ええ、ひと月前に」

「その時もこのふたりで？」

日付をメモしながら真行寺が訊いた。

「いや、その時はアジアテックの人だけだったと思いますが」

「立ち会ったのは？」

「川村君かな。――呼んできましょうか」

「お願いします」

やってきた川村は、まだ疑われてるんですか、と不満を露骨に顔に表した。

「この内藤さん、その時、キーボードかなにか周辺機器を交換したりしませんでしたか？」

「さあ、ああいう人は工具やらなにやら色々持ち込むのでちょっとわかりません。パソコン本体は引っ張り出して中を開け、何か接続してましたけれど」

「そうですか。ところで快老院は専用の無線ＬＡＮを飛ばしてますか」

「ええ」

「内藤って人はその時、無線ＬＡＮにつながせてくれって頼んだりしませんでしたか」

「はい、一度ネットに接続して認証してもらわないとできない作業があるから、教えてくれと言うので」

「それで――」

「教えましたよ」

真行寺は礼を言い、名刺をコピーしてもらって、快老院を後にした。

アジアテックの社屋は多摩川《たまがわ》下流の二子玉川《ふたこたまがわ》にあった。駅前のファミレスでハンバーグ定食を胃に収めた後、川沿いに建つ小さな社屋を訪ねた。川向こうなので、住所は川崎になる。内藤は外出中だった。身分を明かすと上司の緑川《みどりかわ》は「携帯で連絡しましょうか」と言ったが、真行寺はいや待たせてもらいますからと遠慮《えんりょ》した。ソファーは商売で使うだろうからと、パイプ椅子を出してもらい、そこに座って待った。

「内藤にはどのようなご用件で」

「〈お孫さん〉のことで少し」

「ほかの技術者でよければもうすぐ戻ってきますが」

「いや、ちょっとややこしい事情がありましてね、差し支えなければここで待たせていただきたいのですが」

「快老院のことですか」

「ええまあ」

緑川はデスクに戻っていった。そして、受話器を取りあげ、あちこちに電話してはパソコンをいじったり、書類棚からバインダーを抜いて確認したり、訪問客があると、ソファーに移動して相手をしたりしていた。

「御社は本郷技研の仕事は多いのですか」

手が空いた様子を見計らって、真行寺は緑川に声をかけた。

「まあ、うちはそれでもってるようなものです。本郷技研出身の社長が、そのツテで仕事を引っ張っているので」

「〈お孫さん〉の売れ行きはいかがでしょう?」

「いいみたいですよ。敬老の日や、年配者の誕生日なんかにも動くらしいです。プレゼント用ですね」

「だったら、御社も羽振りがよくなって結構だ」

「いやあ、うちはしがない下請けですから」

「そんなことはないでしょう。大企業だけが儲《もう》かるってのも切ない話じゃないですか」

「いや、そんなものですよ。公務員の刑事さんには実感もてないかもしれませんが」

「それは失礼。ところで〈お孫さん〉のメンテナンスというのは頻繁にやらなきゃいけないものなんですか」

「〈お孫さん〉自体は、何もなければ半年に一回ってところですかね。操作方法がわからなくなるとよく呼び出されますが」

内藤はなかなか帰ってこなかった。その間に、何人かの来客があった。緑川はソファーで向かい合い、間に挟んだ書類を見つめて「いやあ、キビシイなあ」などとやりとりをしていた。一方、リュックに入れてあった真行寺のスマホも何度か振動した。だが、取らなかった。

そのうち、強く差し込んでいた西日も傾いて、ソファーに座る男たちの影を床に長く作った。

何人目かの客を見送った後、緑川は事務所の隅に座っている真行寺に視線を投げると、我慢しきれなくなったのか、単刀直入に切り出した。

「ねえ、刑事さん、うちの内藤を疑っておられるんですか」

「いやいや、確認したいことがあるだけですので」

「そうですか。すみません、変なこと口走っちゃって」

相手はばつが悪そうに頭を下げた。

やがて初夏の日も落ちた。女性事務員は制服から私服に着替えて事務所を出た。入れ替わりに外回りから男性社員が戻ってきて、それぞれの席でパソコンに向かうとデスクワークを始めた。

緑川の机の上の電話が鳴った。

「ああ、内藤か。ご苦労様。ずいぶん長くかかったな。うん、それならそれでいい。……それでな、今こちらに――」

顔を上げたその表情が強張《こわば》った。目の前に立った真行寺が人さし指を唇に当てていたからだ。緑川は、電話を切ると、真行寺がここに来た理由を確信したようなため息をついた。しかしなにも言わなかった。

半時間ほどして、内藤は大きなジュラルミン製の鞄を提げて帰って来た。すると、見知らぬ男がパイプ椅子に座っているのを見て、いぶかしげな顔つきになった。真行寺は身分を明かし、伺《うかが》いたいことがあるので出られないかと訊いた。内藤は緑川を見た。

「今日はもうあがれ」と緑川は手元の書類に視線を戻して言った。

近くの喫茶店へ歩いて行く時、内藤の頭は真行寺の肩のあたりにあった。小さな男だった。店に入り、テーブルを挟んで向かい合った時、黒縁眼鏡《めがね》の向こうの目は、アイスコーヒーのグラスのあたりに所在なく漂っていた。

「キーボードは押さえたよ」

真行寺はいきなりこう切り出した。

内藤は顔を上げようともせず、ストローを咥《くわ》えたままそうですかとだけ言った。それから派手な音を立ててグラスの中の黒い液を吸い込んだ。そして、あとは黙っていた。

やがてその口から、「まさか人が死ぬなんて」という一言がこぼれた。

内藤を捜査車両に乗せて八王子署まで連れて行き、取調室に入れた。谷村を呼んで、被疑者を連れてきたから調書を取れ、もう落ちてるから簡単だ、と指示した。谷村は驚いた顔をして誰なんですと訊いた。被疑者の身元を説明したあとで、調書の要点を指示した。

「いいか、妙に膨《ふく》らませて大事件にするなよ。それで、お前なんども俺の携帯に架電してたが、なんかあったのか」

「いえ、また課長がどこに行ったんだとブックサ言ってたので」

「そうか」

「そうかって……。快老院に電話してももうずいぶん前に出たって言われるし、課長はそれを聞いてまた俺にあたるし」

「わかった。じゃあ、あとはまかせたぞ。俺は帰る」

谷村は驚いていた。真行寺はかまわず署を出た。

道すがら、しょっ引いた内藤とのやりとりを思い出した。

「まったく給料上がらないですし、本郷技研の正社員との差を聞かされたりすると、嫌になっちゃうわけですよ」

多少落ち着きを取り戻すと、内藤はポツポツ話し出した。

「メンテで回っても、向こうはくだらない世間話して時々、おいいつ終わるかな、なんて他人事《ひとごと》のように言うだけなのに、給料なんて話にならないくらいにちがうわけですよ」

立場がちがうからな、という言葉を真行寺は呑《の》み込《こ》んだ。警察だって、キャリアとノンキャリの格差は呆れるほどでかい。しかし、これは警察官にとってはあまりにも自明のことなので学校出たての若造が上役の席に座っていても、ふだんはなんとも思わない。組織における役割が最初からちがうのだ。分相応に生きる、これが肝心だ。人はなりたい自分になれるわけではない。自由ではないのだ。それが現実だ。だからロックを聴く。そう割り切っている真行寺も、東大を出ていながら無能で傲慢《ごうまん》なキャリアにでくわすと、どやしつけたくなることもある。

「つまり、本郷技研の看板に泥を塗るつもりでやったのか」

「それもありますが、快老院にいるジジババを筆頭に、上の世代への憤《いきどお》りもありました。あいつらは高度成長期ではずみをつけて、そのあとバブルの恩恵にも浴したわけでしょ」

「八十以上は戦争でツライ思いもしているぞ」

「ガキの頃の話でしょ。就職する頃にはもう今日よりもいい明日がぼんやり見えていたはずです。それに快老院なんて高級介護施設は、甘い汁を吸ってきた連中のたまり場じゃないですか」

真行寺は黙っていた。

「なんか頭にきちゃいましてね」

そうか、としか返せなかった。

家に戻ってシャワーを浴び、ソファーの上でうたた寝した。

目を覚ましたあとでスマホをもう一度チェックしたら、別れた妻から着信の履歴が残っていた。ここ最近なんどか電話をもらっているのだが、タイミングが合わなくて取れていない。時計を見たら十二時を回っていたので、今日もかけるのをよした。

腹になにか入れようと思って冷蔵庫を開けたら、焼きそばのパックがあった。残っていた野菜と一緒に炒めて、夕飯にした。

汚れた皿を流しにかたづけて、ダイニングテーブルで缶ビールを飲んでいると、なにか聴きたくなった。単純で、前へ前へとつんのめるように進む、盛り上がっていっとき落ち着きを見せたとしても、進み続け、またすぐ飛翔しはじめる、そんな曲を聴きたかった。

レッド・ツェッペリンの『永遠の詩《とわうた》』を棚から取りだし、一枚目をターンテーブルに載せた。「ロックン・ロール」というタイトルのロックンロール。ドラムソロから突入する歪《ひず》んだ音の弾丸。どこかに突き抜けようとするシャウト。転がり続け、ここではないどこかへ猛進を続けるリズム。

まだ住宅ローンが残る建売住宅のリビングで真行寺は聴いていた。市民社会に小さな位置を得て、ボーナスをつぎ込んで組んだ高級オーディオ装置で。そうして、どこへも行けない自分を慰めているだけだということも彼は知っていた。

チン、とスマホが鳴った。SNSのメールが来ていた。

〈DACは無事につながりましたか？〉

真行寺は返信のために指を動かした。

〈まだつないでない。礼も言いたいので近いうちに寄らせてもらう〉

送信した。そして、ローリング・ストーンズの『ディッセンバーズ・チルドレン』に盤を換えて、「シー・セッド・イェー」に針を落とした。


一週間が過ぎた。

谷村たちに引き継いだ取り調べは順調に進んでいるようだった。八王子署にあとをまかせ、真行寺は警視庁に戻ることになった。

「ご苦労さまでした。さすがでした」

挨拶に行った時、真行寺の単独行動に対して、刑事部屋の規律を乱してもらっちゃ困るなとブツブツ言っていた、十歳年下の課長は、おだやかな口調で言った。

「本庁に戻ってもしっかりやってください。できればもう少し協調性をもって——、と言いたいところですが、真行寺さんの歳で、こんなこと言ってもしょうがないでしょうね」

「ありがとうございます」

ここは真行寺も素直に頭を下げた。

とりあえず、これでまた首がつながったなと真行寺は思った。協調性や規律性という点で評判がかんばしくない彼が、巡査長の地位に甘んじていながら、それでも一応、刑事にとって花形部門の警視庁捜査一課に籍を置いていられるのは、群れからはぐれててんで勝手な捜査をやり、周囲から冷たい視線を浴びながらも、それがかえって功を奏してしまうことがこれまでに何度かあったからである。

「お世話になりました。下がります」

真行寺は敬礼するとさっさと退署して、帰路についた。


台所で缶ビールを飲みながら出前のピザをつまんでいると、黒木のことを思い出した。考えてみれば、今回の事件解決はあの若造の助言があってこそだった。

そういえばあいつにもらったＤＡＣをまだ自分のシステムに組み込んでないな、と真行寺は思い出した。足元のリュックを引き上げ、ファスナーを引いて手を突っ込み、底から小さなアルミ箱を救出した。このあいだもらったたまま、ここで眠らせていたのである。

二階の書斎兼寝室にあがってラップトップを取ってリビングに降りた。銀箱を、RCAケーブルでアンプに、USBケーブルでラップトップに、つないだ。

しかし、なにも起こらない。PCがDACを認識していないみたいである。オーディオは好きだが電気系統にはからきしな真行寺は弱った。これは自力で解決できないと踏んでスマホを取りだした。

――もしもし、音はいかがですか？

とあいかわらず快活な声が聞こえてきた。

「それがな、どうしたわけか俺のラップトップが認識してくれないんだよ」

――それは、おかしいですね。

「ドライバーとか、その手のものをインストールする必要はあるの」

――いえ、ただUSBケーブルでつなげばすぐ認識するようにしてあるんですけど。

こうなるとお手上げだな、と真行寺が思った時、

――じゃあ今からそっちに行きましょうか？

と黒木が言った。

「え、来てくれるって言うの、今から俺んちに？」

――ええ、僕が作ったものなので、メーカーとして責任ありますから。

無料《ただ》でもらったのだから責任なんて問えないのだが、しかし、結局、迷惑でなければと言って甘えることにした。

わざわざ来てもらうのだから多少はもてなしてやらなきゃなと思い、深夜まで開《あ》いている近所のスーパーまで買い出しに出かけた。パックに詰められた刺身と乾き物数袋と夕張《ゆうばり》メロンを買って、ビニール袋を両手に提げて戻ると、自宅の前に車が停まっていた。いくら何でも早すぎると思ったら、ドアが開《あ》いて降りて来たのは元妻だった。

「なんだ、いきなりだな」

「いつ電話しても出てくれないからよ」

麻衣子《まいこ》の口吻《こうふん》には不満がにじんでいた。

「ああ、タイミングが合わなくて」

「つい今だってかけたわよ」

「スマホを持って出なかったんだ」

「電気がついてるのに出ないから、ひょっとして居留守を使われてるのかしらって疑っちゃったよ」

「俺はお前に居留守を使う必要なんてないぞ」

「知らないわよそんなこと。それよりこんなところで立ち話なんかしたくないわ、あげてよ」

「それが、あがってもらうのは結構なんだが、今から人が来るんだ」

「えっ、再婚するの？」

「馬鹿、来るのは男だ」

「いやねえ」

「なにが」

「仕事の打ち合わせを家でするなんて」

「おい、決めつけるなよ」

「とにかく中に入りましょ」

麻衣子は勝手にドアを開けてあがった。そしてリビングに入ると、スピーカーを見て、

「また新しくしたの」と呆れ顔で言った。

「ああ、憧れのＪＢＬだ。ようやく手に入れたよ」

真行寺はメロンを冷蔵庫に入れながら言った。

「ソファーのもう片一方は？」

「捨てた。客なんて来ないからな、スピーカーに向かってひとつあればいいんだ」

「でも、今から来客があるんでしょ」

「だから今日は例外中の例外だよ。それに今から来るのも、スピーカーのほうを向いて座るだろうから、ひとつで充分なのさ」

「じゃあ、なに、男同士で並んで座るわけ。それって――」

「へんな想像するな。車なんだろ、麦茶でいいよな」

真行寺はグラスを麻衣子に手渡すと、台所の椅子を持ってきて、低いガラステーブルを挟んでソファーの向かい側に置いて腰掛けた。

「どうかしたのか」

「私が来る用件はひとつだけよ」

「隼雄《はやお》君か」

麻衣子はうなずいた。

「よくないのか。——まあよかったらここには来ないか。なんて言ったっけ、あいつの病名」

「自分の息子《むすこ》が苦しんでるのに、病名さえ忘れたのね？」

などと責められても、実際のところ真行寺は息子と会ったことさえないのである。都内の私立大学に入学が決まった時にはお祝いにいくらか包んで贈ったが、その時も会わなかった。その進学先は真行寺と麻衣子の出身校でもあって、そこしか合格通知をくれなかったからという進学理由も同じだったので、それを聞いた時だけはうっすらと親子の縁を感じたが。しかし、戸籍上の父親のコネが効いたのか、大学のランクからすれば難関の広告代理店に就職が決まり、同僚に恋人もでき、結婚の話も持ち上がっていた矢先に、気の毒にも病魔に取りつかれてしまったのである。

「ローレンカイザー症候群よ」

ああ、そうだったと思い出した。染色体異常によって、運動神経が徐々に衰え、四肢に力が入らなくなる難病で、決め手となる治療法はいまのところないらしい。

麻衣子は黙って麦茶を飲んで、

「それで、相談があるの」と言った。

「まあ、できる限りのことはするよ。俺もそんなに金はないけど」

と言いつつ、このオーディオ装置を売っ払って金を作るのは嫌だと思った。と同時に、まったく俺は最低だなと心の中で苦笑した。

「お金のことはいいのよ」

「そうか。——まあ、そうかもな」

麻衣子の再婚相手は民放テレビ局の編成部長だし、実家も相当な金持ちである。

「実は私あなたに隼雄の責任をなすりつけてる」

「俺に責任を？」

「遺伝子の病気でしょ」

「ああ」

「だから、あなたと私のどちらかがその遺伝子を持っているってことだから」

真行寺はぎょっとした。つまり、俺と麻衣子のどちらかも発病する可能性があるってことなのか。そこまで考えなかったが、考えるべきことではあった。

「それで、悪いのはあなたってことにしたわけ」

「まあ、俺がクロだって可能性もあるわけだから」

「いや、犯人は私」

「えっ？　てことは調べたのか」

　麻衣子は首を振った。

「そんな必要もないんだ」

「どうして」

「私の叔父《おじ》が同じ病気だったから」

　真行寺は息を呑んだ。

「私の家系の病気だってことははっきりしてる。でも、それを夫には言いたくない。お義母《かあ》さんだって、息子とは血がつながらない孫の病気が私のせいだって知ったら、そうとうなことを言ってくるだろうし」

　新しい夫は、青山《あおやま》にかなりの地所を有する不動産屋の長男である。それを聞いた時にはお誂《あつら》え向きの相手をつかまえたなと思っていたが、相応のプレッシャーもあるにちがいない。息子の難病だけでも大変な重荷なのに、それを義母から責められてはたまったもんじゃないだろう。俺はいやだ、そんな窮屈《きゅうくつ》さには耐えられない、と真行寺は冷淡に断じた。しかし口先からは、「なるほど」と同意の言葉が漏れた。

「ちょうどいい具合に、あなたのご両親若くして亡くなっているじゃない」

「馬鹿。何がいい具合なもんか。おかげで奨学金の返済に苦労したんだ。お前だってぶうぶう言ってたじゃないか」

「ごめんなさい」

麻衣子はうなだれた。さすがに失言だと思ったのだろう。

「まあお前もつらいだろう、わかったよ」と真行寺は慰めるように言った。「俺のせいにしとけばいいさ」

麻衣子はうつむいたまま涙をぬぐった。美貌に恵まれて華やかなことが好きだった彼女が、サークル仲間だった真行寺と一緒になったこと自体が不思議と言えば不思議だったのだが、やはり刑事の妻であることに不満を覚えたのだろう、友人の結婚式で出会った男に見初められ離婚を決意すると、学生時代からの口癖だった「自分らしく生きたい」という言葉で胸の内を明かした。

なんだそりゃ、と真行寺は思った。「自分らしく」ってなんだ。しかし、当人に「自分らしい」イメージが明確にあるのなら、そうさせてやるしかないとも思った。「自分らしく生きる」道がわかっている人間に説教垂れるほどの哲学は持ち合わせちゃいない、と真行寺は早々《はやばや》と諦《あきら》めてしまい、自分でもその淡泊さにちょっと驚き、妻への愛情の薄さを認めてまた苦笑した。

「それで治るのか」

「難しいみたい。あとしばらくしたら認知力にも障害が出てくるみたいだし」

気の毒にという単純すぎる気持ちしか湧いてこなかったし、そうなのかとしか言いようもなかった。隼雄の結婚話はどうなったと訊いてみたら、そんなのもうおしまいよと笑われた。

「とにかく、その件は了解した」

麻衣子は麦茶のグラスを置いて真行寺を見た。

「そろそろ帰れってことね」

「そんなつもりはないけど」

「いいわ、これ以上話すこともないし」

「そうだろうな」

玄関で麻衣子が靴を履いていると、車が停まる音がした。外に出ると、タクシーがドアを開けて停まっていて、後部座席から黒木が料金を差し出しているのが見えた。

「おう、早かったな」

降りて来た黒木に真行寺が手を挙げた。

「道が空いていましたから。あっ、お邪魔します」

黒木は麻衣子を認めて頭を下げた。

「いえ、私がお邪魔なだけ。——じゃあ楽しんで」

冗談とも嫌味ともつかない言葉を残して、麻衣子は乗ってきた車に乗り込んだ。

車が角を曲がって消えるのを見届けてから、黒木がぼつりと言った。

「なんか、来ちゃまずかったですか」

とにかく入ってくれ、中で話すよ、と真行寺は門を押し開けた。

黒木は工具入れのような革の鞄を提げて敷居をまたいだ。そして、もう片方の手に持ったコンビニの袋を、はいこれと差し出した。覗くと、乾き物やチーズやレーズン、桃などが入っていた。

「逆じゃないか。来てもらったこっちが気を遣わなきゃならないのに」と真行寺は恐縮した。

黒木はいいんですよと空になった手を振って、アンプはA級動作かなそれともプッシュプルかなと、耳にしたことはあるが内容ははっきり理解できない単語をつぶやきながら鞄からテスターを取りだすと、その触覚部をマッチ箱大の銀箱に当てた。そして、

「ケーブルが断線してます」

と、真行寺が赤面するような診断を下した。

ほかにUSBケーブルはお持ちですかと訊かれ、確かあったはずだよ、と真行寺はレコードラックの下にしつらえられた抽斗《ひきだし》を開けた。

「――それで、このあいだの推理小説は書けたんですか？」

背中で黒木の声がした。

「いや助かった。その礼も言いたかったんだ。もっとも書く時間がなかなかなくてね。またハッカーの手口を書く時には相談させてくれ」

「僕でよければ。――あっ、この前に差し上げた音楽再生ソフトってインストールしました？」

「そういえばまだだったな。いまやっちゃおう」

と、真行寺がラップトップにUSBメモリーを挿そうとした時、藪《やぶ》から棒に黒木が言った。

「それがハッカーの手口なんですよ」

真行寺はぎくりと固まった。

「イランの核濃縮施設もおそらくそうやって感染させたんです。その手のディバイスにマルウェアを仕込んでね」

「どういうことだ」

「例えば、バレンタインデーに、机の上にチョコレートの箱を置いて、その中にUSBメモリーを入れておく。出勤してきた男性社員は、お、これは義理チョコじゃなくてスペシャルなあれかな、なんてウキウキしながら自分のパソコンにそいつを挿す。瞬時にマルウェアが侵入し、そのコンピュータを支配してしまうってわけです」

手の中のメモリーを真行寺は見た。

「もちろんそいつはクリーンです。安心してインストールしてください」黒木の声が聞こえた。

そう言われてもちょっと怖かった。まだこの男の素性を本当に把握しているわけではない。しかし、ままよと思って挿した。それから、この中のサウンドファイルをHDDに移動し、アプリらしきファイルをクリックしてインストールした。

この間に黒木は銀箱から一方はアンプに、さらにもう一方はラップトップに接続すると、真行寺の手からこれを取りあげて、再生ソフトを起動した。手の空いた真行寺はアンプのスイッチを入れた。ふんわりと真空管に灯が点《とも》り始めた。

「奥様ですか」

真空管が温まる間に黒木が訊いた。

「前のな」

「今の奥様もいるんですか」

「いたらこんな時間に客呼べないよ」

「ひょっとして僕が来るから追い返しちゃったとか？」

「いや、向こうが急に来たんだ。ちょっと息子のことでな」

真行寺はこれ以上話すべきか迷った。真空管のフィラメントが温まるまでもう少し間があった。

「実はあいつとの間には息子がひとりいてね」

麻衣子が波木《なみき》亘《わたる》という成金の息子と再婚しようとした時、妊娠していることがわかった。子供の血液型から父親は真行寺であることが確実となった。波木の実家から再婚にクレームがついた。しかし、それをなんとか乗り切って麻衣子は再婚にこぎ着けた。そんな経緯で生まれた息子だから、生物学的には我が子であったとしても、まるで実感が伴わないのである。

「そんなものですかね」と黒木は言った。「しかし、奥様もお気の毒です。なんのご病気ですか」

病名を言い置いて、さっき台所から運んできた椅子を持ち上げ、戻しに行った。

「遺伝子疾患かあ。それは難儀だなあ。でも、あと五年もすれば治るかもしれませんよ」

リビングからの言葉に、冷蔵庫の扉に手を掛けていた真行寺は振り返った。

「本当か」

「ええ、その方面の研究は目覚ましい進歩を遂げていますから」

「説明してくれ。ビールしかないけど、いいかな」

「ありがとうございます。じゃあ、まあ乾杯しますか」

缶を合わせて一口飲んだ後、

「世界はすべて情報なんだって僕が言ったの覚えてますか」

「ああ、覚えてる。よくわからなかったが」

「僕ら人間も情報みたいなものなんですよ」

真行寺は首を傾《かし》げ、ガラステーブルに置いた皿からミックスナッツをつまんだ。

「少なくとも、遺伝子は情報そのものです」黒木は続けた。「遺伝病ってのは、遺伝子の並び方がおかしくなっているんですね。もうちょっと具体的に言うと、ある塩基配列が何度も反復されるんです。反復回数がある一定の範囲内に収まっていればいいんですが、ある回数を超えると必ず発病してしまう」

「つまり、犯人はわかってるってことか」

刑事らしいしかたで質問した。

「そうです。であれば、この余分な情報の反復を切り落としてしまえばいいってことになります」

「そんな魔法が使えるならな」

「いえ、あるんですよ。魔法じゃなくて、そういう技術が。それがゲノム編集です。聞いたことないですか」

あるような気がする、と真行寺は言った。

「原因となっている遺伝子は特定できていたんですが、そいつをピンポイントで切り落とせなかったんです。犯人《ホシ》の目星はついているが逮捕できなかったんですね。ところが、最近は、かなり精度の高い技術が確立されつつあります」

「で、日本にもその技術はあるのか」

「一番進んでいるのは中国かな。でも、日本もやろうと思えばやれますよ。得意分野だから、密かにやってるのかも知れませんけど。さ、真空管もそろそろ温まった頃です。何聴きますか」

真行寺はラップトップのディスプレイを覗き込み、サウンドファイルのひとつをクリックした。

ゴリゴリしたピアノの打鍵に黒人特有の太い女の声が重なり、叫ぶようなブルースが飛び出してきた。

家はなけりゃ靴もない、金なし地位なし名誉なし。スカートもなくセーターなんて着れやしない、などとないないづくしの後に、だけど私には、髪がある。頭がある。口がある。私には私がある。誰も私から私は奪えない、とたたみ掛けて歌う。私であること、この私が生きていることの絶対的な真実からすべてが出発するのだと世界に宣言しているような歌だった。ニーナ・シモンが歌う「エイント・ガット・ノー」。

しかし、そんなかけがえのない〝私〟もしょせんは情報の編み物にすぎないのだと黒木は言う。また情報をいじれば〝もっといい私〟にチューンアップできると言っているようにも聞こえた。けれど、そういう風に情報をいじくりまわして得た私は自由なのだろうか。「自分らしく生きたい」と離婚を迫った麻衣子だったが、息子の難病は、遺伝子レベルまで解析された自分らしさに祟られた結果だ、そんな気がしないでもなかった。

「どうですか」

黒木が訊いた。曲は終わっていた。

「いや、ああ、なんというか、聴きほれてしまって、音質のことを考えられなかった」

これを聞いて黒木は、あはは、それはいいや、と笑った。

真行寺は立ち上がり、棚からレコードを取りだすとターンテーブルに載せ、同じ曲に針を落とした。

「この曲はアナログのほうがいいですね」

黒木がそう言い、真行寺もうなずいた。デジタルのほうがすっきりして解像度は高いが、レコードには分厚くどっしりとした存在感がある。

「これもロックなんですか」

「音のスタイルで言えば、ジャズかソウルになるのかな。でも、スピリットはロックだよ」

「ああ、自由ってやつですね」

またデジタルに切り替えて、イーグルスの「ホテル・カリフォルニア」をかけた。湿《しめ》っぽい声で「一九六九年以降、僕らはロックスピリットを持ち合わせていない」と歌っていた。ロックが本格的に商業化されていった一九七七年の暗いヒット曲だ。

「こっちは圧倒的にデジタルのほうがいいな」

「聴き比べなくてもわかりますか」

「さんざん聴いた曲だからな。おまけに、黒木君ちで聴いた時のほうがさらによかった気がする」

「いやあ、すみません」

「まったくだ。あんなベニヤ板を貼り合わせたスピーカーでいい音出しやがって」

真行寺の言葉遣いはすっかりぞんざいなものに変わっていた。黒木は気にする様子もなく笑っている。

そのまま何曲か聴くと、もうちょっとスピーカーを前に出したほうがいいかもしれませんなどと黒木が言い出したので、二人でせーのと大きな箱を動かして、大いに汗をかき、その後《あと》メロンを切り、桃も剝《む》いて食べた。それから、また数曲熱心に聴いた。じゃあそろそろお暇《いとま》しますのでタクシー呼んでもらっていいですか、と黒木が言った時にはもう十二時を回っていたから、真行寺は焦った。

「終電に間に合いそうか」

「いや、そのまま自宅までタクシーで行っちゃいます」

結構かかるぞと真行寺は心配したが、当人は、大丈夫です、そのくらいの金は稼いできましたからと落ち着いている。

家の前に車の停まる音が聞こえて、お邪魔しましたと黒木は立ち上がった。そして、後部座席に身体を入れる間際に、

「また、うちにも来てください」と言った。

「ぜひ、そうさせてくれ」

真行寺は赤いテールランプが角を曲がるのを見届けてから、家に戻った。

ドアを開けるとスマホが振動している音が聞こえてきた。ソファーに置き忘れたそいつに手を伸ばす前に、切れた。こんどは家電《いえでん》が鳴った。まずい徴候である。

「もしもし」

――水野です。

この時間に課長がかけてきた用件なら、同僚の結婚式の余興の打ち合わせでないことだけは確かである。

――新宿《しんじゅく》のガーデン・ハイアットホテルで死人が出ました。

「殺しですか」

――まだ、そこまでは言えない。けれど、ホトケさんが大物だから。

「というのは?」

――尾関一郎《おぜきいちろう》よ。衆院議員の。

酔いが吹っ飛んだ。

「少し飲んでしまったので、運転できませんが」

――しかたないわ。タクシーを使ってちょうだい。

2　異端

タクシーを飛ばして、真夜中の中央高速を都心に向かっていた。薄暗い後部座席で、スマホを手に「尾関一郎」を検索した真行寺は、その経歴を読み始めてすぐ、ぎょっとした。

〈東大法学部卒業後、民間企業を経て警察庁入庁〉

大先輩だった。

〈千葉県警察本部刑事部捜査第二課長、神奈川県警察本部警務部長などを歴任〉

当然だが、バリバリのキャリアである。

〈衆議院議員総選挙に和歌山三区から出馬し、初当選。以後、当選は五回を数える。前政権で財務副大臣を務め初入閣。衆議院テロ対策副委員長、党幹事長代理、衆議院テロ対策特別委員長、法務副大臣、国家公安委員長も務める〉

保守党の政治家として順調なキャリアを歩んできていたようだ。テロ対策関連を歴任しているのはいかにも警察出身らしい。五十八は、警察にいたら引退間近の年齢だが、政治家としてはこれから脂《あぶら》がのってくる時期だったろうに。

次に政策の項目に目を通した。

〈外国人参政権に反対。憲法第九条の改憲に賛成。死刑制度に反対。女性宮家に反対。現総理の金融緩和政策には「中小企業の給料が上がらず、全体的には国民の生活を悪化させている」「構造改革の抜本的な見直しが必要」と批判的。原発に反対。共謀罪の法案には否定的な態度を示していた。内閣総理大臣の靖国《やすくに》神社参拝には否定的。〈公務員制度改革をはじめとして行政改革に熱心で、現在の官僚制度に厳しい態度を取ることが多い〉

正直、政治的にどういうポジションなのかよくわからない。

最後に人物の項目に目を走らせた。

〈日本ベストドレッサー賞・政治部門を受賞したことがある。民放局のアナウンサー菊池《きくち》萌奈美《もなみ》との不倫関係が取り沙汰《とざた》されたことがあったが、両人が否定してこの噂《うわさ》は収束に向かった。柔道三段。クラシック音楽に造詣《ぞうけい》が深い〉

その精悍《せいかん》な面構えは、政治家としてはなかなかの美男子だと言える。菊池アナとの噂は本当だろうと邪推しているうちに、タクシーはホテルの車寄せに停まった。

フロントで名乗ると、エレベーターに乗せられ、十八階へ連れて行かれた。「1807」と彫られたプレートがついたドアを開けると、閃光《せんこう》が真行寺の目を撃った。カメラを構えた鑑識係員がベッドに向かってフラッシュを焚《た》いていた。バスローブの胸元をはだけた初老の男が、乾いた目を天井に向けて白い光を何度も浴びている。

ほかの鑑識係員はカーペットにひざまずいて床からなにかを拾い上げたり、指紋を採取したり、ゴミ箱の中身をビニール袋に移したりしている。この作業の邪魔にならないように、刑事たちはすこし離れて誰かと話していた。見覚えのある一課の若い刑事がひとり真行寺を見てうなずいた。

「それでは、またあらためてお話を聞かせてください」

そう言って橋爪《はしづめ》は、見た目は三十代半ばのスーツ姿の男を解放した。

「誰だ」

男が部屋から出て行ったあとで真行寺が訊いた。

「議員秘書の亀山《かめやま》です。身元の確認で来てもらいました」

「検視はあらかたすんだのか」

真行寺は検視係員の動きをぼんやり見つめながら訊いた。

「ええ、血痕や外傷はないようです」

「扼殺《やくさつ》の可能性は」

橋爪は自分の隣にいた刑事を見た。

「認められないとのことでした」

その刑事が口を利いた。

「持病やなんかはありましたか」と真行寺が尋ねた。

「秘書によると、もともと心臓に疾患を抱えていたそうです」

フリーザーバッグ状の証拠品袋に薬袋を収めた係官が袋の口をキュッと閉じるのを見て、

「なるほど」と真行寺は言った。

そして、目の前の刑事に「本庁一課の真行寺です」と挨拶した。相手は「生活安全課の橘《たちばな》です」と名乗った。生安の刑事だけあって、すらりとした長身といい、聡明そうな顔立ちといい、ずいぶんと人品がいい。どちらがヤクザかわからないような組織犯罪対策の刑事とは大違いである。

「新宿署の刑事課からも来てるだろう、紹介してくれ」

真行寺は橋爪に言った。

橋爪は近くで話しているふたりの刑事に声をかけた。

「こちら警視庁一課の真行寺巡査長です」

そう紹介された相手が一瞬ぎょっとしたのがわかった。しかし、そんないい年齢《とし》してどうして巡査長なんですかとはさすがに訊いてこなかった。

「新宿署の宇田川《うだがわ》です」とまずは眼鏡をかけた若い刑事が名乗った。

「同じく溝口《みぞぐち》です」とおそらく四十代の、ずんぐりした体形の刑事も言った。

するともう少し離れたところで話していたふたりが近づいてきて、

「ご苦労様です。柄谷《からたに》です。公安からです」

「同じく大栗《おおぐり》です」

とそれぞれ深々と頭を下げた。必要以上に丁寧なところが、いかにも公安の刑事らしく真行寺の目に映った。真行寺もよろしくお願いしますと軽く低頭した。

「では、ちょっとトイレへ。——おい橋爪、案内しろ」

この部屋のトイレは現場維持のため使えない。

「ああ、エレベーターで三階まで降りていただいて——」

「馬鹿、横着するな。来い」

真行寺は橋爪を廊下に連れ出すと、エレベーターに一緒に乗せた。

「すぐに十八階の廊下の監視カメラの録画を見てこい。尾関議員がチェックインしてから、ホテルマンが客室に駆けつけるまで、誰かがあの部屋に出入りしている」

「えっ、どうしてそんなことがわかるんです」

「鑑識が証拠品袋に入れていたのを見たんだ。茶色の長い毛髪があった」

「それだけですか。ベッドメイキング係のものかも知れませんよ」

真行寺は首を振った。

「鑑識がゴミ箱の中身を移している時、ちらっとコンドームらしきものが見えたんだ」

「……女呼んでたってことですか」

橋爪は素直に驚いている。

「それを確認してこいって言ってんだ」

五十過ぎて巡査長の階級に甘んじている真行寺は、年下の刑事に対してもたいていは敬語で話さなければならない。とはいえ、捜査現場では年季と実績が物を言う。そんな微妙な立場の真行寺が、敬語を使わなくてもいい数少ない刑事が橋爪だ。

「了解です。――あれ、真行寺さん、ここ十階ですよ」

「わかったらすぐに電話しろ」

言い捨てて降り、誰もいないエレベーターホールでスマホを耳に当てた。

「もしもし、真行寺です」

「ご苦労さまです」と水野はすぐに出た。「いかがですか状況は」

「新宿署に捜査本部を設置するよう動いてもらえませんか」

「それは事件性があるってこと？」

「おそらく」

「でも、帳場を立てるにはちょっと早すぎるかな」

「もう公安が来てるんです」

　水野は少し沈黙したあとで、政治家だからでしょう、とつぶやいた。それもあるでしょうが、と真行寺は粘った。

「ここのところ公安は大きな事件もなく、暇《ひま》をもてあましてるでしょう。共謀罪を無理矢理通させたにしては、たいした実績上げてませんし。だから、首を突っ込んできますよ。そうすると面倒じゃないですか」

「それはそうね」と水野は同意した。

「公安に主導権を握られるのは避けたいんですよ」

「わかりました。掛け合ってみましょう」

「じゃあ、明日の朝は新宿署に向かいますので」

　切って、エレベーターの▲ボタンを押し、昇降を示す電光ディスプレイを仰いで待った。すると、今しがた上っていった一台が十八階で停まり、また下降し始めた。真行寺はこんどは▼を押した。降りて来た箱が停まり、扉が開いた。ストレッチャーを囲んで検視官と白衣を着た看護師、公安の刑事ふたりが乗っていた。失礼と言って乗り込んだ。

　一階で降ろされたストレッチャーの後についていき、裏口から、遺体が警察病院のハイエースに乗せられ、出て行くのを見送った。

　振り返ると、例の公安の捜査員ふたりが静かに立っていた。

「さて、どうなりますかね」

　ひとりがやんわりとした口調で問いとも感想ともつかない一言を発した。ずいぶんとのんびりした態度のように思えた。

「さあ、どうでしょうか」

　真行寺も曖昧な返事を返した。

「じゃあ、私どもはいったん引き上げますので」

　とふたりは慇懃《いんぎん》に腰を折って、停めてあった捜査車両に乗り込んだ。走り去る車を見送った後、ホテルの中へ引き返しながら、ポケットからスマホを取りだし、耳に当てた。出なかった。監視カメラの録画を調べている橋爪は、地下の中央監視室に詰めているのだろう。

「まかせたぞ、俺はどこかで少し寝る」

　メッセージを残していると、またエレベーターの扉が開き、こんどは新宿署のふたりが出てきて、足早にエントランスへ向かった。真行寺はスマホをしまい、さりげなくふたりの後を追った。

「まったく、どうしてこんなに早く帳場が立つんだ」

溝口と名乗った刑事がぶつぶつ言いながら、タクシーに向かって手を挙げた。

水野課長はすぐ動いてくれたらしい。

ふたりがタクシーに乗り込んで去って行くのを、車寄せまで出て見送った。突っ立っている真行寺を見たドアマンが、タクシーを回しましょうかと訊いてきた。手を振って、歩き出した。

あくる朝、新宿歌舞伎町《かぶきちょう》のカプセルホテルで目覚めた。寝房の中で寝そべったまま、水野課長に電話を入れて捜査本部設置の手配の礼を述べ、牛丼屋で朝定食を食べた後、新宿署に向かった。

入ってすぐ、女性警察官を捕まえて捜査本部への案内を請うたが、相手は首を傾げていた。困ったなと思って立っていると、廊下の向こうから昨日ホテルで会った若いのが挨拶をよこした。疲れた目をしている。今朝の会議までにほとんど寝ないで報告書をまとめたのだろう。「すみません、まだ正式に帳場が立っていないので」と宇田川は言い訳し、「昨夜《ゆうべ》、早々に準備にかかれって言われたんですが、いくらなんでもちょっと早すぎますよ」と不平をつけ加えた。

彼の不眠が自分に原因していることは黙っていた。

確かに、事件性はまだはっきりしていないので、宇田川の不満はもっともである。しかし、

「こちらです」と刑事課の隅の部屋に案内された時、この戸口に、〈ガーデン・ハイアット衆院議員殺人事件捜査本部〉という看板が立つことはまちがいないと真行寺は思った。

「捜査主任官は誰になりますか」

「加古《かこ》課長です。紹介します」

捜査本部となる部屋にはまだ慌ただしく机が運び込まれている最中だった。奥に置かれたデスクに連れて行かれると、書類に目を落としていた男がホームベースのような四角い顔を上げ、細い目でこちらを見つめてきた。年齢は四十代半ば。新宿署で課長をやっているってことはおそらく警部。真行寺よりも年下だが、階級は三つ上になる。

「こちら警視庁の真行寺捜査員です」

「ああ、本庁の水野の下にいる」

「よろしくお願いします」

「ニコイチの原則を守らずいつも単独行動する困り者だって評判だぞ」

五十過ぎの巡査長にとって職場は年下の上司だらけなので、真行寺はほとんどいつも敬語を喋《しゃべ》っている。どこかぶっきらぼうな敬語を。一方、年下の上司が真行寺に接する時の態度は概《おおむ》ね二種類に分かれる。ひとつは、階級は下ではあるが、捜査員としての年季と実績を顧慮し、敬語を使う者、もうひとつは、上下関係をはっきりさせないと組織は成り立たないという理屈で、階級制度を重んじ、体育会の後輩のように荒っぽく扱う者。加古はどうやら後者らしい。

「水野玲子警視、あれは警察学校を出て大森《おおもり》署に配属されたんだ。その時は俺の部下だったってわけだ。気が強くて美人でおまけにキャリアなので、みんな、からかいたがってな。よくプンプン怒ってたよ。もっともあっという間に階級は追い抜かれちまったけど」

そうですか、とだけ真行寺は言った。

「じゃあ、とりあえず軽く打ち合わせするか。資料配ってくれ」

いきなり、会議がはじまった。まだデスクが用意できていない者は立ったまま資料を手にしていた。

宇田川が声を張って報告をはじめた。

昨日、午後七時頃、尾関一郎議員は公務を終えた後、「ちょっとひとりで考えごとをしたいので」と亀山秘書に告げ、新宿のガーデン・ハイアットに部屋を取らせた。これは、別に珍しいことではなく、これまでにも「頭を整理するため」と称してこのホテルを利用することがあった。大抵は宿泊せずに、深夜に自宅に戻ることが多かった。このようなホテル利用の記録がいくつも読み上げられた。

午後十時頃、亀山秘書の携帯に「体調がすぐれない、医者を手配してくれ」という連絡が入った。亀山はホテルに電話して、「部屋に様子を見に行ってくれ」と依頼した。ホテルの従業員・手島信幸《てしまのぶゆき》が部屋をノックしたが、反応がなかったので、マスターキーで解錠し、入室した。議員はトランクスとバスローブでベッドの上に横たわっており、すでに意識が朦朧《もうろう》としていた。

手島が「救急車を呼びましょうか」と声をかけたが、「ちくしょう、それだけは駄目だ。許さんぞ」と叫ぶように呻《うめ》くように言ったので、様子を見ていたのだが、そのうち声がけにも反応しなくなり、意識を失ってしまった。少なくとも手島にはそう見えた。ようやく手島は救急車を呼んだ。ここまで、入室してから緊急通報までの時間は約五分である。

午後十時二十五分に救急救命士が駆けつけて、死亡を確認。さらに、十時五十分に秘書が到着し、尾関議員であることを確認。十一時三十分、杉並区の自宅から妻の幸恵《ゆきえ》がホテルに到着し、本人であることを確認。幸恵は夫を自宅につれて帰りたいと望んだが、事件性の有無を確認するために警察へ通報しなければならないとホテル側がこれを拒み、通報した。

このような事実の確認が行われた時、橋爪が入ってきた。腕にタブレット端末を抱えている。

「すみません、別のところで作業していたもので」と言いながら、さきほど設置されたばかりのプロジェクターにタブレットをつないだ。

「昨日《さくじつ》、議員がチェックインしてから遺体となって運び出されるまで、この間の監視カメラの映像を確認しました。――スクリーン降ろしてもらっていいですか」

部屋のどこかで、「素早いな」という感嘆の声が上がった。

「それをダビングして編集したものを持ってきました」

橋爪がタブレットをタップすると、スクリーンに、奥へと続くホテルの廊下の俯瞰画が現れた。画面右肩には時刻を示す白いタイムコードがある。

「1807室、ここが被害者《ガイシャ》の部屋です。回します」

タイムコードが動き出した。動きが激しいので早回しだとわかる。廊下を行く宿泊客やルームサービスのワゴンの動きがちょこまかしている。すると、突然、動きがノーマルになった。

「ここからです」

画面に、髪の長い女の後ろ姿が手前から入ってきて、そのまま奥へと進み、ドアをノックすると、室内へ消えた。

「進めます」

再びタイムコードの刻みが速くなり、また定速に戻ると、ドアが開き、女が出てきた。こんどは奥から手前に歩いてくるので正面を向いた女の姿はどんどん大きく、顔立ちも明瞭になってゆく。艶《あで》やかできれいな女だった。しかし、その表情は強張《こわば》っていて、歩調も焦りで乱れているようだ。

「完全に商売女だな」と誰かが言った。

「おい、議員の携帯はどうなってる。デリヘルの取り次ぎに電話してるか？」

加古課長が言った。

「そのような履歴はありません」

そう答えたのは昨日ホテルで会った生活安全課の橘という刑事だった。

「だとしたら、秘書が手配したんだろう。とりあえず、この女の身元を洗って、事情聴取だ」

　橋爪が手を挙げた。なんだ、と加古が訊いた。

「あの実は、この女、俺知ってるんですよ」

「なんだって」

「ちょっと言いにくいんで後回しになっちゃったんですが、その子は横町《よこまち》れいらって言うんです」

　皆がしんとした。

「よしてくれよ、お前、議員と兄弟か。それに売春防止法違反の可能性だってあるぞ」と誰かが言って、笑いが起こった。

「いや、俺には呼ぶ金ないですよ」

「じゃあ、保安係にいた時にからんだのか」

「ちがいます、実はその子、ちょっと前までＡＶに出てたんです」

「ＡＶに？　なんで知ってるんだ」

「なんでって、そりゃあ、見たからです」

　再び笑い声が上がった。

「ちなみにＡＶ見るのは百パー合法です」

「わかったよ。じゃあ、その女を管理しているデリヘルのサイトもすぐわかるよな」

「さっき調べたんですが、渋谷《しぶや》のムーンライトってところの扱いになってます」

「じゃあ、鑑取《かんど》りに行ってこい。ファンみたいだから担当にしてやる」

「本当ですか」

「嘘《うそ》だ。——で、ガイシャには持病は？」

新宿署の溝口が手を挙げた。

「軽度の心不全を患《わずら》ってました。時々不整脈が出る程度ですが、かかりつけの医者から薬をもらっていたようです」

「だとしたら、尾関先生、女を呼んでご老体に鞭打《むちう》って張り切ったまではよかったものの、度が過ぎて心臓にきちまったってことか。そうなると、公表をどうするかの打ち合わせが重要だぞ」

そんなショボい話で収まるものか、と真行寺があやしんでいると、さきほど携帯を耳に当てて中座した刑事がひとり戻って来ると、手を挙げた。

「なんだ」

「いま、鑑識から連絡がありました。ガイシャが宿泊していた部屋のゴミ箱からコンドームを採取したんですが」

「やっぱりな」と加古は笑った。

「そこから猛毒が採取されたそうです」

室内は静まりかえった。

これで、心臓に持病を抱える男の腹上死という線は消えた。まもなく、〈ガーデン・ハイアット尾関一郎衆院議員急死事件捜査本部〉の看板が戸口に掛けられた。なぜか〝殺人〟の文字は使われなかった。

真行寺は衆議院第一議員会館に亀山秘書を訪ねた。

最初、亀山は議員がホテルに女を呼んだことに対して、存じませんの一点張りで対応しようとしたが、コンドームに猛毒が仕込まれていたことを伝えると、驚いたように真行寺を見返した。

「ムーンライトにはあなたが電話を?」

亀山はうなずいた。

「こういうことはこれまでに何度か?」

また、うなずいた。

「議員がガーデン・ハイアットに部屋を取るのは女が目的ですか」

「いや、必ずしも」

「亀山さん、私はマスコミの人間じゃないので、それを暴き立ててどうこうするつもりはありません。だから正直に話してもらわないと困りますね。おそらく尾関議員は殺されたのですから」

この言葉に亀山ははっと息をつまらせ、そして吐き出すように言った。

「いや、先生があそこに部屋を取って読書したり、考えをまとめるということはありました。

一週間前にも使ってますが、ただ放っておいてくれと言われただけです」

「その時はなにをされてたんですか」

「読書をしたいと仰ってました」

「なにを読んだかご存じですか」

首を振った。

「ちなみに、女を呼ぶ時は、いつもこのムーンライトから？」

うなずいた。

「女が欲しいと議員に言われて、亀山さんがムーンライトを選んだのでしょうか」

「いや、そこに手配を頼むようにと先生が……」

「なぜ、ムーンライトを」

「さあ、安心できるからじゃないでしょうか」

「安心できる理由とは？」

「先生がそこにしろと言うからには安心できるのだろう、と私が思ったというだけのことです」

「と言いますのは？」

「週刊誌などに漏れるとたいへんなことになりますし、弱みを握ったと思って金をせびられても面倒です。ムーンライトはそういう心配がないところなのだと理解しました」

一応、納得した。

「亀山さん、議員の下にはどのくらい？」

「五年になります」

「あなたが秘書になられた時には、議員はもうこういうことは行っていたんでしょうか」

「そのようですね」

「この横町れいらって子は、ムーンライトのサイトからあなたが見繕ったんですか」

「いや、先生のご指名です」

「では、いつもこの子が議員の相手を」

「そうです」

「いつから」

「二年くらいになりますかね」

「どのくらいの頻度で」

「月に一度くらいでしょうか」

「つまり、お気に入りだった、と」

「まあ、そういう言葉を使いたいのなら」

「亀山さんご自身についても少し聞かせてください。先生があなたの携帯にかけて『医者を呼んでくれ』と言われたのに、すぐそうしないでホテルに電話し、部屋の様子を見に行かせたのはどうしてですか」

亀山は不意を突かれたように顔を強張らせ、「その点については、判断を誤ったと反省しております」とうなだれた。

少しわざとらしいようにも見えた。

「ところで、議員が呼べとおっしゃったのは、かかりつけのお医者のことですか」

「ええ、そうです」

「どうして、議員は自分で一一九番しなかったのでしょう。そのほうが早く処置をうけられたのに」

「救急車を呼べば、マスコミに嗅ぎつけられかねませんので。政治家は健康について不安視されるとまずいんですよ。また、女性が部屋にいたことが万が一バレると党や後援会にも迷惑がかかりますから」

実際、客室係が救急車を呼ぼうとして「許さんぞ」と止められているのだから、この説明には説得力があった。

「では、あなたが主治医に連絡しなかった理由がわからない」

「ですから、それは私の判断ミスです。あの時間に主治医の先生に架電するのははばかられたし、また私の独断で救急車を呼んであとから大目玉を食うのも嫌だったので、とりあえず従業員に様子を見に行ってもらったんです」

地下に降りて、議員会館の食堂で天丼を食っていると、壁にかかったテレビが、尾関一郎議員が昨晩ホテルで亡くなった、死因については調査中であるというニュースを流した。どよめきをあとに食堂を出て、地上に戻ると、歩きながらスマホを取りだした。

「真行寺です。今、議員死亡のニュースがテレビで流れているのを確認したんですが、警察側の発表はいつになりそうですか」

「まだ党本部と調整中だ。とはいえ、夕方には発表したい」と加古は言った。

「横町れいらの身柄は拘束できましたか」

「ムーンライトも連絡取れないそうだ。雲隠れだな」

「指名手配は」

「した。本名は蒲池雅子《かまちまさこ》」

芸名と比べると、随分くすんだ響きに感じられた。

「ムーンライトのほうは」

「今、社長を連れてきて話を聞いている」

「ムーンライトが暴力団の傘下《さんか》に入っているという事実は」

「少なくとも直下ではないらしい。組織犯罪対策課はそう言っている」

「しかし、若い女が単独でこんな殺しをするはずがないでしょう」

「それはそうだ」

「取り調べには組対《そたい》の刑事も同席させているんですか」

「いや、いちおう風俗営業は生安の縄張りだからな。今はそっちにまかせてる。橘って刑事が担当だ」

昨日ホテルで会った刑事だな、と真行寺は思い出した。

「アダルトビデオに出演してたそうですが、そっちからなにか浮かんできてませんか」

「報告を待っている段階だ」

「政策が理由で狙われたという可能性については」

「その方面でまず疑わなきゃならないのは北朝鮮だが、尾関議員は拉致《らち》問題にはかかわっていない」

「北朝鮮に関して拉致問題以外で何かかかわりは？」

「それも調査中だが、目立った発言は今のところ見つかってない」

「代々木《よよぎ》方面は？」

「与党の中じゃ共産党とは話せるほうだった。過去に『赤旗』の取材にも応じてるくらいだ」

「この件で、公安のほうには動きが見られますか」

「いや、ぜんぜん大人しいぞ」

現場にいち早く駆けつけたわりには動きが鈍重だな、と思った。

「ここで共産党を追い回しても仕事にならないと踏んでるんだろう」と加古は付け加えた。

ポケットにスマホをしまった時、真行寺は苦笑した。議員会館からは赤坂《あかさか》方面に出て、赤坂見附から地下鉄に乗って新宿署の捜査本部に戻るべきなのだが、いつもの習性で逆方向の桜田門へと足が向いていたのだ。

警視庁本部の入り口で立哨《りっしょう》している制服警官が誰かと話しているのが、小さく見えた。妙に気になった。その後ろ姿に見覚えがあるからだと気づいた。その背中が制服警官の前を離れて、ゆらりと動き出した。

「おい、今のは」

立哨していた警官に駆け寄り、バッヂを見せながら真行寺が聞いた。

「はい。妄想癖があるようなので、追い返しました」

「妄想？　どんな」

「尾関議員を殺したかもしれないなどと言うので、帰って寝なさいと。——え？」

真行寺は駆け出していた。ちくしょう、確かに毒の情報は捜査本部内にとどめていたのだが、事情も聞かずに追い返すとはなにごとだ。

角を曲がった時、まだ後ろ影は残っていた。

助かった。そう思った時、彼女に近づく黒いTシャツが視界に入った。その後ろにいるラスタカラーのシャツも怪しい。真行寺は加速した。

「蒲池雅子！」

走りながら本名を呼んだ。女は立ち止まった。

男ふたりは間隔をせばめ、女との距離を縮めた。

「おい、ブラック・サバス！」黒いTシャツに浮かぶ文字を叫んだ。ハードロック・バンドの名前だった。「いい加減、解散しろ！」

叫んですぐ、しまった、もう解散してた、と思った。

男ふたりの間隔がまた開き、二手に分かれて女の両脇を通り抜けて行った。真行寺の声がそうさせたのか、女を狙っているという判断が妄想だったのか——。真行寺は横町れいらに駆け寄った。走ったのは久しぶりなので呼吸が乱れた。年齢《とし》だなと思った。ふたりの男が遠ざかるのを確認し、女の目を見て、呼吸が落ち着いてから、口を開いた。

「身体は大丈夫か、なんか異変はないか」

首を振った女の顔がゆがんだかと思う間もなく、瞳が潤《うる》み、涙がこぼれた。

「つけた時は、これは効きそうだぞって喜んでたんです」

「つけたって、なにを?」

真行寺の後ろにいた書記役の女性警官が確認のために尋ねた。

横町れいらを警視庁本部に連れて行くと、不思議そうな顔をしている水野に、生活安全課の女性警官をふたり寄越してくださいと言い置いて、取調室に入ったのだった。

「でも、そのすぐあとに、おかしいぞこれはって言って、ゴミ箱にポイしたんですが、すぐに熱い、気分が悪いって言い出して、シャワー室に入って行きました。たぶん、オチンチンを洗ってたんだと思います」

「その捨てたコンドームは君が渡したものなんだな」

「ええ」

「どんなものだった、それは」

「いえ、ゼキちゃん……先生が触らないほうがいいって。……私は先生に、はいこれ使ってってパックのまま渡しただけなので」

「それからどうした。──議員がシャワー室から戻った後は」

「ベッドに仰向けになって苦しそうでした。大丈夫なのって訊きました。心配だったんです。ゼキちゃんのこと大好きだったから」

そんなことはどうでもいい、と思った。

「でも、ここに君がいてもらっちゃ医者を呼べないからって言われて」

まあ、そうだろう。

「だから帰りました。でも、今日ニュースを見て、ゼキちゃんが死んだって知ってびっくりして……」

「金は受け取ったのか」

女は首を振って、まだでした、と言った。

よかった。売春防止法についての調書は取らなくてすむ。

「よし、もう一度訊くぞ。この日、尾関議員の指名が入ったからほかは断るよ、と店長に言われて、君は新宿百人町《ひゃくにんちょう》の自宅で待機していた。この間はなにをしていた」

「寝てました」

「九時に呼び出しを受けてマンションを出た」

「はい」

「自宅を出たところで男が声をかけてきた」

「いえ、携帯が鳴ったんです」

「知らない番号が掲示されたのか？」

「ちがいます、ムーンライトの番号でした」

ムーンライト側は、この件に関してはまったく知らないと言っているが、やはり関与があるのだろうか。

「で、男はなんと名乗った」

「ジョージですとだけ」

「それで」

「先生に会う前にちょっと話があるから近くの喫茶店に来てくれって言われました」

「その喫茶店の名前は」

「TACカフェです。ブングムの上にある」

「ブングム？」

「韓国レストランです」

「そこに君が行った時、ジョージって奴《やつ》は店にいたか」

「ええ、私が入って行くと、軽くこちらに手を挙げたのでわかりました」

おかしい。ムーンライトから電話をかけたとしたら、女よりも先に着いているのは不自然だ。なんらかの手で番号を偽装している可能性がある。だとしたら、女は騙《だま》された可能性が高い。

「年格好は」

「たぶん三十代の後半だと」

「身長は」

「百七十五くらいだと思います。座ってたんであまり自信はないんですが」

「顔つきは」

「イケメンでした」

「イケメンね。もう少し詳しく」

「ほっそりして優しそうな顔つきでした。とにかく犯罪者には見えなかった」

「どうして」

「どうしてだろう……イケメンだったし」

「それは聞いた」

「悪い人っていうよりは、いい人っぽかったんです。ちょっとかっこつけ過ぎてておかしかったけど」

この子、ホストに貢いで借金拵《こしら》えたりしてないだろうか、と真行寺は余計な心配をした。

「そいつは日本人だったか」

新宿百人町や新大久保のコリアンタウンにはニューカマーの韓国人が多くいる。北朝鮮の工作員も紛《まぎ》れ込《こ》みやすいだろう。

「わかりません」

「日本語を喋ってたんだな」

「はい」

「訛《なま》りは？」

「特に気がつかなかったけど。でも、在日コリアンなら、訛りがまったくない人だっているんじゃないですか」

「そうだな。で、ジョージは君になんて言ったんだ」

「先生にこれを使うように言って渡すんだいいね、とあれを——」

「コンドームだな」

「ええ」

「そんなことはこれまでにもあったのか。いや、そういうことは君たちの商売ではままあることなのか」

女は首を振った。

「だからちょっとびっくりして。でも、ジョージって人が、尾関先生はとても偉い方《かた》なんだって言うんです。ただのお客さんとはわけがちがうんだって」

「偉い。どういう意味で？」

「わかりません」女は首を振った。「私はただ、ゼキちゃんはあちこちに色んな影響力を持っている先生だから大事にしろってことだと思いました」

自然な連想かも知れない。こういうきわどい商売は警察の生活安全課とどこかで接触する。元警察官僚の尾関に便宜を図ってもらっていた可能性も否定できない。

それで？　と真行寺は先を促した。

「先生は悩んでるって言うんです」

「なにを」

「つまり、セックスしても体力面で若い頃のようにはいかなくなっているってことを。だから日頃お世話になっているお礼だと言ってこれを渡しなさい、そう言われてあれをもらったんです」

「つまり、そいつを使うと、まあ、なんだ、わかりやすく言うと、効果抜群でビンビンになるよってことなんだな」

女はうなずいた。

「先生にもそう言って手渡したのか」

「ええ。私が『ゼキちゃん、悩んでるんでしょ』って言ったら、驚いたように私を見て『どうして知ってるんだ』。だから、『これ使ってくれたら、ハッピーになれるから』って渡したんです。そしたら『お前はやさしいなあ』と受け取ってくれて……」

馬鹿が。真行寺はうんざりした。

「でも」と横町れいらは言った。「そんなに悩むことなかったのに」

「どういうことだ」

「先生、大丈夫だったんです」

「はあ」

「年の割にはすごく」

「え」

「絶倫だったってことね」

横に座っていた女性警官が注釈を加えた。

尾関が性の能力の衰え以外で悩んでいたのだとしたら、それはいったい何だろう。捜査本部に戻る途中で考えた。例えば、老いてますます盛んなように見えて、実は不治の病を抱えていたとか。いや、だとしたらこんな手の込んだやり口で殺害する必要はない。のんびり死ぬのを待っていればいいだけだ。そう思い直した時、不治の病という言葉に触発されて昨夜《ゆうべ》のやりとりが思い返され、西新宿駅の地下鉄構内から地上に出るとスマホを取りだし、歩きながら耳に当てた。

――珍しいわね。そっちからかけてくるなんて。

と元妻は出るなり言った。

「まあな。ちょっと耳に入れておこうと思って電話したんだ。あまりぬか喜びさせてもなんだが、隼雄君の病気、治る可能性もゼロじゃないらしいぞ」

――というのは？

「いまは遺伝子の配列をかなり正確にいじれるそうだ。余計な遺伝子配列がやっかいな病状を引き起こしているんだが、そんなもの切ってしまえばいいって理屈らしい」

――クリスパーのこと？

「ん？　なんだそれ」

――だから遺伝子操作技術でしょ。〝DNAのメス〟よ。

「そうだ。たぶんそいつだ。知ってたのか」

――当たり前でしょ。こっちは必死なんだから。縋《すが》れるものなら藁《わら》だって葱《ねぎ》だって蜘蛛《くも》の糸にだって手を伸ばすわ。

「じゃあ、試してみたらどうだ」

――まったくもう、あなたって人は。日本じゃ無理なのよ。

「え、ちゃんと調べたのか。日本の医療技術がそんなに遅れてるとは思えないんだがな」

――技術じゃないわ。法律よ。

「法律が？」

――日本では臨床はおろか、その研究でさえ制約が多いのよ。

「どうして患者が助かる可能性に制約をかけるんだ」

――こっちが聞きたいわ。愚にもつかないこと言って見殺しにしている人がいるの。豚箱にほうり込んでよ、刑事でしょ。

頭にきたのと、署の前で顔見知りが手を振っていたのとで、切った。

「浜崎《はまざき》さん、元気か」

「こっちは元気なんですが、会社がねえ。最近は若い層を中心に新聞読む人間がめっきり減りまして」

「政府の発表をそのまま垂れ流してるからじゃないんですか」

「これはまた刑事さんとは思えない過激な発言だなあ。でも、うちはまだマシなほうでしょう」

真行寺はふふふと笑って同意を示した。浜崎が所属する首都新聞は、発行部数はさほど多くないものの、まだ気骨のある新聞に数えられていた。

「今も警察《サツ》回りを続けているんですね。どうです、そろそろ楽な部署に移っては？」

「いやあ、そうすると余計に疲れちゃうんですよ。だけど、いつまでも現場をウロウロしてるのは真行寺さんだって同じでしょう」

「俺は出世しないんだから現場にいるしかないんだ」

記者はニヤッと笑うと、胸ポケットから手帳を取り出した。

「ところで尾関議員の件ですが、死因についてはもう調べがついてるんですかね」

「さあ、どうだろう」

「自殺って線はないんですか」

とんだ見当違いの方角から斬り込んできた。しかし、妙に気になって、「なぜ」と真行寺は訊き返した。

「ほら昔、品川のホテルで首吊《つ》った政治家がいたじゃないですか。あれを思い出したんで、一応お尋ねしたまでです」

ああ、そんな事件もあったな、と真行寺も思い出した。

「因《ちな》みにその議員の自殺は何が原因でしたっけ」と真行寺が尋ねた。

「うーん、確か証券がらみのスキャンダルだったような。もっとも、彼は朝鮮籍の元在日だったんでね。自分の出自からして党は守ってくれないだろう、蜥蜴《とかげ》の尻尾《しっぽ》みたいに見捨てられるにちがいない、そう絶望したって噂もありましたね」

真行寺は浜崎の目を見て首を振った。

「はあ。てことは自殺じゃないんですね」

こんどは軽くうなずいた。これは時折情報をくれる浜崎へのサービスである。

「じゃあ、なんです」

「まあ、もうちょっと待ってください。そうはかからないと思うから」

「どのくらい」

真行寺は首をすくめて、

「逆にそっちからは？」

「と言いますのは」

「尾関議員がなにかしでかして、党からきびしい処分を受けそうだって、そんな話を耳にしたことは?」

横町れいらが「ゼキちゃん、悩んでるんでしょ」と声をかけた時、尾関は「どうして知ってるんだ」と聞き返した。実際、彼には思い煩《わずら》うべきことがあったのではないか。尾関は気持ちを整理するためにホテルに部屋をとることが度々あった。女を呼ぶ口実だったのかもしれないが、それがすべてというわけではなかったようだ。昨夜、彼はなにかを深く考え決断する必要があったのかもしれない。

「さあ」

「自殺じゃないのかってかましてきておいて、さあはないでしょう」

「いや、あれはハッタリですよ。なにか気になるんですか」

真行寺はただ浜崎の目を直視した。視線を受け止める浜崎の表情が輝いた。この事件に潜む深い闇の匂いを嗅ぎつけて。

現職の政治家が死んだとあって、増員された刑事たちで捜査本部はごった返していた。新たに机が入れられ、不在中にレイアウトが変更されて、真行寺の机も移動されていた。自分の席を探してキョロキョロしていると、正面奥の席で捜査主任官の加古が手招きした。

「実行犯の身柄を押さえたのはお手柄だった。あとはじっくり女を絞り上げれば一件落着だな」と加古は笑い、「ニコイチで動かないのは困ったもんだが、今日のところは怒るのをよしておくよ」と付け加えた。

この手の話につきあうつもりはなかった。

「ムーンライトの事情聴取はまだやってますか」

「どうかな。たしか橘が連れて行ったぞ……。おい、どうだ、あのデリヘルの社長はもう帰したのか」

まだです、という返事が聞こえた。部屋番号を教えてもらい、真行寺はそちらに向かった。


「ですから、うちらはあくまでも出会いの場を提供してるにすぎないんであって、出会ったお客さんが女の子とどう遊ぼうと勝手なんですよ。女の子が嫌がるような変態プレイを強要されたら調整に出て行くくらいで。どんなプレイをしていたのかは知りませんが、腹上死の責任をこちらになすりつけるのはよしてくださいよ」

ドアを開けると、Tシャツに金のネックレス、その上に黒い麻のジャケットを着た三十代の細身の男が、椅子に座って組んだ脚をぶらぶらさせていた。

「是方《これかた》さん、われわれもそこは理解してるんですよ」

ムーンライトの社長は是方というらしい。彼と対面していた橘は、真行寺にちらと視線を送ると軽くうなずいた。真行寺は少し離れたところにパイプ椅子を置いて座った。是方の応答からして、コンドームに猛毒が塗られていたことは相手にはまだ伏せているようだ。

「だったら、うちが関係ないってこと、もういい加減にわかってくれてもいいでしょう」

「じゃあ、尾関先生がガーデン・ハイアットにいたことをどこにも漏らしてないんだね」

「まさか。信用失うだけで何もいいことないでしょう」

そう言った後、男はわざとらしく腕時計を見た。

「もうそろそろ帰してくれませんか。一応これ任意ですよね」

「おたくにジョージって男はいるかい」

橘の背中越しに、真行寺が訊いた。

「ジョージ？　いや、どうしてですか」

「蒲池雅子が」

「蒲池？　誰でしょう」

「横町れいらだ。おたくの店の登録では」

「ああ、そうでしたっけ」

「身柄を確保した」

「らしいですね、さっき聞きました」

たぶん、これをネタに橘が揺さぶりをかけたのだろう。

「で、ジョージって誰です」

「ホテルに向かう直前、横町れいらの携帯に着信があり、相手はジョージと名乗った。発信元の番号はムーンライトのものだ」

「ですから、知りませんって」

「ジョージは近くの喫茶店に来いと言った」

「ちょっと待ってくださいよ。そんなこと一方的に言われても訳わかんないですって」

「一応その言い訳は聞いておいてやる。ところで、横町れいらがお前のところに登録したきっかけはなんだ」

「それについては、今までさんざん話してたんですよ」

「もう一回話してくれ」

「かんべんしてくださいよ。ねえ」

是方は目の前の橘に助けを求めた。しかし、橘は首を振った。

「マジですか」

こんどは真行寺を見た。

「ああ、でないと明日にでもガサ入れしなきゃならないぞ」

「どうしてです」

「それはこれから考えるよ。なんかあるだろうさ、もともとお前らのやってることはキワキワなんだから」

真行寺はパイプ椅子の背もたれをつかんで前に移動した。

「横町れいらがお前のところにかかわるようになったのはどういういきさつだ」

「それは、彼女がうちに登録したいって言ってきたからですよ」

「そんな答えで満足すると思ってるのか」

「……紹介されたんです」

「AVレーベル　ヨアケの社長です。れいらは主にそこの作品に出演してましたから」

「誰だそれは」

「ヨアケの上沼《うえぬま》社長に」

「だれに」

「そういう風に女を回してもらっておたくに登録するなんてことはよくあるのか」

「ええ、ありますよ。よくというほどじゃありませんが。うちとしては、もっとあってもらいたいんですがね」

「そのAV会社とおたくとは資本関係があるのか。最初から正直に話せよ、どうせ調べりゃわかるんだから」

「ありませんよ。どうぞ調べたければ調べてください」

「横町れいらがAVやめてそっちの商売に鞍替《くらが》えしたいって理由はなんだったんだ」

「さあ、よく知りませんが、向いてなかったんじゃないですか。もともと借金が結構あってしかも短期間で返さなきゃならないって事情から出演したらしいんですが、無理してかなりハードなことやってしまって、ちょっとウツっぽくなったそうです。それで、上沼さんから、もう本人はAVは無理だって言ってるし、かといって今さらカタギの仕事も難しいから、そっちでいい客をつけてやってくれって紹介されたんです」

「ずいぶん親切じゃないか」

「誰が」

「その上沼ってＡＶ屋だよ。辞める人間の退職後の面倒まで見るなんて。まるで一昔前の映画に出てくる鋳物《いもの》工場の社長みたいじゃないか」

なんですかそれ、と是方は呆れたように笑った。

「別に人情派を気取るつもりはないんですが、ＡＶもデリヘルも鬼が経営してるわけじゃないんで」

「とか言って、紹介料として上沼にいくらか渡してるんだろ」

橘が口を挟んだ。

そりゃあまあ、と是方はくちごもった。

なるほど、それなら合点がいく。

「それで、彼女はデリヘル業は機嫌よくやってたのか」

「一応、仕事に穴開けるようなことはしてませんね。まあ、スタッフがいる前で縄で縛られて天井から吊るされたり、廃墟でレイプされたりするよりは、高級ホテルで金持ちのじいさんを相手にしているほうがよっぽどマシなんじゃないですか」

「顧客の中には、ほかにも国会議員がいるのか」

「うちは高級志向なので立派な地位にある客もいます。けれど、こちらから立ち入ったことは聞きません」

「じゃあ、どうやって客を選別してるんだ」

「まず、うちは基本料金が高いので、最初から変なのは寄りつかないんですよ」

「しかしそれじゃあ、なけなしの金をはたけば誰だって利用できるってことになるじゃないか」

「そこはいちおう紹介制って形を取ってますので」

「じゃあ、尾関議員を紹介したのは誰だ」

「それは調べてみないとわかりません」

「調べてくれよ」

相手はわざとらしいため息をついた。

「なるべく協力したいと思ってはいるんですがね、うちの顧客情報をホイホイ出すと信用にかかわるので、いちど弁護士に相談させてもらっていいですか？」

クソ生意気なこと言いやがるなと思いつつ、橘のほうを見たら、しかたないという風にうなずいたので、よろしく頼むと言って解放してやった。

「で、どうでした」

捜査官に連れられて是方が出て行ったあとで、橘とふたりきりで向きあった。

「しかし、あいつが横町れいらにあれを持たせたってことはないと思いますね」と橘は言った。

「なぜです」

「そんなヤバい橋渡ってもなんの得にもならない」

それは、真行寺も同意見だった。しかしここは役割分担を意識してこう尋ねてみた。

「誰かに頼まれたってことはあり得ませんか」

「だとしても、まず最初に疑われるのはムーンライトになりますから、断ると思います」

「報酬がよくても?」

「殺しですよ。いくらもらっても塀の中じゃ使いようがないじゃないですか」

「疑われたって捕まりはしない、とナメているってことは」

「そこまで計算できない馬鹿だとああいう商売だってできませんよ」

「じゃあ、脅《おど》されてやむなくという線は」

「それはまあ、あるかもしれません。しかし、脅して殺しを請け負わせる悪党が是方みたいな素人《しろうと》を使いますかね」

　もっともな意見だと思った。

「しかし、あの野郎、自分の店の利用客が死んでるのにいけしゃあしゃあと顧客の信用がどうとか抜かしやがったな。ロレックスなんかはめやがって」

　真行寺の言葉遣いが急にぞんざいになった。実は、先ほどまで対峙《たいじ》していた若い男が醸し出す、人生や人間を見くびっているような雰囲気《ふんいき》にかなりむかっ腹が立っていた。これまでにも、若者の無感覚なふるまいに接すると、真行寺はむしょうに苛立《いらだ》つことがあった。

「いや、ああ見えて、結構ヤバいと思っているんじゃないですかね」

　橘のくちぶりは弁護するように聞こえた。

「そうかなあ」

「そりゃそうでしょう。あいつらは極道とはちがいます」

「しかし、ああいう商売をやっているんだから、まるっきりカタギってわけでもないでしょ。直接手を下してないにしても、なにか知ってるんじゃないかな」

「その点で言うと、誰が尾関議員をムーンライトに紹介したかってことは気になりますね」

「うむ。是方はその情報を出すと思いますか」

「いや素直には出さないでしょう」

「盗聴できねえかなあ、あいつの携帯」

「この状況だと難しいですね」

「ダメモトで当たってくれませんか」

「わかりました。あと、さっき真行寺さんが是方に仰っていたことですが、そのジョージって男から横町れいらに着信があった時、着信表示にはムーンライトの固定電話の番号が出たんですよね」

「ああ。しかし、それだとジョージって男が先に店についていたってのが妙なんです。横町れいらのマンションからそこの喫茶店までは目と鼻の先ですから」

「ムーンライトから掛けた男と、店で待っていた男が別人だということは考えられませんか?」

店で会ったジョージと電話の声の主とは同一人物だと、横町れいらは信じて疑わなかったようだ。しかし、橘の推論も完全に排除するわけにはいかない。

「じゃあ、橘さんの意見を聞こう。ジョージって男はなんらかの操作で、自分がムーンライトからかけていると偽装した。その理由は横町れいらに確実に電話を取らせるためだ。これが1。実はムーンライトから架電したジョージと、店で待っていたジョージは別人だった。ムーンライトからジョージがかけた時、もうひとりのジョージはすでに店にいて、横町れいらを待っていた、これが2。どちらが確からしいか」

「まあ、1じゃないですかね」

「なぜ」

「2のような段取りを踏む理由がわからない」

「だとしたら、別の疑問が浮上します。着信番号の偽装、そういうことは技術的に可能なのか？　これについて生安の見解を聞かせてください」

「では、それはうちの課のサイバー犯罪に詳しい者に聞いてみましょう」

「それから、新大久保のＴＡＣっていう韓国カフェ、店内に監視カメラが設置されてないか確認してくれませんか」

「あれば、ジョージが映っているはずだってわけですね」

お願いしますと言い置いて、真行寺は取調室を出た。捜査本部に戻り、加古課長の机の前に立った。

「死因の公表について、警務が永田町とすりあわせしていると思いますが、いつごろ出ますかね」

「いま連絡があったんだが、今晩、日付が変わる前に公表するらしい」

「深夜ですか。——で、どこまで公にすることになりそうですか」

「そこんところで広報が頭抱えてるらしい」

とにかく、スキャンダラスな内容を含むので、政府側がさまざまな注文をつけてくることが予想された。

「報道するなと言われてるのはどの辺でしょう」

「それが、警察のほうで好きに発表していいって言うんだ」

まさか、という言葉が真行寺の口からこぼれた。

「そのまさかで、広報が困惑してんだよ。いくらなんでもそのまんまってわけにはいかんだろ」

「ええ」

女をホテルに呼んだ衆院議員がコンドームに仕込まれた毒で殺された。なぜこの事実をそのまま公表するとまずいのか。真行寺はうまく言葉にできなかった。しかし、まずいだろうなと感じるほどには刑事として長いこと飯を食ってきてもいた。

「で、お前はどうしてそれを気にしてるんだ」と加古が訊いた。

「いや、これから尾関議員の自宅に奥さんを訪ねようと思っておりまして」

「今朝からもう捜査員が何人も行ってるぞ」

「まあ、私は私でちょっと気になることがあってですね」

「ん？　そりゃなんだ」

「なんでしょうね、そいつを確かめに行ってこようと思って」

「おい、なに言ってんだ」

「とにかく、顔を合わせたら夫人は死因を聞いてくるでしょう。その時、広報の発表に合わせた受け答えをしたほうがいいのかどうかを考えていたんです。でも、発表が深夜までズレ込むってことだと、ややこしいな。まあ、道々考えます。では」

課長はなにか言っていたが、かまわずに出た。後ろでニコイチという言葉が聞こえた。

地下へ降りる前に、首都新聞の浜崎に電話して「一面は開けておけ」とだけ言った。「わかりました」という簡潔な答えが返ってきた。そして「政治部の記者で尾関議員に食い込んでいたのがいたら紹介してくれないか」と掛け合った。また、「わかりました」という簡単な返事があった。電話を切って真行寺は地下鉄構内へと降りていった。


故尾関一郎衆院議員の私邸は西荻窪《にしおぎくぼ》の住宅街にあった。屋敷の前には、三脚にカメラを載せ、キャンプ用の折りたたみ椅子に座った報道陣が、なにかことが起こるのを待っていた。

インターフォンを鳴らし、警察ですと言いながらレンズの前にバッヂをかざした真行寺は、応対に出てきたのが亀山秘書だったので、意表を突かれた思いがした。

「こちらに詰めていらっしゃるのですか」

中に入りながら真行寺が訊いた。

「いや、僕はここに寝泊まりしているので」と亀山は言った。

「へえ、政治家の秘書というのはそういうものなんですか」

「そういうものではないのですが、それほど珍しいことでもありません。僕は政策秘書ではなく私設秘書なので」

おそらく政策秘書はブレインに近い存在で、私設秘書は身の回りの世話をする係なのだと勝手に理解した。優男でなんとなく頼りなげな亀山は、「先生、こんどの選挙はこういう点をアピールしましょう」などとリードするとは思えなかったし、また政治資金をどんどん引っ張ってくるような凄腕《すごうで》にも見えなかった。ただ、個性はちがうがなかなかの美形で女にもてそうなところは、尾関議員と似ていた。

「で、なにか？」と亀山が訊いた。

「奥様と少しお話しできればと思いまして」

「なにに関してでしょう」

この質問に真行寺は軽く不審を感じた。

「もちろん尾関議員についてです」

「さきほど刑事さんがふたり来られて帰りましたが」

「そいつらは偽物です」

亀山の顔が凍り付いた。

「いや、冗談です。警察ジョークです」

亀山は笑わなかったので、真行寺が笑ってみせた。

「そんなに時間は取らせないので、ぜひ」

亀山は結局、応接間に真行寺を案内し、少々お待ちくださいと引っ込んだ。よっこらしょとソファーに腰を下ろした真行寺が顔を上げた時、その目が大きく見開かれた。

そこには贅を尽くしたオーディオシステムがあった。スピーカーには、イギリスの高級音響機器メーカーB&W社の上位機種。これを駆動するアンプは、相性がいいと言われるアメリカ製のマランツ。レコードプレイヤーはトーレンスでこれはスイス製だ。とにかく入口から出口まで、金に糸目をつけない豪奢《ごうしゃ》なラインナップである。さらに、壁一面に、おそらく特注だろう、木目が美しいラックが作り付けられており、レコードもCDもきちんと整理整頓されて収まっていた。真行寺は思わずため息を漏らした。

尾関議員はクラシックに造詣が深いと、昨日ウィキペディアで読んだのを思い出した。音楽愛好家の国会議員なら、このくらいのシステムは当然なのかもしれない。しかし、ラックに並ぶCDやレコードの背中を見て真行寺は妙な違和感を抱いた。

クラシックのものらしくない。ジャンルによってレコードやCDの表紙が趣を変えるのは当然だけれど、そのことは背中にも言えることで、クラシックのレコードやCDをずらりと棚に並べると、その絵面《えづら》は割合すっきりした色合いになるはずなのだ。しかし、目の前のラックのそいつはかなり色鮮やかで、気まぐれで、ゴテゴテとしていた。近づいてみるとやはり、ロックやブルースからジャズまでが並べられている。

「お邪魔いたします」

真行寺は振り返った。ワンピースを着た若い女がアイスコーヒーのグラスが載った盆を持って入ってきた。

綺麗《きれい》な女はソファーの前のテーブルにグラスを「どうぞ」と置いた。真行寺は慌ててソファーに戻って「いや、どうもすみません」と頭を下げた。

すると、女は斜向《はすむ》かいのソファーの肘掛《ひじか》けの脇に空いた盆を置いて、自分もそこに腰掛けた。

「尾関のことでまだなにか？」

真行寺はグラスに伸ばした手を止めて、女を見た。

「えっと、議員の奥様でいらっしゃいますか」

「はい」

真行寺は手帳を取りだし、「幸恵さんで？」

「さようです」

てっきり家政婦かなにかだと思っていた真行寺は驚いて、「お若いんですね」とその時思ったことをそのまま口にした。

「いえ、もう若いという年齢《とし》では」

真行寺は手帳をちらと見た。〈妻・幸恵　四十二歳〉とあった。しかし、真行寺の目にはせいぜい三十を過ぎたばかりに映った。

「この度は誠に……」

その後《あと》は省略し、頭を下げた。

「それで、なにか」

「ええ、実は尾関議員の死因についてですが、捜査員からなにか聞いてますか」

「いいえ。質問はされるばかりで。こちらのほうから訊いてもなにも答えてくれません」

「そうですか」

「でも、秘書の亀山からはいろいろ聞きました」

「……それはどういう風に」

「若い子と遊んでいたとか」

真行寺は黙ってアイスコーヒーを飲んだ。ガムシロップは入っていなかった。苦い。

「しかも、あまりよくない最期だったとも」

「その、よくないというのは」

「幸せの中で昇天したわけじゃなくてお気の毒でした」

変死した代議士の妻は笑った。その笑いに真行寺は、無念と憤怒《ふんぬ》と自嘲が入り交じった複雑な感情を見て取った。夫が自分を裏切って商売女とホテルで同衾《どうきん》していたのでは、ただ悲しめばいいというわけにはいかない。

「亀山さんからどの程度聞いてらっしゃいますか」

「あれが聞いたことのほぼすべてだと思います。亀山君にも気の毒なことをしました。女の手配なんかさせて」

「亀山さんはこちらに同居していると伺ったのですが」

「ええ、私設秘書です」

「私設秘書というのは昔の言葉で言うと書生みたいなものですかね」

「彼の場合はそうかしら。でも、一般的にはもっと事務的な存在です」

「秘書の方はほかにも？」

「もちろん政策秘書がおります」

「私設秘書から政策秘書に昇進するケースというのはあるのですか」

「可能だと思いますが、そうなるとまず国家試験にパスしないといけませんね」

「それはかなり難しいのでしょうか」

「ちょっと頑張れば誰だって受かるでしょう、私が受かったくらいなんだから」

それは怪しいな、と直観的に真行寺は思った。しかし、このへんで秘書の話は切り上げることにした。

「今晩遅く、警察から議員の死因について発表があります」

「どのようなものになりますか」

「まだわかりません。しかし、私が推察するに、〝尾関一郎衆院議員がホテルで急死した。事件性あり。一緒にいた関係者に捜査当局が事情を聞いている〟——ひとまずこんな感じになるのではないかと」

「どうせなら肉体関係者としたらいいのに」

幸恵は猛烈な皮肉を飛ばしてきた。今、この女の心を支配している感情は、哀しみよりも憤りが勝《まさ》っているらしい。

「失礼ですが、議員がガーデン・ハイアットで部屋を取って……」

あからさまにならない言葉を探していると、

「知ってましたよ」と幸恵は言った。

「離婚を考えられてましたか」

「そういう話をしたことはあります」

「議員がそれを拒んだ」

「そうですね」

「どうしてです」

「さあ。選挙街宣車の上でマイクを握る時、横に立たせて手を振らせるのが商売女だとなにかと都合が悪いのかしら」

悪いに決まっている。なるほど。確かに離婚は政治家にとって、致命的かどうかは知らないが、プラスにはなるまい。

「立ち入ったことを聞きますが、議員とはどのようにお知り合いに」

「忘れました」

そんなはずはないと思った。しかし、あまり機嫌を損ねてもまずいので話題を変えることにした。

「政策秘書の資格をお持ちだとおっしゃいましたが、尾関議員の秘書を務められていたことは」

「いいえ」

「ではふたりで政策について話し合われたことはありましたか」

「昔は」

「今はどうでしょう」

「馬鹿馬鹿しくて」

「どのように」

「見ての通りの体たらくでしょう。どうしようもないわよ」

「議員として、着実に地歩を固められているようにお見受け致しておりましたが」

「どこが」

「どこがと言われても……。少なくとも私なんかよりは。なにせ、この年齢《とし》で巡査長ですから」

「巡査長っていうのは、企業でいうと」

「ヒラですよ、端的に言えば」

幸恵はちょっと驚いたような顔をした。よっぽどの間抜けに思えたのかもしれない。

「議員は、警察に入庁された時点でもう警部補だったはずです。上を見てはキリがありません」

「でも、お嫌いなんでしょう、尾関のことは」

「私が議員を？　どうしてです」

「たいていの人は主人を〝先生〟と呼びます。前に来た刑事さんもそうでした。けれど、あなたはずっと〝議員〟で通している」

「これは失礼しました」

「いえ、まったく。でも先生とは呼びたくないからでしょう」

「まあそうですが、しかしそれは尾関議員に限ってのことではなく、政治家を先生と呼ぶことを避けているからだと思います」

「それはどうして」

「まあ、嫌いだからじゃないですか」

幸恵は笑った。

「好きな政治家はひとりもいないんですか」

いつの間にか質問される側になっていた。

「さあ、どうでしょう。リンカーンなんかはいいと思いますが」

「リンカーン？　どこがいいの」

幸恵はそれがさも面白い冗談であるかのように笑った。

「奴隷を解放したからですよ」

「リンカーンの動機は黒人への哀れみなんかじゃなく、アメリカという国が南北に分断されるのを避けたかっただけって話はご存じかしら」

「聞いたことがあるような気もしますが……。ともあれ、黒人という人間を、奴隷という非人間的な立場から解放したのですから、リンカーンは正しいことをしたのだと思います」

「そうなの?」

「ええ、人はみな自由であらねばならないというのが私の唯一の信条ですから」

「面白いことを言う刑事さんね」

「いや、面白くはない、真面目《まじめ》な話です」

「でも、殺されちゃあね」

「え」

「リンカーン、最後は暗殺されちゃったでしょ。でも、政治家は暗殺されるくらいでないと」

「そこなんですが、奥様は、尾関議員が誰かに狙われていたという可能性について、思い当たるところはありませんか」

とたんに幸恵は吹き出した。

「尾関みたいな小物と一緒にされちゃあ、リンカーンもたまんないわよね」

なんと返していいのかわからず、真行寺は黙っていた。すると、幸恵の顔が急に険しくなった。

「ということは、殺されたって話は本当なのね」

「それをいま調査中です」

「少なくとも疑っていらっしゃる」

「可能性があれば一応疑ってかからなければなりません」

「それで、その可能性は高いの？」

「高いですね。おそらくそうでしょう」

「そう、だとしたらよかった」

「なにがいいんです」

「だって、商売女と寝ている最中に体調が急変して死んだなんてよりはずっと」

真行寺は話題を変えたかったが、どこに向けていいのかわからなかった。それで、レコードラックに視線を投げて、

「尾関議員はクラシックがお好きだとどこかに書いてあったんですが、色んなジャンルを聴かれるんですね」

と、てんで関係のない方向へ進んだ。

「クラシック好きだと宣伝したほうがインテリっぽくて印象がいいからでしょ」

「そうなんですか。それにしても、いい装置をお持ちだ」

「お好きなの？」

「まあ、それなりに。ちょっと聴かせてもらってもいいですか」

ずいぶん無遠慮なこと言っているな、と自分でも思った。

「いいけど、私はほとんど触ったことないから、扱い方がよくわからないのよ」

「おまかせください」

真行寺は立ち上がって、装置の前にかがみ込み、レコードプレイヤー、プリアンプ、パワーアンプの順に点火し、プリアンプのソースをフォノに切り替えた。背を伸ばし、レコードプレイヤーのダストカバーを開けた。黒い盤が載っていた。円盤の中心部にある紙ラベルを読んだ。ニーナ・シモンのベストアルバム。昨日聴いた「エイント・ガット・ノー」も収められている。代表曲だから当然だ。その溝に針を落として、音量調整のつまみをゆっくり回した。

非常に解像度の高い生真面目な「エイント・ガット・ノー」が流れ出た。いかにも高級感の漂う音だった。黒人が歌うブルースに適しているかどうかはわからないが。

「お見事です」

「どうしてこれをかけたの」

「いや、たまたまこれが載っていたので」

そう言ってシステムの火を落とし、レコードを紙ジャケットに戻した。適当に突っ込んでくれればいいわと幸恵が言ったので、ちょっと悩んだが、アレサ・フランクリンの『ライヴ・アット・フィルモア・ウェスト』とロバータ・フラックの『第二章』の間に差し込んだ。

「そうじゃなくて、この曲は一曲目じゃないでしょう。そこに針を落としたのはなぜ」

「個人的に好きなので」

「そう。尾関もよく聴いてたけど」

「そうですか」

「最近はとくにね。おかしな音程で nobody can take it away なんて歌ってた」

そう言って、脇に置いた盆を取るとそれで自分の顔を隠した。しばらくして、真行寺はその後ろから漏れてくる幸恵の嗚咽《おえつ》を聞いた。


「亀山さん、少しお話しできますか。駅前の喫茶店ででも」

玄関で、差し出してくれた靴べらをスニーカーの踵《かかと》に差し込みながら真行寺は言った。

「いや、私はこれから後援会のほうに顔出さないといけないので」

「そうですか、車で？」

「ええ」

「じゃあ乗っけてってください。車内で少し話せれば充分です」

刑事はふつうこのようなことを頼んではいけない。利益供与だとあとで難癖をつけられかねないからだ。

「でも、真行寺さんは、これからどちらに向かうんですか」

「どこでもいいのです。適当なところで降ろしてもらえれば、そこから電車で移動しますので」

亀山は後部座席のドアを開けてくれた。しかし、真行寺は助手席に乗り込んだ。

「バング&オルフセンですね」

カーオーディオのパネルを見ながら真行寺は言った。

そうなんですか、と言った亀山はまるで興味がなさそうだった。

「音楽のほうはあまり?」

「先生をお乗せしている時に、かかるのを聴けば充分です」

「なるほど。しかし、さすがですね。デンマーク製の高級機ですよ」

「聴きますか」

パワーボタンに伸ばした亀山の左手を制して、

「聴きほれて亀山さんと話ができなくなっては本末転倒ですから」と真行寺は言った。

「私になにか」

「亀山さんが議員の秘書になったきっかけを聞かせてもらえますか」

「どうしてです」

「参考までに」

「父が地元で先生の後援会長をやっておりまして」

「お父様と議員とは血縁関係は?」

「いえ、ありませんが」

「なるほど。父上のご商売は?」

「不動産です」

「継がないんですか」

「それは弟が」

「なるほど。尾関議員の秘書になったのは父上のご推薦《すいせん》でしょうか」

「まあ、そんなところです」

「それはいつの頃です」

「私が、大阪での勤めを辞めて実家に戻ってゴロゴロしていた時期ですね」

「その前はなにを」

「住宅メーカーにいました」

「父上の稼業の関係でそこに？」

「まあ、そうです」

コネ入社ばかりだな、と思った。

「そこで営業をやってたんですが――」と亀山はその先を濁した。

「予算に追いまくられ、嫌になって辞められた」と真行寺は後を足した。

露骨だなあ、と亀山は笑った。当たらずとも遠からずなのだろう。弁舌爽やかに口八丁手八丁で契約を取ってくるような輩《タマ》には見えなかった。売り上げが目標に届かなければ叱責もあったにちがいない。そういうストレスには耐性のないタイプだと鑑定した。

「ちょうど選挙があって、することがないなら手伝えと言われ。その時、票のとりまとめで父が奮闘したのを先生が感謝してくださったので、ぜひ息子を先生のもとで修行させてもらえないか、なんて父が言い出して、勝手に話が進んじゃったんですよ」

「亀山さんご自身はそれでよかったんですか」

「……まあ実家でオヤジの小言を聞いてるよりは」

「なるほど」

「それに大学も関西だったので、東京も見たかったし」

ずいぶんヤワな動機である。大学の名前を尋ねた。東京出身の真行寺には耳にしたことのない校名だった。

「政界に進出する気はないんですか」

「僕が？　まさか。そんな気はサラサラないですね」

「でも、議員にはお子さんがおられない」

「それがどうかしたんですか」

「尾関議員が引退した後、和歌山で誰かがその票田をもらい受けようとする。あなたのお父さんはゆくゆくはあなたに引き継がせたいと思ったんじゃないんですか」

「党の意向もありますし、そんなに都合よくはいきませんよ」

「まあ、そうでしょうが、まるっきりない話でもないでしょう。そういう思いも抱きつつ、あなたを東京へ送り出したってことは？」

「さあ、それは父に訊いてください」

「そうか、これは失礼。では、亀山さんは、これからどうするおつもりですか」

「まだそこまで考えられませんよ。この件が落ち着くまでは」

「政策秘書になるおつもりはないんですか」

「先生が亡くなられた今となってはね」

「受験したことは」

「一度。でも、秘書はなにかと拘束時間が長いので、準備が足りなくて」

素直に「落ちました」とは言えない性格らしい。

「奥様は政策秘書の資格をお持ちだそうですね」

「優秀な方ですから」

「奥様に議員の女性関係について知らせましたか?」

「ええ」

「それは今回の事件が起こってから後に」

「ええ。どうしてです」

「いや、前からその点についてはご存じだったのではないかと思ったもので」

「どうしてそう思われるのですか」

「まあ、勘です」

亀山はしばらく黙っていたが、

「ご存じだったとは思います」と言った。

「あなたが教えたから?」

「よしてください。先生の後ろ暗いところをどうして私が奥様にバラさなきゃいけないんですか」

「でも、怪しんだ奥様に『いったいどうなの』と追及されてつい、ということはありうるんじゃないですか」

「ありえませんね。それは先生を裏切ることになりますし、奥様を悲しませることにもなりますので」

「そうですか、と真行寺は言ってカーステレオのパネルに手を伸ばした。カントリー・ロックの女性ボーカルが流れてきた。

「聴かないんじゃないんですか」と亀山が言った。

「いや、話はすんだので」

それはよかった、と亀山は少し嫌味っぽく言った。今日のところは、と真行寺が釘を刺した。そして、今はカーステレオってこんなにいい音するんだなあ、とぐっと音量を上げた。

「議員はこの曲をよく聴いてられましたか」と真行寺は尋ねた。

「ええ」

なるほど、と真行寺は言った。

「この歌手、このアルバムの最後の録音を残したまま宿泊先のホテルで死んだんですよ」

亀山は少し黙った後で、

「それがどうしたって言うんです」

「これを熱心に聴いていたとしたら、ひょっとして議員は死を覚悟されていたんじゃないかと」

本当はそんなこと思っちゃいなかった。

亀山はぎょっとしたような表情でこちらを見た。

「警察ジョークです」

「失礼じゃないですか」

「謝ります」

真行寺は笑って言った。


結局、中野坂上で降ろしてもらって、地下鉄で新宿署の捜査本部に戻った。

まず、横町れいらが警視庁本部から原宿《はらじゅく》署に移送され、留置されていることを確認した。新宿署に移してもらえると手間が省けるのだが、ここには女性の留置施設がないのでしかたない。取り調べ開始は明日からだ。

椅子に座ってペットボトルの麦茶を飲んで一息ついていると、橘がやって来て、空いている隣に椅子を引いて掛けた。

「ムーンライトの是方の携帯なんですが、あれやっぱり盗聴の許可は出ませんでした」

「そうですか。まあ、それはしょうがないか。で、尾関一郎をムーンライトに紹介した人物はどうです、是方は報《しら》せてきましたか」

「まあ、すんなり出すとは思ってなかったんですがね」と橘は自嘲気味に笑った。「記録が紛失してるって言うんですよ。おそらくは誰かの紹介で入会したのだろうけど、その時の記録が見つからないって連絡してきました」

「あの野郎、舐《な》めてやがるな。じゃあ、もうガサ入れしちゃいますか」

「それが、ちょっとおかしな話なんですが、裁判所が令状を出さないんです」

「えっ、逮捕じゃなくてガサの令状ですよ」

「あまりにも状況証拠が揃ってないので、もうちょい頑張ってからにしろってことらしいんですが」

「なんなんだよ、そりゃ」

思わず言葉がぞんざいになった。

「さらにもうひとつ悪い知らせが」

「まさか、ＴＡＣカフェには監視カメラが置いてないなんて言うんじゃないでしょうね」

橘はうなずいた。

「正確には取り外したんですが。あの辺はほらヤクザや不法就労者が多いから、みんな嫌がって客足が遠のいたらしく」

おい橋爪、ちょっと来てくれ、と真行寺は本部から一緒に出向いている若い刑事を呼び寄せた。

「TACカフェってのが新大久保にあるから、その周辺で監視カメラをつけているところに協力を要請して事件当日の午後六時から九時までの映像をみんな押さえろ。あの辺は物騒だから、どこかつけてるだろ」

　とりあえず出前の油淋鶏《ユーリンチー》定食を食った後、こんどは加古課長の机の前に立った。

「先生の自宅に行ってきたのか」加古が訊いた。

「ええ」

「どうだった奥様は」

「美人でした」

「馬鹿野郎」

「今日の夜、あらためて警察が死因について発表することは伝えました。どこまで公表するかについて、警務のほうから連絡が入ってませんか？」

「そういや、なにも言ってこないな」

「逆にこちらからはなにかアウトラインを提示しましたか」

「そりゃ、刑事部としては、横町れいらのことはまだ伏せておきたいよな。勝手にマスコミが膨らませて祭りになると面倒だから」

　真行寺は予想どおりだと思った。これなら幸恵夫人に予言した線からそうはズレないだろう。

　わかりましたと言って、真行寺は署を出た。

新宿駅からスーパーあずさに乗って八王子に向かった。今日は泊まりを覚悟していたが、家で調べたいこともあった。

自宅に戻ると、シャワーを浴びて着替え、リビングに入った。

オーディオシステムを眠りから覚まし、レコードラックからジャニス・ジョプリンの『パール』を引き抜いた。輸入盤なので歌詞カードが入っていない。しょうがないなと思いつつ、盤をターンテーブルに載せ、B面の二曲目に針を落とした。

ボビー・マギーという男と「私」がヒッチハイクで旅を続けている。六〇年代後半から七〇年代半ばまでのサブカルチャーを覆っていた〝さすらいの感覚〟が溢《あふ》れていて、聴いているとアメリカン・ニューシネマのような映像が浮かんでくる。今日、議員のカーステレオで聴いたときもいい曲だなとしみじみ思った。しかし、気になるフレーズがうまく聞き取れなかったので、歌詞カードを手にもう一度聴き直そうとはやばや帰宅したのである。

「くそ、俺の耳じゃおぼつかないな」

真行寺は針を上げて、スマホを取りだした。四回目のコール音で相手が出た。

――もしもし、昨晩はお邪魔様でした。

黒木の背後でピアノが鳴っている。その旋律に聞き覚えがあった。たぶんショパンかなにか。

「またちょっと助けてもらいたいんだが」

――コンピュータですか？

「いや、英語だ。できるんだろう」

――まあ、それなりには。

「今から言う曲をダウンロードして聴いてみてくれ。せっかくだからハイレゾで聴いてほしいな。ジャニス・ジョプリンの『パール』ってアルバムに入っている。〝ミー・アンド・ボビー・マギー〟って曲だ。パールは真珠のパール。マギーのスペルは――」

黒木はふんふんとあいづちを打って、こちらの説明が終わると、了解ですと言って切った。冷蔵庫からこのあいだ黒木がくれたカマンベールチーズを取り出し、銀紙を剝がして齧《かじ》っていると、スマホが鳴った。

――聴きましたよ。

「Aメロ後《あと》のサビの部分を訳して欲しいんだ」

――サビっていうのは展開部のことですかね。ちょっと待ってください、いまかけます。

アコースティック・ギターのストロークが聞こえ、ジャニスが歌い出した。

――旅してるんですね、ヒッチハイクで。

黒木は曲に合わせて概訳を施《ほどこ》しはじめた。

――雨が降り出す前にうまいぐあいに車を止められて、ニューオリンズまで行った。……車の中でハーモニカを吹いて、ボビーはブルースを歌った。運転手が知っている曲はみんな歌った。

「次だ」と真行寺は言った。

ジャニスが歌い上げる。

「今のとこを訳してくれ」

――わかりました。

黒木は曲を止め、口の中で英語を転がした。

――〝自由は失うものがなにもないってことの別名だ〟。

「自由ってことは失うものがなにもないってことだ」

真行寺が訳し直した。

――そっちのほうが日本語としては自然ですね。

「で、次は?」

――これ、難しいなあ。nothing にかけてるんですね。〝何もないってことは意味がないわけじゃないんだ、だって自由なんだから〟って感じかな。

真行寺はしばし考えて、

「前に、サルトルとかいう哲学者の言葉を教えてくれただろ」と言った。

――〝まず主体性より出発しなければならない〟ってやつですね。

「そうだ。で、そこの歌詞を〝まず自由から出発しなければならない〟ってやるとやりすぎかな」

黒木は笑った。

——さすが推理小説を書くだけありますね。

「どうなんだ」

——どうって言われても、翻訳としてはかなり乱暴ですが、いいんじゃないですか。〝自由でなけりゃ始まらない〟って歌っているんですよ。

「いいのか」

——いいと思います。

「ありがとう、助かったよ」

——え、これで終わりですか？

「ああ、大助かりだ」

——でも、この程度なら、ネットで検索かければいくらでも出てきますよ。

あっと気がついて、こんど何かで埋め合わせをするからと真行寺は言った。期待してますと黒木が笑って、ふたりは電話を切った。

さて、とソファーに身を沈めチーズを囓りながら考えた。

議員宅のターンテーブルに載ったままになっていたニーナ・シモンの「エイント・ガット・ノー」、そして、カーステレオで最後に聴いたらしきジャニス・ジョプリンの「ミー・アンド・ボビー・マギー」。この二曲はどこか似ていた。世界がどうあろうとも、この私がいる。この私であることの自由から出発し、どこまでも行こうじゃないか、という決意と誘惑だ。

しかしいくらなんでも、と真行寺は思った。清濁あわせ呑みながら国政に携わる代議士がこんなお気楽で青臭い音楽を愛聴してていいものだろうか。自由ってのは失うものがなにもないことだなんて、政治家の台詞としてはかなり物騒である。この所なにかと自由を口にする機会の多い真行寺だが、失うものなどなにもありゃしねえと威勢よく啖呵《たんか》を切れるほど自由に生きる度胸はない。旅に出るにしても、ヒッチハイクをしたりテントで寝るのはもうキビシい。せめて安宿に泊まって膳に載った飯を食い、できれば温泉にも浸かりたい。出世しなくてもいいけれど、定年まではきっちり勤めて、この家のローンを払い終えたら、退職金でアンプを買い換え、レコードあさりをする。料理教室に通ってもいい。こんなしみったれたプランは自由の名に値しないだろうが、しかし現実ってのはそういうものだと説教するのが、賢明な御仁のお仕事だろう。

つまり、自由なんてものがないことは俺だって心のどこかでわかっている。だからこそ、自由という言葉を口にして意気がりたいんだ。だとしたら、議員だってそうかもしれない。ニーナやジャニスを聴きながら、蜃気楼《しんきろう》のような自由に慰撫《いぶ》されていただけという可能性だって捨てきれない。となると、そこには謎《なぞ》はない。

やがて空腹が、物思いの霧を払い、自宅のソファーへと真行寺の意識を引き戻した。台所に行って冷蔵庫を開けたが、なにもなかったので、パスタを茹《ゆ》でてお茶漬けの素《もと》を振りかけ、ダイニングテーブルに皿と水のグラスを置いた。

麺をフォークにからませながら、空いた手でトランジスタラジオのスイッチをつけた。芸人がひな壇ではしゃぐ姿を見てるとむしょうに神経に障る真行寺の自宅では、テレビがつけられることはほとんどない。そのかわりラジオは料理や皿洗いの最中などによく聴いている。ちょうど今、ＮＨＫでニュースが始まるところだった。

〈尾関一郎衆院議員が昨日《さくじつ》都内のホテルで死亡した件について、つい先ほど、警視庁が会見を行いました。それによりますと、尾関議員は昨夜遅く風俗業の女性とホテルの部屋にいたところ、急に体調を崩し死亡したとのことです。また、警察は死因に不審な点があると見ており、捜査当局が一緒にいた女性に事情を聞いています〉

真行寺は自分の耳を疑った。ふつう警察はこんなあからさまな発表をすることはない。〝風俗業の女性〟なんて言葉は使わないで、〝関係者〟と翻訳するのが一般だ。なぜワイドショー番組に餌《えさ》をまくような真似《まね》をしたのだろう。日頃は、あちこちに気を遣っている広報らしくないいじゃないか。

真行寺はスマホを取った。

――おい、お前こんな時によくさっさと帰れるな。

加古は出るなり嫌味を言った。

「いや、自宅で調べ物があったので」

――馬鹿野郎、こっちは大騒ぎだ。

「その発表なんですが、どうしてこんな具合になったんです」

――わからんが、永田町とすりあわせしたところ、そのまんま公表してくれて結構だという返事をもらったらしい。

おかしい。入閣していないとはいえ、尾関は党では中堅どころだ。こんなことが世間につまびらかになったら、政権にとっても党にとっても手痛いダメージになる。そうならないよう、官房長官のスジから相当慎重な配慮を求めてくるのが通常なのに、いったい何を考えてるんだ。

「本当にそれでいいと言われたんですか」

――ああ。広報も馬鹿じゃないんだ。何度も念を押したさ。それに、そのまんまと言われても、まさか売春婦に渡されたコンドームに毒が塗られていたなんてとこまでは言えない。そこであゝいう発表になったんだ。

「しかし、これで次の発表まであまり間隔をあけられなくなりました」

――というのは？

「いま発表した〝死因に不審な点〟というのは腹上死を連想させるでしょうね。当然、マスコミはそこに飛びついて騒ぐに決まってます。しかし、実態は毒殺です。この事実は近いうちに発表しないとまずくないですか」

――そう思うんだったら、のんきに帰ってるんじゃねえよ。警察だって、殺された理由も真犯人もなんの目星もつかないうちに毒殺でしたなんて公表できるか。暗殺だぞこれは。

「公安の動きはどうです」

――お前、話をそらしてるだろう。

「公安に目立った動きがないとしたら、それはおかしいんですよ」

――……どういうことだ。

「議員が死んだ日に公安が二名、もうホテルに来てたわけです」

――それは水野のお姉ちゃんから聞いたよ。

〝お姉ちゃん〟という言葉にカチンときたが、かまわず先を続けた。

「こちらでさっさと捜査本部を立ち上げてしまったので、あいつらがしばらく静観してたのはまあ理解できなくもないんです。けれど、この時点で首突っ込んでこないのは明らかにおかしいんですよ」

加古は黙った。

「釈迦《しゃか》に説法ですが、オウム真理教の事件以降、公安には目立った仕事はなにもない。極左勢力は衰微する一方。イスラム原理主義者のテロの波はまだ日本列島には届いてない。北朝鮮の拉致問題に公安がやれることはゼロ。国内の凶悪事件だって確実に減っている。やることないからいまだに共産党を監視している。そんな中で、要人の暗殺が起きた。ここでテロだテロだと騒いで張り切らないでどうするんです」

――じゃあ、なぜ傍観している。

まだ早い、と真行寺は思った。そして自分の胸に育ちつつあった仮説を呑み込んだ。

「……わかりません」

——なんだよお前、今言ったようなことは誰にだって言えるぞ。

「ただ、殺されるかもしれないという覚悟を議員はしてたと思います」

——なんだって。

夕方車中で亀山にそう言った時はハッタリだった。しかし、家に戻ってふたたび「ミー・アンド・ボビー・マギー」を聴いたいまは、その可能性はあると思えた。

加古は「なぜだ」と言った。

しかし、その理由は妄想の類《たぐ》いと受け取られる可能性がある。

「それを家に帰って確認してたんです」

——……わけのわからない捜査してるな。で、なにがわかったんだ？

「いや、もう少しはっきりしてから報告します」

——なんだ、結局早退《はやび》けの言い訳かよ。

早退けではないが、そこは突っ込まなかった。

「永田町での鑑取りを増員したほうがいいと思います」

考えよう、という返事があった。

ラジオを消して、真行寺はレコード棚の前に立ち、尾関が愛聴していたと思われるほかの曲を想像した。そして、これかなと思う一枚を抜き取ると、しばらくジャケットを眺めていた。

真行寺はまたスマホを摑んだ。

――もしもし、一面開けて待ってた甲斐がありましたよ。

浜崎の快活な声が聞こえてきた。相手は、今この件でバタバタなので明日かけ直しますと断りを述べたが、真行寺は一分だけだと言って切らせなかった。

「尾関衆院議員と親しかった政治部の記者を紹介してくれって頼んだ件、できるだけ早く会わせて欲しい」

なにかあるんですねと浜崎は言ったが、答えは求めず、わかりました、今回世話になったので明日かならず電話入れますと請け合って、切った。


あくる朝、泊まり込みを覚悟して、着替えをリュックに詰め込んで部屋を出た。八王子始発の通勤快速で新宿に出て、捜査本部に入った。合同捜査会議があると思っていたが、捜査員の多くが朝早くから鑑取りや地取りに散っていてお流れになった。

真行寺はまた加古課長の机の前に立った。

加古はラップトップのディスプレイから顔を上げると、真行寺を見て、

「しかし、昨夜電話を切ってあらためて思ったんだが」と先に口を開いた。「なにがあったんだ」

質問の意図がわからず、なにがでしょうか、と真行寺は問い返した。

「その歳になって巡査長だ。遅くとも三十までには巡査部長になってなきゃ嘘だろ。よっぽ

どの馬鹿以外は」

「馬鹿なんですよ」

「最初はそう思ってた。だけど、一応本部の捜査一課にいる。刑事部長賞なんかもらってやがる。水野のお姉ちゃんに聞いても、多少無理してでも使ったほうがいいですよ、なんて言う。おかしいじゃないか」

「おかしけりゃ笑ってください」

「こら、真面目に訊いてるんだ」

「すみません。ただ、俺は手放したくないだけですよ」

「はあ、なにを」

「課長がなくしたものを」

「なんだって」

「以下、黙秘します。そんなことより、例のコンドームに塗られていた毒物の情報、科捜研から何か出ましたか」

こっちが強引に話題を変えると、捜査主任官は思い出したようにはっとした。

「それなんだが、青酸カリなんかとちがって結構ややこしい毒物らしい。——おい、溝口、来てくれ」

どんよりと疲れた顔で溝口がこちらにやって来た。

「なんてったっけ、あの先生がはめたゴムに塗られていたのは」

溝口がノートを広げてつっかえながら読み上げた。そのメチルなんとか酸なんとかピナコリルなんとかというような音の響きはいかにも薬品らしかったが、意味するところは皆目見当がつかなかった。

「そいつのなにがややこしいんです」と真行寺が訊いた。

「薬局の店員の目を盗んで手に入れられるようなお品じゃないらしい」

缶コーヒーのタブを引きながら加古は言った。

「ということは、化学兵器とかそういうレベルってことですか」

と言って真行寺は溝口の顔を見た。

「まだ詳しい調査をしているところだそうです」

「製造するには大がかりな設備が必要ですか」

「まあ、中学の理科室なんかじゃ無理でしょうね」

少し考えてから溝口はそう答えた。

「ひょっとして神経ガスでは」と真行寺はさらに訊いた。

神経ガス、と加古は不味《まず》いものを口に入れたような口調で繰り返した。

「まあ、俺が知ってるのは、サリンとVXガスぐらいですけどね。オウム事件と金正男《キムジョンナム》暗殺で使われた」真行寺は言った。

「こら、滅多なこと言うな」捜査主任官は顔をしかめた。

「でも、一般人では手の出ない化学兵器で代議士が殺されたんです。背後に大きな組織が動いているんじゃないかと想像するのは自然でしょう。だとしたら、公安が動かないってのがますますわからない。――戻ってきたな。ちょっと向こうで話してきます」

生活安全課の橘が捜査本部に姿を現したので、デスクから離れた。背後で、まだ話は途中だぞと加古が怒鳴っていたが、無視して橘に声をかけた。

「ヨアケの上沼周辺の鑑取りでなにか出ましたか」

ヨアケは横町れいらをムーンライトに紹介したAVの会社。上沼はその社長である。

「いや、そっち方面を調べてる捜査員と話してきたんですが、今のところはなにも」

「そうですか。……なんかありそうなものですけどね」

「一応、AV業界ではまっとうな会社なので」

「まっとうって？　どういう具合にまっとうなんです」

「モデルの仕事だって騙して無理矢理AVに出演させた会社がいっとき問題になったでしょ。ああいうタチのよくないことはやってないんですよ。業界の中ではクリーンなほうです」

「AV以外の商売には手を出してないんですか？」

「別名義の会社で飲食業をやってます。焼き鳥屋の経営とか」

「AVと焼き鳥かあ。どうもイメージあわないなあ」

「あと、上沼はAV以外のタレント事務所も持ってますね。……これだ、アップレイクだ」

「上の沼だから、アップとレイクでアップレイクか。AV以外ってことは、普通のテレビ番組に出るタレントを扱ってるんですか」

「そうです。最初はモデルからはじめて次にグラビアやらせて、うまく行けばバラエティとか芝居もやらせる。売れなかった子なんかがヨアケに行ってAVに出たりするらしいんです」

「それが嫌になると、こんどはムーンライトに流れたりするのか」

「下流はそうですね」

「じゃあ、上流は？　そのアップレイクって健全なタレント事務所は上ではどのへんとつながってるんです？」

「そこらへんになるとうちの管轄じゃなくなるので、情報が薄くなってしまうんですが、とにかく、上流に行くほど犯罪の臭いは薄まる傾向にあります。ある程度身ぎれいにしておかないと、番組にタレント押し込む時に支障が出ますから。そのアップレイクって事務所にはNHKの朝ドラに出てる子もいるのでね」

「どういうことですか」

「芸能界ですから、華やかな舞台に裏があることは使う側もわかっているんです。とは言いつつも、いかがわしい噂が立っていると、さすがに使いにくい。使われる側もそれなりの身《み》拵《ごしら》えをしないとまずいってことで、上流に行けば行くほど表向きはクリーンになりますね」

「そんなものかな。横町れいらは上沼についてなんか言ってますか」

「上沼に関してはよくしてもらったと供述しています」

「実はあのコンドームをジョージに持たせたのは上沼じゃないか、彼女はそんな風には疑ってないんですか？」

「いや、むしろ信頼しているみたいです。もっとも、それを根拠に我々が上沼を信用するかどうかは別問題になると思いますが」

「ムーンライトに関しては？」

「同じです。ムーンライトが自分をハメたとは考えられないという態度です」

「お人好しなんじゃないか」

「かもしれません」

「じゃあ、横町れいらが、こいつが怪しいと言っている人間は誰かいませんか」

「怪しいと言っているわけではありませんが、議員の奥さんは自分を憎んでいただろうと」

確かに、と真行寺は思った。まずは配偶者と家族を疑うのが捜査のイロハのイである。

「横町れいらの携帯は調べましたか」

「ええ、彼女の携帯に表示されたムーンライトの番号は偽装でした。ＰＣのアプリから架電して、シンガポールやサウジアラビアなどを経由してかけているようです」

「しかし、偽装だってわかったんなら、追跡すればいいじゃないか。海外経由だろうがなんだろうが、架電の線を逆に辿っていけばその向こうにはジョージってのがいるんだろ。どんどん遡《さかのぼ》って発信者の身元に辿りつくことはできそうに思うんだが」

「外国を中継地点にして架電するのは簡単なんです。しかし、逆探《ぎゃくたん》するのは難しい。中継している国があちこちに跨《また》がれば跨がるほど、逆探の困難度は飛躍的に増します」

「どうしてですか」

「その国の通信を司る部署、日本で言えば総務省にあたるところに協力を要請しなければなりません。また、相手が協力してくれるかどうかもわかりません。例えば、サウジアラビアに、こういう事情なのでこのアドレスを追跡してくれと頼んですぐに返事がもらえると思いますか」

真行寺はため息をついた。

「ジョージがそういう技を持っているんだとしたら」真行寺は言った。「ムーンライトの電話や情報は全部盗んでる可能性はありますね」

橘は黙った。この沈黙を真行寺はイエスと解釈した。

「ムーンライトの電話やパソコンが盗聴やハッキングされていることを確かめる方法はありますか、ムーンライトに気づかれないように」

橘は少し考えて、

「いやムーンライトが協力してくれないと無理でしょう」

「じゃあ生安の技術でムーンライトのパソコンをハッキングすることは？　裁判所の令状は横に置き、あくまでも技術的な話として」

「通信会社が協力してくれればできます」

「しかし、通信会社に協力させるとなれば、裁判所の許可が必要になりますね。独自のやり方ではできないんですか」

「それは非合法になります。あとでバレると、捜査員と部長クラスまでがトバされますから」

真行寺はあくまでも技術的な可能性を尋ねたつもりだったが、橘の返答は微妙にズレていた。技術的にできても違法ならできないのと同じだと言いたいのか。

「できないんですね」と真行寺は念を押した。

「ええ」

「まいったな」

「ホントまいってるんですよ」

そうしてふたりでため息をついた。

「それで、原宿署の横町れいらの今日の取り調べは?」

「もうすぐ始まります」

「くそ、原宿まで移動しなきゃならないのは面倒だな。けどしかたない。ちょっと覗いてくる」

原宿署で用件を伝え、取調室に入って捜査本部の生活安全課の女性警官と待っていると、横町れいらが入ってきた。真行寺を認めると軽く頭を下げて微笑《ほほえ》んだ。

「眠れたか」

「はい。ずっと灯りがついているので最初は戸惑ったんですが、疲れてたみたいで寝てしまいました」

「とにかく、知ってることはみんな話してもらいたい」

横町れいらはうなずいた。

取り調べが始まった。女性警官が事件前日から当日のガーデン・ハイアットの部屋を出て、警視庁に自首するまでを綿密に聴取した。これを真行寺は少し下がって聴いていた。新たな発見はなにもなかった。いよいよ、初回はこれでおしまいという段になった時、「すこし俺に質問させてもらってもいいですか」と断って椅子を前に寄せ、横町れいらと向き合った。きれいな女だった。これだけの美貌があればなにもこんな商売にそれを利用しなくたって、そこそこうまく身過《みす》ぎ世過《よす》ぎができただろうに、と思った。

「あなたに訊くのはお門《かど》ちがいかもしれないが」と真行寺は言った。「尾関議員はあなたのどこを気にいっていたんだろう？　もちろん容姿が好みだったのは間違いないとは思うんだが、でも、きれいな女ってのはほかにもいるだろう。大抵の男は欲張りだから、金でどうにでもなるのなら、ほかにも色々手を出してみたがるもんだ」

こんな質問に意味があるのだろうか、といぶかしみながら真行寺は喋っていた。隣の女性警官が冷笑しているような気がした。

「けれど、議員はあなたをずっと指名してるんだよな。それはどうしてだと思う？　ほかの女が持っていないなにかを議員があなたに求めていたとしたら、それはなんだろうか」

女はじっと聞いていたが、やがて首を振った。

「わかりません」

「じゃあ、あなたはどうなんだ。このあいだ、桜田門で話を聞かせてもらった時、あなたは議員のことが大好きだったと言った。あなたのような商売をしている女にとって、議員は上得意の域をちょっと出た程度のものなのか。それとも、あなたも議員が心から好きだったのか」

「ゼキちゃんはほかのお客さんとはちがいました。私にとっては特別な存在だったんです」

「どう特別なんだろう」

「ゼキちゃんはやさしいんです」

「チップをはずんでくれるとか」

「ちがいます。そういうんじゃないんです」と女は気色《けしき》ばんだ。

めんどくさいな、こういうのは得意じゃないんだよなと思いながらも、真行寺はもう一歩踏み込んだ。

「じゃあ、議員のほうから結婚なんて話が出たことはあったのか？」

急に勢いをそがれたように、女は弱々しく首を振った。

「そんなこと私も望まなかったし。……というか望みようもないことだと思ってたから」

いじめてるような気になったが、しょうがない。

「議員はあなたをなんて呼んでた？」

女が暗い目をこちらに向けた。

「れいらなのか。それとも雅子なのか」

「……れいら、です」

こりゃ議員にとっちゃやっぱり遊びだったんだな、と思った。そして、尾関邸で見た幸恵夫人を思い出した。彼女も美しい人だった。ただ、幸恵の美しさには人を射すくめるような鋭さと冷たさが同居していた。しゃんとしてないと、いつ何時、失格の烙印《らくいん》を押されかねない、そんな緊張を強いる美女だった。ああいう女を伴侶にしたら、こういう女の前で自堕落に過ごすのは、すべてを許されているような慰めになるのかもしれない、と思った。とはいえ、それはそれだけのことである。そう議員も承知していたはずだ。

「でも、ゼキちゃんは言ってくれたんです。俺とお前はお似合いなんだって」

こうなると、ふむ、それはどういう風に、と訊かざるを得なかった。

「俺たちはふたりとも汚れてるんだって。でも、汚れ切ってはいけないんだと頑張ってるって」

「なるほど」

と真行寺は言った。さっぱりわからなかったが。

「ゼキちゃんはムーンライトのサイトで私の写真を見て指名してくれたんです。でも私のAVは見てなかったんです。忙しくてそんなもの見る暇ないよって言ってました」

ほんとかよ、と真行寺は思った。

「私を指名するお客さんってAVに出てた横町れいらを抱きたいって人ばかりなんです。でも、ゼキちゃんは見てなかった。それで、私のほうから話したんです。AVに出てたこととか、そこでされたすっごく恥ずかしいこととかひどいこととか、みんな。そうしたら、よかったな、れいら、やめて俺とこうして出会えてって言ってくれたんです。そうして、心配ないぞ、俺も汚れてるんだよ。でも汚れ切っちゃいけないと思ってるんだ。頑張ろうなって」

聞いていてアホらしくなってきた。そんな台詞、哀れな女を慰めるための口先だけに決まってるじゃないか。机に突っ伏して泣き出した女を見て、余計なこと聞いてしまったばっかりにとんだ茶番を見物するはめになったと思った。

突然、伏せていた顔を上げて、女が言った。

「私これからどうなるんでしょうか」

答えに窮し、真行寺は途方に暮れた。ジョージという男を捜し出して真相を究明しなければ、議員殺しの罪はこの女に被《かぶ》せられるのだろうか？　まさかそんなことにはなるまいと思いつつも、他になにもめぼしいものが挙がらないと、警察としては「売り上げゼロ」というわけにはいかないから、この女を送検する可能性はあると思った。そして、裁判になった後のことはさっぱり見当がつかなかった。

「とにかく、ジョージを捕まえる」

真行寺に言えることはそれしかなかった。

原宿署を出て、バスに乗り、代々木区民会館前で降りると、甲州《こうしゅう》街道を渡り、ガーデン・ハイアットにひとりの従業員を訪ねた。亀山秘書からの連絡を受けて、1807号室に駆けつけ、ベッドに仰臥《ぎょうが》している議員を発見し、やがて昏倒《こんとう》するまで立ち会った手島という客室係である。ホテル従業員が利用する地下食堂で話を聞いた。

「それで、議員に救急車を呼びましょうかって言ったら、それには及ばんと言ったんですね」と真行寺は確認した。

「そうです」

「なぜだろう、医者を呼んでくれと秘書に電話した人間が、さらにその後起き上がれないほど具合が悪くなってからも救急車を拒む理由って」

前に亀山が説明した、救急車を呼んだことで健康に懸念を抱かれるという事態を回避したかったから、またマスコミに嗅ぎつけられ、女と部屋にいたことが表に出たら大変だからという、ふたつの理由はいったん横に置いて、真行寺は同じ質問をした。

「それを私に訊かれても」と手島は苦い笑いを浮かべた。

「実は救急車を拒んだのではなかったということは考えられませんか？」

「と言いますのは？」

「その時議員はすでに意識が朦朧としていたわけですよね」

「ええ」

「混濁する意識の中で別のことを考えていて、そのことに対して『許さんぞ』と怒鳴った可能性もあるんじゃないかと思いまして」

手島の顔つきがとたんに険しくなった。

「ちょっと待ってください。ホテル側の判断ミスで一一九番が遅れたという見解なんですか」

「いや、そうは思ってません。今思い返してみるとそういう風にも受け取れますか、とお訊きしているだけです」

手島はまた黙った。誘導尋問かもしれないと警戒しているのだろう。

「司法解剖の結果から、あの状況では議員はまず助からなかっただろうと聞いております」

と真行寺は言った。本当はそんなこと聞いちゃいない。嘘も方便だ。真行寺は続けた。

「だからといって、では議員が『許さん』と怒鳴ったのは一一九番通報のことではなかったと安易にひるがえされても困るんですが。お訊きしたいのは今の手島さんの素直な実感です」

落ち着きを取り戻した手島は、

「まあ、どっちとも取れますよね」と言った。

そうでしょうね、と真行寺は調子を合わせた。

「けれど、今にして思うと、確かに、なにか別のことに意識が囚《とら》われていて、それについて『許さん』と言ったような気もしますね」

そうですか、と真行寺は静かに言った。腹を減らした犬が餌に飛びつくような態度にならないよう気をつけながら。

「かといって、通報が遅れたことで、ホテルや僕が責任を追及されるのはホント勘弁してもらいたいんですよね。昨夜の警察発表でうちにデリヘル嬢が出入りしてたことが世間に知れ渡ってしまいましたし、いまだに、あちこちに警察が立っていてホテルの雰囲気が損なわれているんです。おまけに殺人事件の現場ってことになったら、うちにとっては大損害です。さらにその責任の一端まで取らされては、もう僕はここにはいられなくなりますから」

通報が遅れたことについては、警察側がマスコミを誘導しなければ、問題にならないはずだ。しかし、このホテルが買春や殺人の現場となったことについては、それが真相ならば、世間に知られるしかない。真行寺はそう思った。

ガーデン・ハイアットを出たところでスマホが鳴った。首都新聞の浜崎からだった。頼まれていた政治部の記者を紹介したいので、これからどうだろうか。ただし、尾関の急逝で永田町に張り付いていなければならないので、こちらまで足を延ばしてくれないかと伝えてきた。承知して切った。地下鉄を乗り継いで永田町で降り、再び出た地上はやたらとまぶしかった。夏はすぐそこまで来ていた。

この辺の飲食店はどこに誰がいるかわからない、壁に耳あり障子に目ありだから、と言って浜崎が指定した待ち合わせ場所は、国会図書館のカフェだった。

「ここには政治関係者はめったに来ないんですよ」

浜崎は得意げに言った。

「それはいいけど、カードがなければ入館できないじゃないですか」

　真行寺は国会図書館に来るのは生まれて初めてだった。

「そうか、じゃあ登録して作ったんですね」

「そんな暇ないからバッヂを見せて無理矢理入ったよ」

　引き合わされたのはまだ三十代くらいに見える若い記者だったが、「うちのホープの喜安《きやす》です。間違いなく出世します」と浜崎は保証した。「時間がないので、食べながらでもいいですか」と喜安が言って、三人は食券を買って席についた。

「実は政治は得意じゃなくてね。恥ずかしい話だが、実際、ウィキペディアなんかで尾関一郎の項目を読んでも、どんな人物なのか今ひとつ摑みきれないんです。そこんところをちょっと突っ込んで解説してもらえたら嬉《うれ》しいのと、最近議員に変わった噂を耳にしていないかを訊きたくて」と真行寺は言った。

　テーブルにカレーが運ばれてきたので、喜安はまずひと匙《さじ》頰張ってから、

「尾関先生ですか。ちょっと難しい人なんですよね」と言った。

「党の中ではリベラルって言ってもいいんですかね」

「うーん、難しい問題ですね。日本では護憲派をリベラルって呼ぶ習わしがあるので、世間一般にはリベラルって印象はないと思います。九条改憲にはものすごく積極的だし、首相が示した改憲案に対してもこれでは意味がない、自衛隊を軍隊としてはっきり位置づけろってバッサリでしたし、多元文化社会や同性愛者の地位向上などには割と冷淡というか慎重なん

でしょうね。女性宮家にも反対していました。それに警察出身ということもあるので、世間一般のイメージはタカ派の保守でしょう」

「そうなのか」

「でも、僕の鑑定では尾関先生はリベラルです。個人的には好きな政治家でした」

「どこが好きなのか聞かせてもらってもいいですか」

「そうだな、気骨があるっていうか。小選挙区比例代表並立制の影響もあって、選挙もポストも金も人事もいまは党幹部が実権を握っているんです。だから若手はろくに自分の意見を言えなくなっちゃってるんですよ」

「はあ。自分の意見を言えない政治家なんて、走れないサッカー選手と同じじゃないですか」

「仰る通りなんですが、現実はそうなんです」

「じゃあ尾関議員はそうじゃなかったって例をください」

「共謀罪の強行採決の時には離席してましたね。その辺はスジを通してます」

「しかし、はっきり反対票を投じたわけじゃないんでしょう」

若い記者は笑った。

「真行寺さん、生徒会じゃないんですから、その場で格好いいとこ見せるだけじゃあ意味ないんですよ」

そういうものか、と真行寺は思いつつ、話題を変えることにした。

「女癖が悪いっていうのは有名なんですか。女子アナと噂があったって書いてあったけど」

ほとんどテレビを見ない真行寺には、そのスキャンダルは記憶になかった。

「まあ、女好きなのは確かでしょうね。今回の報道も僕らにとってはさほど意外ではないというか」

「ねえ、浜崎さんらは今回ホテルに風俗の女がいたってことにはかなり突っ込んでいくつもりなんですか」と真行寺が訊いた。

「そこは書かしてもらわないとな」

浜崎はカレーライスを掬《すく》いながらうなずいた。

「でも、僕に言わせれば、女癖が悪くたって、国民のためにちゃんと働けば立派な政治家だと思うんですけどね」と喜安は弁護した。

「それは尾関に甘くないですか」

「そうでしょうか。多元文化社会とか価値観の多様化とか口当たりのいいことばかり言って、なにもできないボンクラよりいいじゃないですか」

「そんなもんかなあ」

「ちょっと前の話ですが、育児休暇を取ります、日本社会の悪しき風習を変えますと宣言して好感度上げようとしてたイケメン議員が、実は浮気してたってことがありましたよね。かたや、保守で強面《こわもて》でカタブツなオヤジだけれど、通すべきスジはきっちり通すどスケベな議員が、女をホテルに呼んでやってる最中に逝ってしまった。確かにどっちもスキャンダルでしょう。けれど、どっちが許せるかというと、僕は断然後者ですね」

そんな単純な死に方ではない。しかし、とりあえず「それはなぜ」と真行寺は訊いた。

「一貫性があるからですよ」

「だけど、世間が喜安ちゃんみたいに受け取るかどうかは疑問だなあ」と浜崎は口を挟んだ。

「これで完全に主婦層の支持を失うだろうから、党はいまごろそのリカバリーに駆けずりまわってるだろうよ。しかし、今回警視庁は意地を見せたね。風俗嬢と一緒だったと公表したのには驚いた」

これも的を外した推察だ。尾関議員の死がスキャンダルにまみれ、それによって党や政権がダメージを受けると官邸サイドが判断したのなら、昨夜の警察発表に抑制を求めてきたはずだ。

「浜崎さんが仰ってることもわかるんですが、ワイドショー政治に群がる大衆とそれに餌をばらまく我々マスコミが日本の政治を駄目にしてるんですよ」

首都新聞のホープは先輩記者に反論した。

「でも、書けないよな、そういうことは」

浜崎はやんわり釘を刺すように言った。

「僕は書きますよ。書いた記事が通らないだけです」

ここで社内会議をやられても困る。真行寺はまた話の向きを別方面に持っていった。

「昨日お逢いしたんですが、尾関議員の奥さんは美人ですね」

「ああ、元ミス東大ですからね、ユッキーは」と喜安は言った。

その呼び名からして、幸恵夫人がこの界隈《かいわい》では目立った存在だと察せられた。

「議員とはどこで知り合ったかご存じですか」と真行寺は訊いて、「ワイドショーみたいな話題で叱られるかもしれませんが、こちらの仕事では手がかりになることもあるので」と言い訳をつけた。

「ユッキーが外務省にいた時に中東関連の情報交換会議で知り合って、一目惚れしたって聞いてます」

「その時は尾関議員はもう初当選を果たしてたんですか」

「いや、まだ警察にいましたよ。各省庁の連携を前提としたテロ対策の会議で知り合ったんです」

公安か……。

「プロポーズを受けた幸恵さんが和歌山に尾関さんを連れて行って、父親に会わせた。これが政治家尾関一郎のスタート地点です」

「というと」

「幸恵さんの旧姓は宮本《みやもと》、父上は宮本太郎《たろう》、国務大臣を歴任した大物です。尾関先生は宮本太郎の票田をもらい受ける形で出馬、当選したんです」

「尾関議員は宮本太郎とはそれ以前にも親交があったんですか」

「いや、尾関さんは宮本太郎のことを結構あしざまに言っていたらしく、惚れた女の父親の名前を聞いたときには青くなったらしい。それでもユッキーが欲しくてたまらないから、太郎のところに行って頭を下げた。そしたら、娘が欲しかったら警察辞めて自分の跡を継げって言われて、あとはご存じの通りです」

真行寺は頭を整理するために席を立ち、レジカウンターでアイスコーヒーの食券を三枚買うと、また席に戻った。

「尾関議員は党首脳部とはうまくいってたんですか」

「そこなんですよね。先生は言ってみれば異端ですから」

「どういう風に」

「だから、先生みたいな人こそリベラルであり、保守なんですよ」

「リベラルで保守？」

「保守はリベラルの対立概念じゃないんですよ、本来は」

はあ、と真行寺は言った。そして、その先を聞いたところで理解できるのだろうか、と危ぶんだ。

「じゃあ、ちょっと大きな話をしていいですか。今の政治家ってのは、有権者に不愉快な現実を知ってもらって、ある程度それに耐えてくださいとお願いする必要があるんです。簡単にいうと、不人気な政策をいかに実行していくかってことが政治家には求められる。年金は破綻《はたん》する。平和を唱えるだけでは国防の問題は解決しない。医療費ももっと国民に負担してもらう必要がある。ところが、相当に国力が低下した今、日本人の精神構造は、これ以上の

負荷は耐えられないよという風に出来上がっている。そこで、どこかで飴《あめ》をちらつかせて、こっそりちゃっかり強引にやっちまおうというのが首相の手口です。それに対して先生なんかは、もっと正々堂々と丁寧《ていねい》に国民に訴えて理解を得ろと言っているわけです」

なるほど、と真行寺は言った。

「しかし、です。たとえば憲法の問題では、尾関先生は憲法九条第二項『前項の目的を達するため、陸海空軍その他の戦力は、これを保持しない。国の交戦権は、これを認めない』を削除しろと言ってました。そして自衛隊を自衛軍と改称しろとまで主張していた。確かにこうすれば、どう考えても軍隊である自衛隊がこの国に存在することに矛盾はなくなる。つまり憲法の背筋はしゃんと伸びることになるわけです。でも首相に言わせれば、連立政権でこんなこと堂々と議論なんかできるか、空気を読め、ってことになる。しかし、堂々と議論できないのならそれは民主主義の否定だって尾関先生は言う。尾関さんなに言ってるんですか、政治は結果がすべてで、負け戦はしちゃいけないんだよ、尾関さんは政治家失格、学者にでもなりなさい、これが首相の結論です」

「つまり、最近はあまり党とうまくいってなかったんですね」

「最近というより最初から、尾関先生は異端なんですよ」

「では、最近の尾関議員について、なにか異変に気がつかれませんでしたか」

漠然とした質問だなあ、髪切ったとか痩《や》せたとかですか、と若い記者は笑った。しかし真行寺が真面目に、なんでもいいのでと押すと、少し考え、そう言えばと口を開いた。

「ついこの間、情報収集のために議場脇の廊下をうろついてた時のことです。本会議に出席していた尾関先生が出てきたので、声かけたんです。で、世間話っぽく『こんど先生にじっくり話を聞きたいんですが』って打診したら、『よろこんで。実は俺のほうも聞いてもらいたい話があるんだ』って言ってました」

真行寺の表情が変わったのだろう、

「でも、そんな風に請け合う先生方はいっぱいいますよ。リップサービスとしてね」と喜安は後を継ぎ足した。

「もし、リップサービスじゃなかったとして」と真行寺は食らいついた。「なにを話したかったんだと思いますか」

喜安はアイスコーヒーのストローを嚙《か》みながら考えていたがボソリと、

「わかりません」と首を振った。

喜安が時計をチラチラ見だしたので礼を言って解放してやり、真行寺も国会図書館を出た。近くだからと思い、桜田門の警視庁本部に足を向けた。

水野玲子はデスクにいて、きれいな女物の扇子を使って首筋に風を送りながら、受話器を握っていた。ええ、ええ、と相槌《あいづち》を打ちながら、前に立った真行寺をちらと見た。そして、こんな時こそキャップの腕の見せ所ですよ、などと言って相手をなだめるための艶っぽい笑い声をほのかに立てた。

「捜査主任の加古さん」

受話器を置いて、水野は電話の相手を明かした。

「またですか」

「いちばん使える捜査員を出してるのでよろしくとは言っておきました。これは本心だからね」

ありがとうございます、といちおう礼を言った。

「なにがあったんだと訊かれたけど」

「階級のことですね」

水野はうなずいた。

「それは私にとっても謎だから、まったくねえと調子を合わせるしか」

有り難い対応だと真行寺は思った。

「どうですか、捜査のほうは」

「ちょっと焦り出しました」

なにかが見えてきそうな気がして目をこらすと、結ぼうとしていた像が揺れて霧散し、一刻もとどまることがない。まるで夢の中で眼前の光景を眼に焼き付けようとしているようだ。犯罪捜査では初動の一週間が勝負だとよく言われる。すでに二日経ったがジョージという名の男の足取りはおろか、本名さえ摑めていない。

突然、水野が立ち上がり、入り口に向かって敬礼した。

そこに制服警官が数人立っていた。一番前にいた制服の階級章を見た。警視長だった。

「こちらが刑事部の捜査第一課になります。殺人、強盗、誘拐、放火などの凶悪犯罪を扱っています」

警視長が外部の客を部屋に案内していた。連れてきた警官らの制服についている記章はみな警察庁のものだった。そして、連れられた客の姿を見て、真行寺はあっと声を上げそうになった。

黒木がいた。

「では参りましょうか」と言って一団は出て行った。真行寺はさりげなく彼らを追った。エレベーターホールで、箱に乗り込む黒木を一団が見送っていた。全員が「今日はありがとうございました」と頭を下げた。黒木も「ありがとうございました」と軽く首《こうべ》を垂れて一礼した。そして、その顔を上げた時、真行寺と目があった。ぶつかったふたりの視線は閉まる扉に遮断された。客が去ったので、一団は緊張を解いて三々五々に散らばりだした。その中にひとりだけ知っている顔があった。

「吉良《きら》さん」と真行寺は声をかけた。

あららと相手は明るい声を出して近づいてきた。三十を過ぎたばかりのはずだが記章を見ると金色だった。警視正である。

「その節はお世話になりました。お久しぶりです」

吉良は警察官らしく敬礼をした。真行寺も敬礼を返さないではいられなかった。

もうずいぶん前のことだ。キャリアの吉良が警察大学校を出て現場に配属されたばかりの頃だと思う。

六本木《ろっぽんぎ》で殺人があった。そして、今回のように真行寺が赤坂署の捜査本部に出張った。捜査の総指揮を執っていた管理官がヘボで、真行寺との間にかなり激しいやりとりがあった。この時一貫して真行寺の側に立ってくれたのが刑事課長を務めていた吉良だった。その後、警視庁本部で時折見かけることもあったが、口を利く機会はなかった。一度、非番の日に、新宿でアクション映画を見たあと、ロビーでばったり出くわしたことがあった。その時は、真行寺のほうから茶でもどうですかと誘ったが、ちょっとこれからフランス語の授業に出なきゃいけないんですと断られ、キャリアはキャリアで大変だなと思った。しばらくして、見かけなくなったと思ったら、フランスに派遣され、カルト対策法かなんかを学んでいると風の噂で聞いた。どうやら戻ってきたらしい。

「吉良さん、いまはどちらに」

「警備です。でも来週からまた警視庁を離れるんですよ」

「ひょっとしてまた留学ですか」

「いや、新しい部署が内閣府にできるのでそちらで修行です。まあ島流しってとこです」

「そうですか。ところでいまエレベーターに乗って行かれた方はどなたですか？」

「ああ、黒木さんというコンピュータ技術者です。アメリカやヨーロッパで活躍している」

「どうしてその方がここに」

「帰国しているところを捕まえて、警察庁がサイバー犯罪の実態と対策について講義をしてもらったんです」

「そんなに偉い人なんですか」

「FBIが手を焼いていたハッカーを、ひとりで洗い出して逮捕させちゃったので有名みたいです。今日はオフレコでもっとすごいことも聞きましたが」

「たとえばどんな」

「北の将軍様のミサイルを落としちゃったとか。さすがにそれは本当かなあとは思いますが
……」

3　ニコイチ

　秋葉原で店員とまちがえ、その後《あと》、フリーのプログラマーだと思い込み、最近はいや本当にハッカーかもと考え直していたものの、黒木がそこまでのエキスパートだとは思いも寄らなかった。

「真行寺さん、ひどいなあ、どうして声をかけてくれなかったんです」

　電話の向こうから聞こえる黒木の声に怒りはまったく感じられなかった。むしろ意外な場所での邂逅《かいこう》を楽しんだというような調子である。

「お茶でも飲みませんか」と黒木は提案した。

「残念だが、もう移動していまはよそにいるんだ」

「西荻《ニシオギ》の駅前ですね」

　えっ⁉ と思っていると、すぐ傍《そば》にタクシーが停車して、黒木が降りてきた。

「なぜここだと」

「電話番号がわかれば、場所は割り出せるんです。どうです、五分くらいならいいでしょう」

　こうして駅ちかくの喫茶店で向かい合った。

「公務員って警官のことだったんですね。……そんな申し訳なさそうな顔しないでくださいよ。嘘ついたわけじゃないんですから」

黒木はソーダ水をストローで吸い込んで、ニヤニヤしている。

「嘘はついてたぞ」

「あそうか。推理小説」

真行寺はだまってコーヒーを飲んだ。

「やっぱりなあ。あんなヘボいトリックでいいのかなとは思ってたんですよ。ん、……ってことはあれは実際の事件だったってわけですか？」

そうだと言って真行寺は快老院で起きた事件のあらましと、黒木のアドバイスがどういうぐあいに役立ったのかを話した。黒木はふんふんと聞いていたが、でも、その〈お孫さん〉は惜しいなあ。もっと面白い展開ができたのに、とおかしな感想を漏らした。だから、小説でなくて現実だからだよ、と真行寺が注意すると、だったら現実変えちゃいたいなあ、とまた妙なことを言った。

「しかし、君はホンモノだったんだな」

「え、なんのことです」

「うちのお偉方を前に話したんだろ、聞いたよ」

「そうだ。真行寺さんも来ればよかったのに」

「馬鹿言うな、俺がのこのこ出て行けるようなメンツじゃない」

「階級がちがうってことですか」

「天と地ほどな」

まさか、と黒木は笑った。

「一般企業で言ったら俺は平社員だ。今日あんたの話を聞いたのは、幹部かその候補生ばかりだよ」

「じゃあ、今回の僕のアドバイスが真行寺さんの昇進につながることを期待します」

「残念だが、そのご期待には添えないな」

黒木はけげんな顔つきになった。

「俺にはもう昇進はないんだよ」

「そんなこともないでしょう」

「いや、ないんだ。試験を受けないから」

「どうして」

「俺はこのままでいい」

「えー、だからどうしてなんですか」

「たぶん弱虫だからだよ」

「あはは。真行寺さん、なんか変なこと言ってますよ」

「いや変じゃない。自分ではわかっているんだ。俺みたいなのは組織の底の辺りをうろうろしてたほうがいいんだってことが」

真行寺は二階にある喫茶店の窓からその下に視線を投げた。日が翳《かげ》りだした駅前を人々が長い影を引いて歩いていた。

「昔、ある事件があってね、それ以来俺はこの組織の底辺で仕事をするって決めたんだ。でも、何があったかは言えない。話せば長くなるし、話したところでたぶんわかってもらえないと思うな」

なんか面白いなあ真行寺さんは、という声が聞こえた。別に面白くないさ、むしろ不愉快な事実なんだと真面目な顔を向けると、黒木はまた面白い面白いと言って笑った。

「さあ、そろそろ行かなきゃならない」

真行寺はカップに残ったコーヒーを飲み干した。

「どちらに」

「鑑取りだ。関係者に事情を聞きにいく」

「今はどんな事件を扱っているんですか」

「尾関って議員が死んだのは知ってるか」

「ああ、あれね。事件性があるんですか？」

真行寺は少し迷ったが、あると答えた。今まで捜査に協力してもらったんだし、ひょっとするとこれからも頼ることがあるかもしれない。警察庁に講義をしにきたくらいだから、信頼できる人間なんだろうと判定した。いや、それ以上に、むしろ直観的に、真行寺は目の前の青年を信頼していた。

「聞き込みはひとりで行くんですか。刑事ってふたり一組だって聞いたことあるけど」

「ニコイチか」まるで死んだ友人の名前でも思い出したように、真行寺はその言葉を口にした。「警察のスラングで二人一組での捜査をそう呼ぶんだ。俺は単独行動が多いから、ニコイチだぞ、ニコイチで行動しろよってよく叱られてる」

「どうしてひとりなんですか」

「勝手な動きをするんでね。相棒を巻き込むのは気の毒だから。また相棒がいたんじゃ、勤務中に知り合いの家でジミヘン聴いたりできないだろ」

「なるほど。じゃあ、僕とニコイチで行くのはどうです」

「なんだそりゃ」

「この事件で僕になにかできることはないですか」

真行寺はまた迷った。頼みたいことはある。まずムーンライトに尾関を紹介した人物を突き止め、そこからたぐり寄せていきたかった。しかし、ムーンライトは記録が残っていないとしらを切っている。それは、その名前を渡したくないだけだと解釈できる。となると、ますます怪しい。できれば、ガサ入れしてその手の書類を根こそぎむしり取りたかったが、裁判所の許可が出なかった。こうなったらハッキングして調べてやろうかと思ったが、技術的に可能かどうかはともかく、違法捜査になるからとこの案も橋に蹴られてしまった。

「なるほど、じゃあ、それ僕が調べちゃいましょうか」

黒木はこともなげに言った。

「そんなこと簡単にできるのか」

「簡単です。その記録が電子ファイルで残っているのならね。じゃあ、今やっちゃいましょうよ」

黒木は脇に置いた鞄から、八枚切りトーストよりも薄いラップトップを取りだした。今日、講義する時に使ったので持っててよかった、こんな作業をスマホでやるのはめんどいですからなどと言いながら、パタパタとキーボードを叩きだし、くくっと笑いながら指を走らせたかと思うと、できましたと顔を上げた。

今まであれこれ悩んでいたのが馬鹿らしいほど、あっけなかった。

「いったいどうやって」

「簡単です。これ、ムーンライトのＨＰ《ホームページ》です。ちょっとこっち側から見ましょうか、この画面かなりエロいので、周りに見られたらちと恥ずかしい。……で、こういうところって、かならず女の子の募集もやってますよね。この〝リクルート〟ってのがそうです。これをクリックすると、ほらメールフォーマットが開きました。ネットでそれっぽい女の子の写真をダウンロードして、ちょいと加工してから添付して、そこに美咲《みさき》かほりとか適当な名前を記入します。そして、働いてみたいでーすってコメント添えて送信。向こうは顔写真は必ず開きます。だってとりあえず顔見なきゃ話にならないでしょ」

「その写真にマルウェアを忍ばせておくのか」

イエース、と黒木は親指を立てた。

「そして、ウイルス探索ソフトには引っかからない」真行寺は言った。

「リリース前の最新作ですからね。開いたと同時に、そのコンピュータのハードディスクとサーバーのファイルをごっそりもらっちゃいます」

真行寺は唸《うな》った。確かに、こういう違法捜査は、裁判になったときに逆手《さかて》に取られるので、警察はやりたがらない。少し前、令状なしでGPSを車に取り付ける捜査を、警察は尾行の一種だと主張したが、最高裁で違法の判決を食らってしまった。しかし、黒木には違法かどうかなんて気にしている様子はまったくないのが頼もしい。

それに、生安課のサイバー技術は防御が中心で、こちらから攻めて行くのは不得意かもしれないが、海外でアタックしまくっている黒木にとってはこのくらいお手の物だろう。ニコイチするなら黒木だな、と真行寺は思った。

中央線でこのまま高尾まで帰るという黒木と別れ、真行寺は尾関議員の屋敷に向かった。テレビ局のリポーターが尾関邸を背にマイクを握って、ホテルで一緒にいた女性は風俗関係者でアダルトビデオにも出演していたうんぬん、とカメラに語りかけていた。祭りが始まっていた。真行寺を刑事だと知っている記者が「今日はなにを」と詰めよってきたが、気になっていたことを逆に質問し、向こうの質問を追い払った。門の閂《かんぬき》を自分で外して敷地に入った。

玄関の扉を開けてくれたのは家政婦らしき中年女性だった。幸恵との面会を求めると、少々お待ちくださいと引っ込んだが、なかなか戻ってこない。そのまま三和土《たたき》に突っ立っていると、声が聞こえた。幸恵の叱責のような諍いのような調子だけが、奥の分厚い木の扉の向こうから廊下を伝ってきたが、内容はわからなかった。やがて、弁解するような若い男のくぐもった声が混じった。「どうしてわかってくれないんですか」という亀山の声と、「無理言わないで」という呆れたような幸恵のそれだけが聞き取れた。それも静まると、まもなく奥の扉が開き、幸恵が姿を見せた。

「すみません、お待たせして。——今日はなにか？」

傍まで来ると幸恵は言った。

「いえ大したことじゃないんです。できれば、上げていただけるとありがたいんですが」

幸恵は少し考えていたが、ふとかがみ込み、上《あ》がり框《がまち》にスリッパを揃えた。

「どうぞ。私も気晴らしに話し相手が欲しかったから」

「じゃあ三人でお話ししますか」

応接間に行きかけた幸恵は足を止め、振り返った。

「亀山さんにも聞きたいことがあるので、できれば御一緒に」

幸恵は、亀山君を呼んでちょうだいと奥に声をかけ、応接間のドアを開けた。

「捜査の進展はいかがですか」

ソファーにもたれた幸恵は、スカートの中から膝を出して脚を組むと、言った。

「一応目星はつけたんですが」

「それを聞かせてもらえるわけね」

「いや、それでもなかなかわからないところも多くて。――あ、お邪魔してます」

いえ、とつぶやくように言って、どこか神妙な面持ちの亀山が幸恵の隣に腰を下ろした。

ふたりはカップルのようにも見え、女優と付き人のようにも見えた。

「亀山さん、あの日、尾関議員はホテルからあなたに電話して医者を呼べと言ったのに、あなたは従業員に部屋へ様子を見に行かせた。この理由についてもう一度お聞かせ願えませんか」

「それはこの間お話ししたとおりです。あの時間では主治医の先生は電話を取ってくれませんし」そして亀山はちらと幸恵を見て、「スキャンダルになるのもよくないと思ったので一一九番も避けたんです」と続け、「でも、今となってはすぐ救急車を呼べばよかったと後悔しています。これ以上はなにもありませんよ」と付け足して、真行寺を射すくめるように見た。

「なるほど。ところで、亀山さんと議員との関係はいかがでしたか」

「どういうことでしょうか」

「例えば、ひどい叱責を受けて気に病んでいたなどということは？」

「もちろん厳しく指導されることはありましたが、先生と秘書の間では日常茶飯事なので」

「しかし、それも程度問題でしょう。ふさぎ込んでしまうほどの罵声を浴びせられたことなどなかったのでしょうか」

「いえ、すべて納得できる注意でした」

真行寺は幸恵を見た。

「質問の意図がわからないのですが、私の知る限りでは、尾関の指導は公にされて困るようなものではなかったと思いますよ」

いぶかしげな顔をして幸恵はそう言った。

真行寺はうなずいた。

「では、あなたが議員を嫌っていた理由は、業務上から発生するものではなく、むしろ政策上のことなのでしょうか」

「僕が先生を嫌っていた？　なんのことですか」

「議員に意見して、こっぴどく叱られたことはありませんか」

「例えばどんな意見を？」と幸恵が訊いた。

「そうですねえ、党の主流派ともっとうまく調子を合わせたほうがいい、とか」と真行寺は言った。

「もう少し具体的に言うと？」幸恵は重ねて尋ねた。

「憲法改正については、党内左派や連立政権を組んでいる党との調整もあるので、主張されている〈二項削除〉と〈自衛軍と改名〉は引っ込めて、ひとまず総理の案を呑んだほうがいいとか」

真行寺が仕入れたばかりの知識を加工してこう答えると幸恵は、「賛成」と言って笑った。

「いえ、先生に政策上の意見をするなどありえません。僕は私設秘書なのでそんな出過ぎた真似など」

亀山は真面目な顔をして言った。もし亀山君がそんな意見を言ったなら尾関はむしろ喜んだでしょうねと幸恵はまた笑った。

「では、もっと個人的な理由で議員を嫌っていたのでしょうか」

「ですから、僕は先生を嫌ってなどいません。なぜそんなわけのわからないことを言うんです」

真行寺はポケットからスマホを取りだした。

「だけど、これはあなたが書いたものでしょう」

そうして差し出したのは、Twitter の画面だった。

「これ、あなたのアカウントですよね」

亀山はちがいますと首を振った。その声は微《かす》かに震えていた。

「〈親方〉とここで呼んでいるのは尾関議員のことじゃないんですか」

「どうして、これが僕のアカウントだと仰るんです」

「勘です」と真行寺は言った。

「勘、……勘でそんなことまで」

「kame や turtle、mountain や yama なんかでアカウント検索して、目星をつけたアカを片っ端から読んでいったんです。そしてこれに間違いないと確信した」

真行寺は黒木に教えてもらった嘘をついた。そんな手間のかかることなどやっちゃいない。

　実際はこうだ。ここに来る少し前に喫茶店で黒木に、亀山って秘書の身辺を洗いたいのだが、と相談したら、ああ亀山は Facebook をやってますね。Facebook は実名でアカウントを取ってます、といってラップトップの画面を見せてくれた。そこには尾関とにこやかに肩を並べる写真があり、議員への称賛のコメントが添えられていた。

「実名ですから、ここに書かれてるのはよそ行きの言葉です。こいつが匿名《とくめい》になるとなにを言うのかを見てみましょう。本心はそこにあります」

「どうやって」

「この Facebook からIPアドレスを抜きとります」と言って黒木はパソコンを操作した。そしてまたしてもあっという間に「できました」とディスプレイから顔を上げた。

「IPアドレスってなんだ」

「パソコン一台一台に割り当てられているインターネット上の住所みたいなもんです」

　その解説を頭に入れ、ふむふむと首をひねっていると、次第にことの重大さがこみ上げてきて、真行寺の胸をわななかせた。

「待て待て。そんな大事なもの今みたいにあっさり抜き取られるようじゃまずいだろ。それって、でっかいセキュリティホールが空いてるってことじゃないか」

「大丈夫ですよ。ふつうはこんなに簡単にはできません。あっさりやってるように見えるのは僕がプロだからです」

　プロだからと言われても、じゃあ大丈夫だ、よかったよかったなどと納得できるわけなどない。

「そのプロの腕を買うのは例えばどんな連中なんだ……」

「企業ですよ。ＳＮＳで悪質な誹謗《ひぼう》中傷を匿名で書かれている会社が、そいつが誰かを早く特定したい時なんかに、裁判所を通さないでチャッチャと処理したいんだけど、なんて言って頼んでくるんです。その時は、そのサイトからＩＰアドレスを抜いて、ＩＰアドレスからＯＣＮとかＳｏｆｔＢａｎｋとかのプロバイダを割り出し、さらにプロバイダの回線に潜り込んで契約書を見る。こうして誹謗中傷をまき散らしている者を情報として捕まえて、雇い主に突き出すんです。まあ、ネット上の私立探偵みたいなもんですかね。昔はよくやりました。——今回は、Facebook で本人だとわかっているんで、プロバイダをハッキングする手間が省けていいや。ＩＰアドレスさえわかれば充分です」

真行寺は黒木の目の前で手を広げた。

「まだだ。しかし、例えばさ、公害を垂れ流している巨大企業に対し、被害者が匿名でその悪辣な部分を暴き立ててるとする。そのときに、匿名を剝ぎ取って素顔を晒すってのはどうなのかね」

「どうなのかねってのは？」

「正義なのかって質問だ」

「まったくの不正義です。正義ってのは裁判所を通すことですよ」

「じゃあ、よくないだろ」

「よいか悪いかは状況によるでしょう。真行寺さんが挙げた例だと悪い。でも、ライバル企業が人を雇ってあることないことを投稿させている場合はどうでしょう。でも、どちらにしても手続きは無視してますから正義とは言えない」

ふと吹いた風のように、ウエイトレスがふわりとやって来て、グラスに水を注いで去って行った。真行寺は一口飲んで返す言葉を探した。

黒木のほうが先に口を開いた。

「どうします、やめますか」

真行寺は考え込んだ。

「不正義だからやめるというのはあり、、ありです。そう言われても僕はぜんぜん怒ったりしませんよ。むしろ尊敬するかも」

真行寺は首を振り、

「いや、続けてくれ」と言った。

「わかりました」

「――話を戻そう。つまり、IPアドレスってもので、亀山が Facebook に書き込みをしているパソコンは特定できているわけだよな」

「そうです」

「じゃあ、その同じパソコンで Twitter には何を書き込んでいるのかを調べたら――」

「まさしくそれをやろうとしていたところです。――うん、これですね。〈@turtle_mount

涙の丁稚《でっち》修行中〉アカウント名からしてそうでしょう。……はは、なるほど、この〈親方〉ってのが議員ですよ」

——などというようなやりとりをつい先ほどまでしていたのである。しかし、それを今ここで亀山に明かすわけにはいかない。

「Facebookでは『尊敬している』と書いている議員のことを、匿名の Twitter ではボロクソにけなしていますね」

幸恵が手を伸ばしてきた。真行寺はその手にスマホを摑ませた。

「だからそれは僕じゃない」

「では、あなたのアカウントを教えてください」

別のアカウントがないことはすでに黒木が調査してくれていた。

「ありません。僕は Twitter なんかやってない」

「そうですか。じゃあ、状況証拠を挙げていきましょうか」

真行寺は尻のポケットから手帳を取りだし、そこに挟んでいた用紙を広げた。それは先ほど別れる前に、黒木がコンビニのマルチコピー機でプリントアウトしてくれたものだった。

「この〈涙の丁稚修行中〉はこんなツイートをしています。『親方が東京を離れるので羽田まで見送り。解放感！　たまらん！　自由の味！』。他にもありますが、この類いのツイートはたいてい金曜日。そして『親方を羽田に迎えに行く。とたんにウツになる』などは決まって火曜日。これは、金帰火来《きんきからい》、つまり金曜日に地元に戻って火曜日に上京する国会議員のスケジュールと一致します」

「それだけですか」

亀山は口の端に笑いを浮かべようとしたが、それはゆがんでいた。

「じゃあ、これはどうです。『まさかの不合格。国家試験にコネは効かない。逆に素晴らしいことじゃないか』とツイートした日、これは政策秘書試験の合否発表の日ですね。いえ、わかってます。これも偶然の一致だと言うかもしれない。しかし、じっくり調べていけばやがてわかります。やはりあなたが疑わしいということになり、それでもあなたがこのアカウントは自分のものじゃないと言い張るのなら、令状を取ってパソコンを差し押さえるだけです。言っておきますが、ハードディスクに穴を開けても、IPアドレスは残りますよ。めぼしいツイートはすでにキャッシュを取って保存してあるのでアカウントを消しても無駄です。〈涙の丁稚修行中〉があなたかどうかは、意地でもはっきりさせます。あなたが、そこまで粘るかどうかだ」

「僕は先生を殺してません」

「殺したなんていつ言いましたか。嫌っていたでしょうと訊いただけです」

亀山は黙った。

「でも、おかしいな」と幸恵がスマホの画面を見ながら言った。「この〈親方〉には〈お嬢さん〉がいるみたい。うちには子供がいないから別の人じゃないかしら」

真行寺は首を振った。

「その〈お嬢さん〉ってのはあなたです」

幸恵はスマホからはっと顔を上げ真行寺を見た。そして、手にしたスマホを突き返してきた。まるで汚らわしいものに化けたかのように。

「〈奥様〉とは書きづらかったのでしょう、さすがにね」

真行寺はスマホを受け取って言った。

「亀山に聞きたいことは以上でしょうか」

幸恵の口ぶりに、この辺で終わりにしましょうという含みを感じ取り、「今日のところは」と真行寺はうなずいた。幸恵が、じゃあ行っていいわと亀山に言い、青い顔をした青年はふらりと立ち上がった。部屋を出て行くその背中に、「倫子《りんこ》さんにね、アイスコーヒーを二つ運んでちょうだいって言って」と幸恵が声をかけた。亀山はうなずくと後ろ手でドアを閉めた。

幸恵はしばらく自分の手元を見ていた。きれいにマニキュアが塗られてあった。そして、ふと顔を上げると、

「さきほどの話は本当ですか？」と訊いた。

「おそらくは」と真行寺は言った「たとえば、『お嬢さんと一緒に勉強。徹夜してしまった』とあるのは、奥様が政策秘書の試験勉強を手ほどきされたのでは。心当たりがあれば、日付を確認してください。一致すればますます怪しい」

「でも……裏は取っていないのね」

「まあ、取っているようなものですかね」

幸恵はため息をついた。

ドアが開き、家政婦が盆にアイスコーヒーをふたつ載せて入ってきて、テーブルにグラスを置くと頭を下げて出て行った。終始無言だった。どうぞと幸恵が言って手元のグラスを取った。真行寺もどうもと言ってグラスを摑み、ストローを挿すと一口飲んだ。

今だ、と思った。

「亀山君と関係を持ちましたね」

幸恵はストローを下唇に載せたまま、上目遣いで真行寺を睨んだ。

真行寺はテーブルの上にスマホを置いた。カチンという高い音がした。画面には『お嬢さんと一緒に見る朝日。世界一きれい』とあった。幸恵はちらと見てからそれを指先で押し返してきた。

「彼は議員を嫌っていた。それはあなたのことが好きだったからです。そして、あなたはあなたで議員に憤りを感じていた。あなたを裏切って外で女と遊んでいたんだから当然でしょう。そして、復讐のつもりであなたは亀山と寝た。しかし、寝たことで彼の中で妙な自信と議員への憎悪が成長した。その膨れ上がった憎しみが彼に救急車を呼ばせず、従業員を部屋に向かわせたんです」

「それは単なる推論ね」

「そうです。あくまでもそういう風に説明がつくというだけの話です」

「その推論をどんどん延ばしていけば、尾関殺しは私と亀山の共謀ってことになるわけね」

「いや共謀はないでしょう」

真行寺は首を振った。

「どうして」

「それなら議員と離婚して亀山と一緒になればいいだけです。殺す必要なんてどこにあるんですか。向こうだって勝手なことしているのだから、あなたが三行半《みくだりはん》を叩きつければすむ話です」

「けれど、離婚ってのは政治家にとってダメージになるからそう簡単に承諾しないんじゃないかしら」

「しかたがないじゃないですか、議員が悪いんだから。そんな心配あなたがしてやることはありません」

幸恵は黙った。

「それにね」と真行寺は続けた。「あなたは亀山と寝た。しかし、それはいっときの気の迷いにすぎません。本当は亀山のことなんか好きじゃないんです。寝たという事実をもって私が共謀殺人説に進まない一番の理由がこれです。あなたのような女は彼みたいな男を好きになれないんですよ」

「そうなの？」

「ええ、あなたは頭の悪い男は嫌いなんです。彼は優しいかもしれないが、まあ馬鹿ですからね」

「はっきり言うわね」

「同類だからわかるんです。私も馬鹿なくせにできる女性が好きなのでね。辛酸を嘗《な》めているってわけです」

「あらそうなの」

「さて、話を戻しましょう。彼はこれからどうするんです。議員がお亡くなりになったこれから先」

「それは亀山君が決めることでしょう」

「いや、そんなことはありませんね。彼はもうここにいる必要はない。必要はないがここにいたいと言ったらどうしますか。しばらくここに置いてやりますか、それとも出て行ってもらいますか？　それは彼と言うよりはむしろあなたが決めることでしょう」

そうね、と幸恵は言った。

「そのことで喧嘩なさっていたんですよね、さっき」

「……聞こえたのね」

幸恵はため息をついて立ち上がると、レコード棚から一枚抜いて、これをと言って真行寺に向かって差し出した。受け取った真行寺は、紙ジャケットから黒盤を抜いてターンテーブルに載せ、アンプに火を入れると、針を落としゆっくりとつまみを回した。おだやかな弦楽四重奏曲が流れてきた。ジャケットを見るとハイドンと読めた。たぶん、議員ではなく幸恵のレコードなんだろうと思いつつ耳を傾けていた。

日頃はクラシックをまったくといっていいほど聴かない真行寺でも、つややかな弦の音色にはうっとりさせられた。それほどにきめ細やかな響きだった。

「立候補するんですか？」

「誰が」と笑いながら夫人は問い返した。

「もちろん、幸恵さんです」

「私が？　なにに立候補するの？」

「議員が亡くなられた後の補欠選に決まってるでしょう」

「いやだ。決まってないわ、そんなの」

「さきほど、党県連会長が幹事長と一緒にお見えになりましたね」

「誰にそれを」

「屋敷の前で張っている記者に教えてもらいました。立候補するつもりはないかと誘われたんじゃないですか」

「どうしてそう思うの」

「一緒にいた女性が風俗関係だということを警察は公にしてしまった。これは党にとっても政権にとっても痛手です。しかし、この議席は奪われたくない。尾関議員はもともとあなたの父上から票田を引き継ぐ形で当選し政治家になったと聞きました。それを今度はあなたがもらう。このことにはなんの不思議もない。いや、正直言うとそういう政治のあり方は僕には不思議なんですが」

「私も不思議に思っている」

「ですが、そういうものでしょう」

「ええ、そういうものね」

「さらに、本人を目の前にして言いにくいんですが、あなたは美人だ。これは大きな武器になります」

「そんなの政治家としての資質とはまったく関係ありません」

「資質には関係ないかもしれませんが、当落にはありますよ。美人過ぎて、有権者の反感を買うことがあるかもしれませんが、そこをうまく振る舞えば、もともと和歌山の出身なんだし、当選の可能性は大いにある。キャリアも申し分ない。今回のスキャンダルだって、あなたは被害者だ。そう主張することはさほど不自然じゃない。議員一人を悪者にしてあなたを無垢《むく》の状態で出馬させることはできる」

「そんなに簡単に被害者になれるかしら」

「わからない。でも、党はできると思っている。思い込もうとしている。ほかの選択肢と比較してそれが最もいい手だと。だから、ここに来てそのつもりはないのかと打診した――ちがいますか」

「でも、だとすると、私が尾関を殺して立候補したという疑惑も警察や世間に強く印象づけられやしないかしら。夫を殺して自ら政界に打って出る女の野望ってストーリーをでっち上げられそうだけど」

「尾関幸恵議員誕生の野望はむしろ亀山君が抱いていた。これが私の頭の中にあるストーリーです」

「亀山がどうして」

「議員が死んで、補欠選挙であなたが首尾よく当選した暁には、あなたの秘書になることを亀山は望んでいた。だから、妄想していたと言ってもいい。彼にとってはこれはあなたとの〝再婚〟だったんです。

さき程あなたがここを出て行きなさいと言ったときに口論になった。実は、玄関で立っていた時、『どうしてわかってくれないんです』って彼の声と、それを拒むあなたの声が聞こえました」

「亀山を疑ってるのね」

「まあ、疑わざるを得ないんですよ。亀山は議員を嫌っていて、議員の妻であるあなたには好意を寄せていた。さらに、彼はデリヘル業者に電話をかける役だったので、この計画を練ることは比較的楽な立場にあった」

「どういう計画？」

「議員のためにホテルに部屋を取った後、ムーンライトに電話を入れて女を手配する、これが亀山の役割でした。さて、ここから先が仮説です。彼はさらに、自分が雇ったジョージって男に連絡を取り、風俗嬢と接触させ、毒入りのコンドームを持たせてホテルに向かわせた。だから亀山は、医者を呼べという電話をもらっても放置して、毒が回る時間を稼いだ」

幸恵は眉《まゆ》をひそめた。

「その説を信じているの？」

「信じているというよりも、さっきも言ったように、動機とチャンスがあったことは確かなので、捨てきれないんです。亀山秘書を重要参考人として呼ぼうかどうしようか迷う程度には疑っています」

「私はどうしたらいいの」

真行寺は立ちあがった。

「とりあえず静観ですかね」

ドアを開け、戸口に誰もいないのを確認してからまた閉めた。

「静観？　主人を殺害したかもしれない人間が同じ屋根の下にいて？」

「身の危険を感じるようなことは？」

「そんな話をいったん聞いてしまうと、冷静な判断なんかできないわよ」

「では、二、三日家を空けて、ご友人宅にでも身を寄せるのはいかがでしょう？」

「そうね、考えます」

「さきほどの質問に戻りますが、立候補はどうなさるおつもりですか」

「したいという気持ちはあります。政治家の家に育ちましたし、学生時代から父の選挙を手伝ったりしていましたから。けれど、党の推薦を受けるかどうかはわかりません」

「党の推薦を受けないとしたら、その理由はなんですか？」

「……それは夫を裏切ることになりますから」

やっぱり議員を愛していたのですね、と調子を合わせようとした真行寺は、待てよ、と思い直して、

「どうして推薦を受けることが議員を裏切ることになるんです」と訊いた。

幸恵の答えは思いがけないものだった。

「尾関は死ぬ数日前に離党届を出しているんです」

真行寺は驚いた。記者の喜安からもそんな話は聞いちゃいない。しかし、尾関は喜安とじっくり話したがっていた。この事実から、政治家としてなにか一大決心をして踏み出そうとしていたのかもしれないとぼんやり連想していたのだが、離党と聞いて一気に現実味が増した。

「その離党届ってのはどこに提出したんですか」

「党本部の幹事長室に出すのが一般的ですけれど、尾関は佐久間《さくま》幹事長に直接手渡しています。幹事長とは同期で、党内ではサク・ゼキって呼び合う仲だったのでそうしたのでしょう」

「そのことがマスコミに流れてないのはどうしてですかね」

「佐久間幹事長は一応預かるが、もう一度考え直してくれって言ったらしいんです」

「それはご主人が仰ってたんですか」

「いえ、離党届を出すんだとは聞いていましたが、翻意を促されたという事実は先ほど佐久

間さんからお聞きしました」

　真行寺は首を傾げた。

「ということは幹事長は辞表を預かっていながらその事実を世間に伏せたまま、そのことを知っているあなたを議員の後任にさせようとたくらんでいるということですか」

「辞表提出の事実は折を見て公表するそうです」

「ただ、そうなったら、あなたが議員の後を継ぐってストーリーが成り立たないじゃないですか」

「党は、尾関じゃなくて私が父を継ぐって形にしたいのでしょう。選挙は東京じゃなくて和歌山で行われますから。あそこはまだ父の影響が強いんです。それに中学までは私も和歌山でしたし」

　なるほど、ありうるなと思った。幸恵の父は国務大臣を歴任したベテラン政治家だ。

「では名字は宮本に戻すのですか」

「そこまではまだ」

　真行寺は肝心なことを訊くのを忘れていた。

「ところで、尾関議員の離党の原因はなんだと思われますか。党の方針でもっとも折り合いの悪かったのはどの部分でしょうか」

「それはやっぱり安全保障でしょう。尾関は警察出身だし、国家公安委員長も務めた人間なので、そこらへんで党の方針と折り合いがつかないことが多くなっていたようです」

政治的に込み入った話になるとついていけない真行寺は、「憲法改正などですか」と喜安から仕入れた情報に頼った。

「それは重要な焦点のひとつね」

総理も尾関も改憲派であり、ここは一致している。そして、自衛隊を憲法でしっかり位置づけようとする姿勢も近い。しかし、その具体的な案はちがう。それにしたって、総理の方針が尾関にとっては決して満足できるものでなかったにしても、それは離党を迫られるほどの乖離《かいり》を意味するものなのだろうか。それは真行寺には伺い知る由《よし》もないところだった。

「議員が国家公安委員長をされていた時期になにかお話しされていたことはありますか」

ホテルで見かけた公安のふたりが妙に気になっていたので、真行寺はつい訊いてみた。

「さあ、特に覚えていることはないわね。尾関が務めた頃は比較的平穏な時期だったのかも」

「議員の政策方針については賛同されますか」

「政策方針そのものはいいと思うわ。立ち回りが下手なのは玉《たま》に瑕《きず》だけどね。だから、さっきの話に戻ると、体制内改革派として奮闘してきた尾関が、ここで離党を決心したんだとしたら、その政策を基本的には支持してきた私もそう簡単には推薦に乗っかるわけにはいかないってことなの」

わかりましたと言って腰を上げた。今日はこの辺が潮時だろう。装置に近付き、ハイドンの弦楽四重奏曲の黒盤をジャケットに戻し、これはどこへと訊くと、幸恵は、また適当に突っ込んでおいてと棚を指したので、モーツァルトの『狩り』とシューベルトの『死と乙女』の間に挿し込んだ。

「これはよく聴かれてましたか」

真行寺はジャニス・ジョプリンの『パール』を引き抜いて表紙を幸恵に向けた。

「ああ、そうね、よく聴いてたわよ。私は土臭くて嫌いだったけど」

この装置で聴いてみたかったがそうもしていられないと思って、礼を述べて尾関邸を出た。


屋敷の前の最初の角を折れ、駅に向かっていると、忙《せわ》しない靴音が近付いてきて、振り向くと案の定亀山が立っていた。

「僕はやっていません！」

真顔で詰めよってきた。真行寺はあたりに記者がいないかどうか見渡しながら、

「だからやったとは言ってないよ」と突き放した。

「でも、疑っている」

「ああ疑ってるさ。けれど、やってなければそんな嫌疑もすぐ晴れるだろ」

口のあたりに不満をまごまごさせながら亀山が言葉を探しているうちに、真行寺はやさぐれた刑事の口吻で、

「疑われて困るのなら、お前まずあの家を出ろ。いつまでもあそこにグズグズしてたら、ユッキー狙いで居座ってるって見方が濃厚になるぞ」と面罵した。

「そんな」

「そんなもなにも、お前がユッキーファンだってことはさっき証明されたじゃないか。ユッキーが欲しいってことは尾関が邪魔だってことになる。あの家に残ってたら議員殺しの疑惑はどんどん深まるぞ。早く出ろ」

亀山は出るとも出ないとも言わず、ただ納得いかないというような表情でそこに突っ立っていた。その煮え切らない態度を見て、これは秘書としては使い物にならないなと思った。後援会のお偉方に頼まれて傍に置いてみたものの、もてあましていたのではないか。

「もし出ないんなら、とりあえず重要参考人として留置場で寝起きさせるぞ。お前みたいなあぶねー奴をほったらかしにしてユッキーに万が一のことがあったら、警察の責任にされかねないからな」

「そんな」

「うるせー。ウィークリーマンションか留置場かどっちかに決めろ」

「わかりました」

「ほんとうか。おい、本当にわかったのか」

亀山は力なくうなずいた。

「じゃあ、もう一度はっきり言え。尾関の家を出ますって」

「……尾関の家を出ます」

これで一応、幸恵が友人宅に居候したりホテル住まいをする必要はなくなった。

「それから、議員が女買ってること、お前どこかにチクってねえか」

亀山は激しく首を振った。

怪しいのはムーンライトの是方か、横町れいらか、それとも亀山か。思いつくのはこのあたりだが、あとの二人は金を取っているプロなので、そんな密告は一銭の得にもならないばかりか、ビジネスチャンスを失うことにつながる。

「お前しかいないんだけどなあ」

「どうして僕がそんなことしなきゃなんないんですか」

「けど、ユッキーにはバラしたんだろ」

青い顔をして亀山は黙った。

「お前、習慣的に嘘ついてると、信じてもらわなきゃならないときに信じてもらえなくなるぞ」

亀山は口を閉ざしたままだ。

まあ、そんなとこだろうな、と言い捨てて真行寺は駅に向かって歩き出した。

中央線で新宿に戻る途中で、秘書の亀山を参考人として呼ぶかどうかを考えた。結論が出ないまま、署の捜査本部に着いてしまった。

すぐに加古課長の机に向かい、ちょっと十分ほどいいですか、とフロアの隅に置かれた応接セットを指さした。うむ、と加古は腰を上げた。さらに初日にガーデン・ハイアットで会った宇田川と溝口という新宿署刑事課のニコイチと、生安の橋にも声をかけ、ソファーで向かい合って腰を下ろすと、橋爪が「僕もまぜてください」と合流して来た。

真行寺は手帳を取りだし、まず宇田川と溝口に、ジョージって男の足取りについて、地取りや鑑取りから何か摑めましたか、と訊いた。

宇田川は外した眼鏡をティッシュで拭きながら、「いや、まだなにも」と言った。

「横町れいらに聞きながら似顔絵を作っているくらいですかね」と溝口が補足した。

「つまり、依然として、ジョージの正体は皆目わからない、ってことか」

加古は無念そうにつぶやいた。

真行寺は手にしたスマホをテーブルの上に載せ、Facebook の亀山を指さして、こいつがジョージかどうかを横町れいらに確認させてください、と言った。

「誰ですか、こいつは」と宇田川は言った。

「尾関議員の秘書です」

「えっ、そいつが、ジョージだってこともあり得るのか」

加古は驚いた声を上げた。

「念の為に確認しておいた方がいいでしょう。こいつは夫人に好意を寄せる一方で、議員のことは嫌っていましたからね」

「本人がそう言ったのか」

真行寺は、スマホを「Twitter」の画面にして、〈涙の丁稚修行中〉のタイムラインを見せ、

「これ、亀山のアカウントです。本人にも認めさせました」と言った。

「どうやって」

驚いたように橘が訊いた。真行寺は亀山と幸恵の前でついた嘘をくり返した。橘はやたらと感心していた。

「で、議員が持っていたパソコンやスマホになにか気になるメールや通話などはありませんでしたか」と真行寺は橘に訊いた。

「議員はホテルにパソコンを持ち込んでおりません」と橘は言った。

「じゃあ、議員会館に置いてあるんですね。そいつを調べましょうよ」宇田川が言った。

「それこそ、正式な手続きが必要です。本体は国会が議員に貸与しているものなので」橘が言った。

とにかく一応動いてみてくれと加古は言い、ええ、動いてます、と橘は答えた。

「スマホは」と真行寺は訊いた。

「スマホからの収穫もほぼないに等しいですね」橘は言った。

「おい、まずいぞ」と加古がうろたえた。「これだと、なにも進展していないに等しいじゃないか」

そんなことは全員わかっていた。

「とりあえず、その亀山って秘書を呼んで徹底的に話を聞くのはどうでしょう」溝口が提案した。

「そうですね、かなりグレーと言えるので来てもらいましょうか」

宇田川がこれに同意すると、橘もうなずいた。

「けど、毒はどうやって手に入れたんだ」と加古が言った。「コンドームに塗られた毒ってのは、専門家をある程度の施設に入れてやらないと作れないんだろ」

全員が黙った。

「おい、お前どう思うよ」

加古がすがるように真行寺を見た。無茶振りだな、と思いつつ、このタイミングで自分の頭の中を整理するのもいいかもしれないと思い、口を開いた。

「亀山を絞り上げてもたいしたものは出てこないでしょう」

「シロだってことか」

「ええ、あいつには見境なく人を殺すほどの熱性が欠けてますし、用意周到に計画を実行する脳味噌もコネクションもない気がするんですよね。さらに、どうやって毒物を製造したのかってことを含めると、まあちがうだろって気はします」

「それでも、もうちょっと本格的に取り調べてもいい気がするけどな」と溝口が言った。

「ええ、俺もそう思うんです。というか、そうするしかないと思います。しっくりこないんだけど、手前からあちこち掘っていくしかないでしょう」と真行寺も認めた。

まあ、そうなんだが、と加古は言ったが、その先が続かなかった。

「猛毒が使われていることを考えると、この事件はどう考えても殺しです。殺されたと思っていたが、実は足を滑らせて崖から落ちて死んだなんて二時間ドラマみたいなオチはない」と真行寺は言った。「さらに、この殺しは亀山なんかが嫉妬《しっと》に駆られてやったようなセコいものには思えないんです」

「理由は」

「背後にかなりデカい連中が目を光らせている気がする」

五人の刑事は顔を見合わせて、微かに苦笑した。

「デカい連中ってのは？」と加古が訊いた。

「よくわかりません。政府のお偉方かもしれないし、そのお友達かもしれない。とにかく、くれぐれも忖度《そんたく》しなきゃいけない、並々ならぬ方々です。けれど、その顔を見、その声を聞くためにあちこちから掘り進み、近付こうとしても、固い岩盤にぶつかってしまう。具体的に言えば、ジョージの正体や足取りは監視カメラには映っていないし、横町れいらへの架電は番号を偽装されて追跡できない。ムーンライト側から攻めても、女を登録させているだけだと言うし、実際そういう風に言い訳できる契約になっている。あげくの果てに尾関議員の紹介者も記録が残ってないとしらばっくれる。家宅捜索《ガサ入れ》の令状は下りそうにない。パソコンも押収できない。どうも変です」

あのー、と宇田川が首を傾げて口を開いた。

「たんなる偶然を必要以上に意図的なものと曲解してませんかね」

「してるかもしれない」と真行寺は認めた。

「たとえばジョージが防犯カメラに映ってないのは、たまたまそこを通らなかったからって可能性も高いし、議員のパソコンが押さえられないのも、たまたま融通《ゆうずう》の利かない判事に当たってしまっているのかもしれない。その偶然の連鎖で、必要もないのにお偉方を登場させてませんか。そもそもどうしてこの殺しのバックにデカい連中がいるって思うんですか」

確かにそうだ。反論としては正しい。しかし、と真行寺は思った。

「歩き回っていると、尾関議員は政治家としてなにか大きな決断に迫られていた、そんな気配をあちこちで感じるんです」

「具体例」命じるように加古は言った。

公安の動きが不自然であるという指摘や、風俗嬢の一件を政権が警察に公表させたのは、なんらかの意図をもって手綱を弛《ゆる》めたからだという見解は、すでに加古に伝えてある。あとは、横町れいらにささやいた「汚れ切ってはいけない」や、喜安記者に打ち明けた「聞いてもらいたい話がある」や、ホテルの従業員に叫んだ「許さんぞ」や、「エイント・ガット・ノー」や「ミー・アンド・ボビー・マギー」についてはうまく説明する自信がないので、端折《はしょ》ることにした。となると、残るのはひとつだけだ。

「とにかく、議員は政治家として譲れないなにかを抱え込んでいて、それを死守しようとしていたんじゃないかと」

そう真行寺が言うと、橘が不思議そうな顔をした。

「しかし、そこまで言っていいんですかね。捜査をある方向に進め過ぎてかえって混乱させせやしませんか」

確かにそういう恐れはありますとうなずいてから、でも、と続けた。

「尾関は殺される直前に離党届を出しています」

皆が黙った。

「どういうことだ」と加古が訊いた。

だが、これ以上、事件の真相に近付く言葉をつなぐのは難しかった。それどころか、持ち帰った事実は、事件をさらに深い霧の奥へと遠ざけているような気もして、

「わかりません」と言うしかなかった。

突然、電子音が鳴った。皆が自分のポケットを探ったが、鳴っていたのは真行寺のスマホだった。

「もしもし、わかりましたよ」

黒木の声だった。真行寺はスマホを耳に当てたまま、立ちあがって部屋を出た。

「なにが」

「ムーンライトのファイルを覗いたら、尾関一郎の紹介者の欄に上沼とありました」

まちがいだ、と真行寺は思った。

「上沼ってのは、横町れいらってアダルト女優をムーンライトに紹介したＡＶの社長だ。尾関はれいらの客。つまり君が見てるファイルは、尾関じゃなくて横町れいら、本名蒲池雅子の情報ファイルだ。だから、紹介者のところに上沼って書いてあるんだろう」

「ところがです、その上沼の横に児玉《こだま》って書いてあるんです。上沼かっこ児玉、児童《じどう》の児《じ》で児《こ》、玉子《たまご》の玉《たま》」

「児玉、誰だそれは」

「ムーンライトの書類には紹介欄って箇所にこの『上沼（児玉）』がちょこちょこ出てきます。だけど、他に記載はいっさいありません」

「わかった、調べてみる」

「え、もう調べましたよ」

「なんだって」

「残念ながらムーンライトのドキュメント内には〈児玉〉ってふた文字以上はなにもない。ただ、尾関の紹介者が上沼（児玉）になってるってことは、上沼と児玉はニコイチの可能性がありますよね。だったら、上沼のAV会社ヨアケのドキュメントを調べれば児玉が誰かはわかりそうじゃないですか」

「まあ、そうだが。となると、ヨアケにあれしなきゃならないだろ」

「ハッキングですね。この言葉を控えるってことは、周りに人がいるんですね」と黒木は笑った。「そうです。ヨアケにハッキングしなければなりません。で、ムーンライトが持っていた電子ファイルの中には、株式会社ヨアケと交わしたドラフトが何通かありました。これらはみんな、女優を紹介してもらった時の覚書です。メールでもやりとりしていて、相手は株式会社ヨアケの社長上沼真一《しんいち》となっています。そこで上沼真一に、ムーンライトの是方を装ってメールしました」

「メアドのパスワードはどうしたんだ」

歩きながら真行寺は訊いた。この会話は、断片ならともかく、誰にも聞かれないほうがいい。

「パスワードは必要ありませんよ。ムーンライトには強力なマルウェアを仕込んでますから、そのまま是方のメールアプリを遠隔操作して、そこから送信しました。内容はこうです。実はムーンライトで働きたいと言ってきた子がいるんですけど、かなりいい素材で、本人の希望を聞いたら、『もっと稼ぎたい。AVにも興味がある』なんてことも言ってるんです。プロフィール写真を添付しておきますので、もしよかったら見てやってくれませんか。——もちろん美女の写真をつけてね。今回相手はプロなので写真にはかなり手を加えておきました。言うまでもなく、この画像ファイルにもマルウェアが仕込んであるわけです」

「上沼はそれを開いたのか」

「はい。返事ももらいました。——じゃあ一度会って飯でも食いますか。この子ならひょっとしたらAVじゃもったいないかもしれません、なんてことも書いてある。まあ、それはどうでもいいとして、首尾よく上沼のPCに侵入できたので、PCのハードディスクとヨアケのサーバーに置いてあるファイルを覗いたら、児玉って名前はもうしょっちゅう出てきます。児玉の下の名前は、天明《てんめい》。児玉天明、天明プロモーションの社長です」

児玉天明、天明プロモーション、とつぶやいて真行寺は記憶を洗った。心当たりはなにもなかった。

「わかりますか?」と黒木が訊いてきた。

「いや」

「じゃあ、教えちゃいましょう。天明プロモーションは勢力のある芸能事務所です。天明プロモーション自体はさほど大きな組織ではないんですが、数多くの芸能事務所をその傘下に収めています。ヨアケの上沼真一は児玉天明の舎弟みたいなもんです。上沼がやっている別会社アップブレイク、こちらはAVじゃなくて通常のタレントマネージメントオフィスなんですが、うわべでは資本提携はないように見せかけているものの、その実態は天明プロモーションの系列会社です。例えば、アップブレイクと天明プロモーション間では、所属タレントのやりとりをさかんにしています」

「わかった。ありがとう」

「じゃあ、この先は真行寺さんのほうでやられますか」

そうすると言い、礼を述べて切って、真行寺は立ち止まった。彼は長い廊下の端にいた。捜査本部へ引き返しながら、課長や他の刑事たちにこの事実をどうやって説明しようかと頭を使った。まさか、警察庁のゲスト講師に違法ハッキングをしてもらったとは言えない。

ソファーに戻った時、みなは亀山秘書の身柄をどう拘束するかの相談をしていたが、真行寺が腰を下ろすと、どことなく期待のこもった眼差《まなざ》しを彼に向けてきた。

「ムーンライトに尾関を紹介したのは、実質的には天明プロモーションの児玉天明です。ヨアケの上沼を経由してますがね」

「どうしてわかった」

真行寺は「懇意にしている芸能系の記者からの情報です」などとでまかせを口にして、

「ヨアケってレーベル名は、児玉天明の天明から来てるそうです」とさりげなく話頭を転じた。

「えっと、どういう意味ですか」と宇田川が食いついてきた。

「天明ってのは黎明《れいめい》、つまり夜明けだろうが」と加古が注釈した。

なるほど、そういう意味ですかあ、と宇田川は言い、有名なのかと加古は橋を見た。橋は名前はよく聞きますねとだけ言った。すると、今まで大人しくしていた橋爪が口を開いた。

「あのー、ある意味児玉さんは日本の芸能界を牛耳っていると言っていいと思います」

真行寺は思い出した。そういやこいつは、若い女が集団で飛び跳ねながら歌うポップスを聴いている男だった。

「事業体そのものはそんなに大きくないんですが、たくさんの事務所を系列下に置いているので、影響力は絶大なんです」

橋爪は黒木と同じ説明を差し挟んだ。

「しかし、まだ線はつながってませんね」と溝口は注意を促した。「ムーンライトに紹介したのが、上沼を経由しての児玉って大物だったたなら、それはＡＡＡ《トリプルエー》の信用度になるかもしれない。けれど、尾関先生は果たして芸能界のドンを直接知っていたのかどうか、ここが気になります」

「そうだな。そこがわかれば、もうちょっと見えてくるかもしれないな」と加古が言った。

「もうひとつ、先生は政治家として大きな決断を迫られているさなかに殺されたという見方を真行寺さんはしていた。この説に乗ればよけいに腑《ふ》に落ちないことがある。たかだか芸能事務所の社長が国会議員を殺すなんてことがあり得ますかね。スキャンダルをバラされたくなければ、便宜を図れと強請《ゆす》る方が合理的でしょう」と溝口は続けた。

「そこは児玉に訊いてみようじゃないか」

「訊いたところで、紹介した覚えはないと言い張るでしょうね。それが社会的地位のある人間をこういうところに案内する連中の掟《おきて》ですから。事情聴取の時、なにか証拠を握ってないと揺さぶりかけられないんじゃないですか」

「ブン屋から聞いたってだけでは弱いってことか」

「ひとつ考えられる接点としては、尾関議員は元警察官僚だったってことです。警察は一日署長などの広報活動でタレントに協力してもらうことがあり、芸能事務所と接点を持つことがあります」

橘がなんとか道をつけようとしていたとき、「あのー」とまた橋爪が間延びした声を上げた。

「児玉さんは政界とつながりがありますよ」

「本当か」と加古が問《と》い質《ただ》した。

「ええ、芸能事務所を立ちあげる前は、政治家の秘書まがいのことをやってたんです。運転手というか鞄持ちというか、自分では下足番と言ってますが。その先生なんてったっけなあ」

　橘がスマホを取りだして検索をはじめた。

「結構強面《こわもて》の先生だったような」と橋爪が天井に視線を投げて口を尖《とが》らせていた時、橘が掌《てのひら》のスマホの画面に顔を向けたまま、

「土屋隆行《つちやりゅうこう》だ」と小さく叫ぶように言った。

「そうそう土屋です、ほら強面でしょう」と橋爪が言った。

「ていうか、その先生モロにヤクザだぞ。時々口が滑って、私は川崎でヤクザやってましたってテレビで言っちまうくらいだからな」

　加古の口はへの字に歪《ゆが》んでいた。

「土屋と児玉はともに川崎出身で、そのよしみで確かに児玉は短期間ですが、土屋の秘書をやってますね」

　スマホに目を落としたままの橘は言った。

「つまり、児玉は物騒なことを平気でやるような連中とつながっているってことですか」と宇田川が言った。

　ヤクザとつながるのが政治家経由だってのが皮肉だな、と真行寺は思った。

「橋爪、そのあたり、組対の誰かに聞いてきてくれ。土屋隆行と付き合いのあるヤクザ組織

の中にジョージが身を潜めている可能性がある」

「じゃあ、私と宇田川は土屋隆行先生に当たってみますか」

あと、ムーンライトの是方とヨアケの上沼にも誰かに話を聞きに行かせると加古が言ったので、上沼には俺が会ってきますよと真行寺は言った。

「それから」と真行寺は付け加えた。「尾関議員が自宅で使っていたパソコンがあれば、そいつも調べたほうがいいと思います」

これを聞いた橘は言いにくそうに、実は、と言った。

「議員が自宅で使っていたパソコンっていうのは、党から配布されたものらしいんですよ」

「つまり」と加古が先を促した。

「中身は尾関議員のものですが、ハードは党の所有物であるってことになります」

「くそ、パソコンくらい自分で買えよ。で、党は中身を見られるのを嫌がっているのか」

「嫌がってるというか、なにしろ国会議員が使っていたものなので、機密書類が入っている可能性も考慮し、先に調べさせろということです。ただ説得は続けてます」

「見せたくないということになると、どうなるんだ」

「なにしろ、被疑者じゃなくて被害者なので。さらにあのクラスの政治家のパソコンを押さえるとなると、捜査とどう関係するのかを書類で提出する必要があります。ま、引き続きトライしてみますが」

頼む、と言って加古は重いため息をついた。

土屋隆行は政界に打って出る前、広域暴力団富山《とやま》組の事務所に出入りしていた。この時、正式に杯《さかずき》をもらったのかどうかは定かでないが、いまでも組長の井手《いで》肇《はじめ》と懇意であることは確かだ。このことを組織犯罪対策部から聞き出してきた橋爪はさっそく、拳銃を所持して組対の刑事と一緒に赤坂にある事務所に向かった。一方、溝口と宇田川は土屋議員のアポを取ろうとしていた。

とりあえず、少しは進んだ気がした。けれど、岩盤の向こうへ突き抜け、光を見るまでには、まだまだコツコツ掘り続けなければならない、そう真行寺は覚悟していた。

もっとも気掛かりなのは、議員が殺された理由だった。

そもそもこの国の政治闘争に殺害なんて物騒な手口は似つかわしくない。倒さなければならない政敵を、あの手この手で窮地に追い込み、手も足も出せなくするという陰湿さが肝心ではないか。

さらに、幸恵がリンカーンを引き合いに出して皮肉交じりに言っていたように、尾関は殺さなければならないほどの危険人物だったのだろうか。今日会った喜安の口ぶりからすると、主流派を脅かすほどの勢力はなかったようだ。言ってみれば、ちょっと面倒でうるさい一派のひとりといったところだろうか。こう考えると、議員の死を政治的な殺しと結びつける線は弱くなる。

しかし、現場から採取された毒入りコンドームは無視できない。やはりいったんは、政治的に殺害されたと考えてみるべきだ。では、その程度の政敵であったはずの尾関の息の根を止めなければならない理由とはなんだろう。

考えてみたが、わからない。答えを引き出せない理由を、真行寺は自分に政治の教養がないからだと考えた。

真行寺はスマホを取りあげ耳に当てた。発信音を聞きながら、疲れた遠い眼差しを、捜査本部の窓の外に持っていった。日中は盛んにコンクリートを照りつけていた陽《ひ》ももう落ちている。

「もしもし、どうですか捜査のほうは」

警視庁本部の上司水野玲子の声が聞こえた。

「まあ今日のところは多少進展がありましたが」

「そう、それはよかった」

「課長、今日の帰宅は何時頃ですか」

「そろそろだけど」

「新宿経由で？」

「ええ、いつもの通り」

「夕飯でもどうですか」

「ああ、なにかあるわけね」

「まあ、そうです」

「お寿司はどう？」

「いいですね」

「じゃあ、新宿署の近く、青梅《おうめ》街道沿いに新宿に向かって一つ目の角を右に折れて少し行くと、〈ゑんどう〉ってお寿司屋さんがあるんだけど、そうね、四十分後にそこで」

　わかりました、と言って切った。

　その後、何本か電話を入れた。幸恵から、亀山がいったん和歌山の実家に帰りたいと言ってきたと教えられた。東京の外に出られると、重要参考人として呼びつける時に面倒だが、幸恵の傍にいられるよりはいいだろうと思った。

「亀山君は何か言ってましたか」と真行寺は訊いた。

「僕はやってませんって」

　俺もそう思いますよ、と真行寺は心の中で言った。

「ずいぶん取り乱してたけど、真行寺さん、あなた亀山になにか言ったの」

　真行寺は笑って、明日になって亀山君が出て行かなければ連絡くださいとだけ言ってから、

「政界で、議員が親しかった方、それと敵対していた方の両方を教えていただけませんか」

と尋ねた。

　幸恵は少し考えて、政策上で合意できることと、個人的に馬が合うのはちがうし、政策では対立してても妙に気が合う人もいて難しいんだけどと断った上で、何名かの名前を挙げてくれた。そして、今のはメモしたの？　と訊いてきた。もちろんと答えると、ついでに私の

携帯を言うから書いてちょうだい、次からはそっちにかけてくればいいから、と言って数字を読み上げた。

同じ内容の電話を喜安記者にもかけた。そしてしばらく、机に足を乗せ、腕組みして考えていると、刑事がひとり入ってきて、ジョージの似顔絵が出来たぞと言って、コルクボードに一枚貼り付け、残りを近くのテーブルに積んだ。

真行寺は、足を降ろして立ちあがり、似顔絵を一枚取りに行った。

つるんとした無個性な美男子だった。ヤクザにはとうてい見えなかった。かといって地道に商売に励んでいるような面構えでもない。真行寺は似顔絵を畳んでポケットに入れると、リュックを背負って、出入り口に向かった。

「おい、どこへ行く」

真行寺のほうを先ほどからチラチラ見ていた加古が声をかけた。

「ちょっと美女とデートしてきます」

「え、なんだと」

「それから、その後は情報源と会いますので、今日はもう戻りません」

返事を待たずに出た。

大通りから少し引っ込んだところにある〈ゑんどう〉は二階建ての銅張りの店構えが、雑居ビルの中に店舗を出すのが一般的な新宿では珍しく、古くからある町の寿司屋といった趣《おもむき》だった。引き戸を開けると、奥のテーブル席で水野玲子がおしぼりで手を拭いていた。小さな瓜実顔《うりざねがお》の頬に、勤務中は後ろに束ねている髪がふわりとかかっていた。

「お呼びたてしてすみません」

「ううん、お寿司食べたいなと思っていたからちょうどよかったわ。お酒は飲めるような状況？」

「いえ、まったく。課長は飲んでください」

「いいの？」

「ええ、部下に遠慮することはありません」

「じゃあ、冷酒をいただきます。あとは先に少し切ってもらいましょうか。——玉子焼食べる？」

「もらいましょう」

冷酒と烏龍茶《ウーロン》とで乾杯し、運ばれてきた料理で卓の上がにぎやかになった頃、捜査は難航しているの？　と水野が改まった。

「順調とは言えませんね」

「でも、事件発生から三日、捜査が始まってまだ二日目でしょう」

「ですが、犯人の目星もついてないのが不安なんですよ。なんとなく、画《え》がぼんやり見えてるって感じもしないので」

「あまり先に画を描きすぎるのも考えものだけど」

「しかし、はやいとこ真犯人を突き止めないと、実行犯に仕立て上げられた女に責任なすり付けておしまいのような気がして、落ち着かないんですよね」

それはあり得ないわね、と言って水野は冷酒を口に含んだ。少し怒りのこもったその口吻が同性への連帯感から来ているのか、警察官僚の正義感に由来するのかは、わからなかった。

「課長に教えてもらいたいことがあるんですが」と真行寺は切り出した。「痴情がらみの殺しやなんかは嫌になるほど見てきましたが、政治のほうははじめてで、戸惑うことが多くて」

「政治が絡んでるの？」

「たぶん」

「私にわかるかしら」

「わかってもらわないと困ります。キャリアなんですから」

「真行寺さんはキャリアに厳しいわね」

「ええ。大いに期待していますから」

この台詞には、「あなたには」という一言《いちごん》が省略されていた。

真行寺はこれまでの捜査をなるべく詳しく説明し、その要点を、リュックの中から取りだした単語カードに書き付けた。テーブルの空いたところはカードでいっぱいになった。

●公安

●猛毒（神経ガス）
♪「エイント・ガット・ノー」／「ミー・アンド・ボビー・マギー」
●「汚れ切っちゃいけない」
●「聞いてもらいたい話がある」
●「許さんぞ」
●秘書と夫人
●露骨すぎる広報の発表
●リベラル
●憲法
●離党
●芸能・政治・風俗

江戸《えど》切子の青い小さな猪口《ちょこ》を赤い唇に当てながら、水野玲子はカードを眺め聞いていた。その間、配膳係のおかみさんが、空いた皿を下げ、握りが載った寿司下駄をふたつ卓に置いて去った。卓上に並んだカードをちらと見たが、まるで気にとめなかった。

「確かに、政治がらみかもしれないわね。――それで？」と水野が真行寺を見た。

「この事件にかかわっていて最初からいまひとつわからないのは、この尾関って議員の正体なんです」

「というのは?」

「こいつは政治家でしょう。政治家ってのは時には嘘もつかなきゃならんでしょうよ。そのくらいのことはこの年齢《とし》になるとわかってきます」

「本当?」

「いや、本当です。だから、こういう気持ちもわからないではない」

真行寺は〈●「汚れ切っちゃいけない」〉と書かれたカードを指さし、そのあとで〈●離党〉にもその指を向けた。

「で、多かれ少なかれ自分が汚れているってことを自覚している政治家が、離党してまでもこれだけは譲れないと思っていることってなんだ。ここが肝心です」

こんどは〈●「許さんぞ」〉を指さした。そして、その隣の〈●「聞いてもらいたい話がある」〉を人さし指でコツコツ叩いた。

「それを親しい記者に暴露するつもりでいたんじゃないでしょうか」

なるほどね、と水野はうなずいて、赤身の握りを箸で挟んだ。

「で、議員の奥さんが言うには、彼がとりわけ熱心だったのは憲法九条だって言うんですが、俺にはそれが殺しにつながるとは連想できないんですよね」

うーんと水野は唸ったあと、〈●憲法〉のカードを裏返してしまった。

「じゃあ、いったん忘れましょう」

「で、尾関と親しかった首都新聞の記者が言うには、尾関はリベラルなんだそうです。ただ、俺にはリベラルであることってのがよくわからないんですよ」

「どこが」

「俺のイメージだと、リベラルってのは、福祉を手厚くしましょうとか、格差をなくしましょうとか、そんなヒューマンな政策を掲げる政治の立場のような気がするんです」

「なるほど」

「で、さっきスマホの電子辞書でリベラリズムを引いたら、自由主義だってあった。こんどは自由主義がわからない。どうして自由を大事にすることが、憲法変えて軍隊を持つことにつながるんですかね」

「それはここで議論するには時間がかかりすぎる大問題ね。確かにリベラルって言葉は時と場合でいろんな意味で使われるから。リベラリズムを自由主義って訳すのは誤訳だって言う学者もいる。だから、その記者がどういう意味あいで議員をリベラルだと表現したのか私にはわからない」

「じゃあ、課長の意見を聞かせてください。この尾関って政治家はリベラルだと思いますか」

水野はちょっと考えて、

「そうね、今の政治体制ではリベラルだと思うな」

「どのあたりが」

「共謀罪を強行採決した時に確か尾関は離席してるよね」

「その記者も言ってましたけどそれってリベラルなんですか」

「例えば、国民にとっては善きことだけど、説明しても反感買うだけだから、手続きを省略してさっさとやってしまおうってことをリベラルは許しません。善よりも正しさを優先するのがリベラルだから」

はあ、と真行寺は言った。Facebookのアカウントをハッキングして亀山のIPアドレスを抜き取った時、この行為に正義はない、と黒木は断言した。そして、やりますかと問い質してきた。やってくれと応えた。俺はリベラルじゃない。真行寺は苦笑した。

「これはなんだったっけ?」

水野は〈●♪「エイント・ガット・ノー」/「ミー・アンド・ボビー・マギー」〉のカードを指さした。

「議員が愛聴していた曲です。なんとなく気になって」

「どんな曲。歌ってみてよ」

「無理ですよ」と真行寺は首を振った。「ただ、〝エイント・ガット・ノー〟って曲は俺にも意味が聞き取れる英語で歌ってくれてる。私はなにも持ってないが、私には私があるって黒人のブルースです。で、〝ミー・アンド・ボビー・マギー〟は、英語が達者な人間に聞き取ってもらったら、旅をしているヒッピーが、自由ってのは失うものがなにもないってことだけど、自由がなけりゃ始まらないのよって歌うカントリーロックです」

「ふーん、なにもないけど私には私があるぞ、自由ってのはなにもないってことだけど、それが出発点なのよっていうのは、『すべてに先立つ個々の主体』って言葉を思い出すわね」

「なんですか、それは」

「論客がリベラルを分析して言った言葉よ。『負荷なき自己』とも言うけれど」

「つまり？」

「金持だとか貧乏だとか、白人に生まれたとか黄色人種だとか、とにかくそんなしるしが、ついていないまっさらの私ってものを前提とするのがリベラリズムだっていうわけ」

「賛成ですね」

「でも、そんな無印《むじるし》の私なんてどこにあるの、ただの妄想じゃないのって意見もあるわよ」

「そうなんですか」

「私はどちらかって言うとそっちの意見が正しい気がするな」

真行寺は握りに手を伸ばした。そうして、黙って次から次へと口の中にほうり込んでいった。あっという間に寿司下駄を空《から》にして、水野がおかみさんに頼んでくれた熱いお茶を飲み、ごつごつした湯呑《ゆの》み茶碗に手を掛けたまま、頬杖をついて黙っていた。

思案に沈む年上の部下をそのままにして、水野は箸を使ってゆっくり握りを食べていた。

「課長」

ふいに真行寺は低い声を漏らした。

水野は自分の口に手を当てて、頬張った握りを呑み込んでから、「なに」と言った。

「俺の勝手な想像ですが」

「ええ」

「尾関を殺したのは公安じゃないですか」

この言葉から受けた衝撃を落ち着いて受け止めるためなのか、水野は手にした猪口をゆっくりと口に運んでから、それはちがうわと首を振った。

「公安は殺しだけはしない」

そこには、それ以外ならなんでもやるけれど、という含意があった。

「じゃあ、殺しを放置しているってのはどうですか」

「なるほど」

「実行はしていないが、指導はしているかもしれない。少なくとも殺しに絡んでいる気はする」

「なぜ」

「神経ガスのような猛毒はめったな組織では作れないでしょう」

「……他には」

「オウム事件以降ヒマ持て余してる公安が、政治家殺しを遠巻きに見ているなんておかしい。テロの可能性がある、俺たちのヤマだ、と騒ぐのが当然です」

「でも、今日は少し動いた」

「え、公安のどこが」

「三課。今日ガサ入れしてます」

「公安三課って言えば右翼が担当でしょう」

「そうね」

「どうして右が尾関を殺《や》るんです。憲法改正に関しては首相よりも右寄りじゃないですか」

「その点はそうだけど」

「尾関をやったのは極左でも新右翼でもないと思います」

「どうしてそう思う」

「あいつらがやったとしたら、犯行声明を出さないとおかしい」

「なるほど。じゃあ三課のガサ入れをどう解釈する？」

「ポーズです。公安の動きがおとなしすぎると俺は何度か口走った。他にもそういう風に思っている捜査員がいても不思議じゃない。そんな気配を察知して、それなりに動いているところを見せただけです。ではなぜ三課なのか。あの連中はそういう動きをとりやすいんです」

「確かに。公安は、左より右のほうと日頃の付き合いがあるからね」

「そうです。仲のいい団体に、明日ガサ入れするからよろしくと予告しておいたんですよ。その一方で、横町れいらが登録していたデリヘルのガサ入れには令状を出さなかった、これは明らかに変です」

「そう言えば警察発表も、出すものと伏せるもののバランスが悪いかも」

「でしょう。政府は、ホテルに女を呼んでいたってところまで発表を許しています。その一方で、コンドームに仕込まれた神経ガスのことは伏せられたままだ。なぜです」

「模倣犯を防止するためだって聞いたけど」

「その説明も一理ある。しかしこれだと、好色な馬鹿殿《ばかとの》が、女と享楽に耽《ふけ》っている最中に心不全で死んだ、なんて筋書きを確実に連想させる。俺はむしろこちらのほうが狙いなんじゃないかって思うんです」

「どういうこと」

「この不自然なバランスによって、尾関は政治家失格の烙印が押されることになる。これを狙ったんです。じゃあ、なぜそうする必要があったと思いますか?」

水野は首を振った。

「尾関の死後、彼が告発しようとしたことが万が一世間にバレた場合、『こいつは風俗嬢をホテルに連れ込んでるような奴だ、こんな奴の言うことなんか信用しちゃいけない』という感情を煽《あお》って、論点を棚上げしちゃうためです。これが〝政治家失格〟烙印の効能です」

水野はガラスの徳利に残った冷酒を下げてもらい、あがりを頼んだ。

「こんな話になるのなら、お酒飲まなきゃよかった」

冗談ぽく恨みがましい目つきを向けてきたので、すみません、ととりあえず謝った。

さて、と水野は真行寺の顔を見据えて言った。

「この話は加古課長には?」

「いえ、話してません」

そう、と彼女は言ったきり、その判断をいいとも悪いとも許しなかった。それから運ばれてきた湯呑み茶碗を両手で包むように持ってしばらく考えていたが、

「じゃあ、巡査長の推理に則《のっと》っていきましょうか。まず、尾関はなにを許せなかったんだと思う？」と尋ねた。

まさにそこがもっとも大きな謎だった。

「各論が問題ではないんじゃないかと」

「というのは？」

「例えば、改憲には賛成だけどその改正案は呑めないってのは、総論賛成 各論反対です。そんなことじゃ殺されたりしません。これは、もっともっとでっかい話なんです」

「オーケー、でっかい話を聞かせて」

「政治家と公安警察が組んでなにかをやろうとしている。まずこう考えるのが推理の正しい道筋だと思います」

「とりあえず了解」

「では、保守党政権と公安警察が組んでやろうとすることは、なんだと思いますか」

水野は首を振って、

「教えてください」

「自由を奪うことです」

女の口の端に笑いの影が射した。

「馬鹿馬鹿しいですか」と真行寺は訊いた。

「いえ。確かにそうかも、とは思ったわ。そして、想像していたのよりさらに大きな話だったので驚いた」

「でも、笑ってましたよ」

「ごめんなさい。ところで、その自由を奪うって具体的にはどういうことかしら？　警察国家を作り上げること？」

「わかりません。素直に想像するとそうなるんでしょうが」

　水野は少し改まった調子になって、

「確かに、今の総理は中央集権的な統治がお好みよね。他に政権担当能力のある野党が見当たらないので、かなり強引な国会運営をしている。マスコミにもずうずうしい注文をつけるし」

「そうですね」

「でもね、あんまりひどいことやると、選挙であっという間にひっくり返っちゃうんじゃないかしら。そんな徴候が地方の予備選あたりでチラチラ見えてるでしょ。産業構造改革の話は進んでない。株価は上がっているけれど、賃金は全然よね。そろそろ国民がイライラし始めてる。飴を与えずに鞭ばかり振るったら、総選挙で過半数割り込んじゃうと思うけど。野党第一党がだらしない分、極左政党に票が集まって、総理にとっては最悪の結果になりかねないんじゃない」

「じゃあ、俺の推理はあり得ないってことになりますか」

「〝自由を奪う〟かあ。一番わかりやすいのが『1984』だけど」

「なんですかそれは」

「昔の小説よ。1984年の未来社会では、ビッグ・ブラザーという架空の独裁者によって高度で中央集権的な監視態勢が敷かれてるの。これに主人公は抵抗するんだけれど、捕まって改心を迫られる。自由ってことで言うとこの改心ってのが大事よね。屈服するだけじゃ彼らは納得しない。面従腹背は許さない。心を入れ替えろって主人公に迫る。そして、ラストで主人公はビッグ・ブラザーを愛するようになる。そういうお話」

なんだそれは！　俺が一番嫌いなタイプの話じゃないか、と真行寺はガリを嚙んで茶を飲んだ。

「でも、さすがにこれは無理ね。思想及び良心の自由は、これを侵してはならないって憲法にも書いてあるから。人心をイデオロギーで制御できなければ、さっき言ったように選挙で負けて政権が崩壊する可能性はいつだってある。一応まだ日本は民主主義国家だから」

「その例はちょっと極端すぎますよね。他になにかないんですか」

「どうだろう」

ふいにスマホが鳴った。耳に当ててると、聞こえてきたのは、覚えのない男の声だった。

「もしもし、こちら真行寺弘道さんの携帯でよろしいでしょうか」

ケーブルテレビの勧誘かなにかだと思った真行寺は、そうですが、とめんどくさそうな声を上げた。

「私、波木亘と申します」

「ナミキワタル。……えっと」

「麻衣子の夫です」

元妻の再婚相手だとようやく気がついた。

「ああ」と真行寺は言った。「なんでしょうか」

「誠に申し訳ないんですが、お逢いしてお話ししたいことがありまして、なるべく早いタイミングでお時間ちょうだいできませんか」

面倒だな、と真行寺は思った。

「私が刑事だということは」

「はい、存じております」

「実は、大きな事件の捜査を行っておりましてね。正直かなり忙しいんですが。お電話で手短にというわけにはいきませんか」

「いえ、できればお逢いして直接面と向かってお願いしたいと思いまして」

「お願い？　私に？」

ますます会いたくなくなった。

「いったい何の件でしょうか」

「息子の隼雄のことで、折り入って」

「しかし、隼雄君は戸籍上は私の息子じゃありませんよ。会ったことさえないので」

「そう仰りたいのもわかりますが、生物学的にはつながっていますし。またご相談したいのはそのようなことなので、ぜひ」

「そのようなこと？」

「麻衣子が一度ご相談にあがったかと……。十分でいいので、たとえば今からではご迷惑でしょうか」

「今から」

驚いてみせると、目の前で水野玲子が箸袋を裏返してボールペンを走らせた。――来てもらえば？

少しお待ちを、と相手に断って、真行寺はスマホの音声をミュートした。

「断れる相手ですが」

水野は首を振り、

「今日のところはこのへんで」

一方的にお開きを告げられた。

真行寺はミュートを解除し、また箸袋を返すと、そこに印刷された住所を読み上げ、〈ゑんどう〉って寿司屋にいますと教えた。そんなにお待たせしないと思います、と返事があり、すぐ切れた。

「さっき聞かせてもらった仮説は一理あるわ。だからといって、駒をどんどん進めるわけにもいかないわよね。――釈迦に説法だけど」

スマホをしまうと水野はすぐに話を戻した。真行寺は電話の相手をあれこれ説明しなくてすんだ。

「調べてみる。気になるから。でも、相手が公安となるとそう簡単にはいかないかも」

真行寺はうなずいた。確かに、警察機構において、公安警察はエリート意識が強い。実際に出世が早いので、公安と事を構えるとなると相当の覚悟が必要になる。

水野はお茶を一口飲むと、「それから、今日の仮説はまだ加古さんには話さないほうがいい」と注意した。

そうだなと思いつつ、真行寺はなぜ、と訊いた。

「あの人が聞いたら、萎縮《いしゅく》するか大騒ぎするか、どっちに転んでも真相解明にはよくないと思う」

「わかりました」と真行寺は言った。

「チームに生安の捜査員はいる？」

「ええ」

「議員宅で通信が傍受されてないか確認してもらって。たぶん裁判所は令状を出さないだろうけど、ゼロなら勝手に〝作業〟するでしょうね。だから、盗聴してたなら、裏でゼロが動いてるのはほぼ確実ってことになる」

ゼロとはスパイをつかった公安の情報収集、つまり〝作業〟担当係のコードネームである。

盗聴と尾行は公安のお家芸だ。なるほどと真行寺は思った。

「ただ、電気工事の業者を装って留守中に忍び込み、盗聴機を仕掛けるっていう昔のやりかたなんかと最近はちがうみたい。これだと怪しい電波が飛んでいるのをキャッチすれば盗聴してるってわかるけど、なにしろ向こうはプロだからそう簡単に尻尾は摑ませないと思う」

それならばこっちにも考えがあると、すばやく作戦プランを巡らせた。水野は水野で白木のテーブルに思案顔で頬杖をついていた。男女ふたりの間で言葉は途切れ、見かけ上はしんねりとした夜の時が流れた。

「息子さん、どこかお悪いの」

その声に顔を上げると、水野がこちらを見つめていた。

「ええ、少し」と真行寺はうなずいた。「それで元妻の再婚相手が来るらしい。相談の内容は大体想像がついてるんですが」

そうなのと言ったきり水野はその先を追及しなかった。

「課長は結婚しないんですか」

真行寺が逆に訊いた。

「まあ、チャンスがあればね」

チャンスなんかいくらでもあるでしょう、と口にするのは控えた。警察という職場は男女比がひどくアンバランスである。数少ない女性警官をめぐって争奪戦が常に繰り広げられている。その中でも美人の水野は特に目を引く存在だ。しかし、水野はキャリアだった。大多数の警官はノンキャリアである。キャリアの女がノンキャリとつきあうことはまず、ない。

水野はハンドバッグの中から紅鮭色の長財布を取り出して、そこから一万円札をいちまい抜くとテーブルに置いた。

「足りるかしら」

大丈夫でしょう。余ったらお返ししますと真行寺は言った。水野は手を振って、いいわよ、私だけお酒飲んじゃったんだから、と断った。

「そう言えば」と真行寺が卓の上の札を引き寄せながら言った。「今日、警察庁でレクチャーした方が、お偉いさんに連れられて来てたでしょう。あの人なんかにお願いした場合、どのくらい払ってるんですかね」

ここまでの黒木の貢献を思うと、とにかくプロにあれだけのことをやってもらったのだから、まるきり無料《ただ》というわけにはいかないな、と真行寺は思っていた。

「さあ、広報に訊いてみないとわからないわね。私が想像するに片手ぐらいじゃないかしら」

「五万ですか」

そのくらいならと真行寺は思った。

「いやだ、ゼロが足りないわよ」

水野の口元から笑みがこぼれた。その笑いに若い愛嬌《あいきょう》を感じたが驕慢《きょうまん》さはなかった。水野は、テーブルの上に列べた単語カードを回収して束ねると、はいこれ、と真行寺に渡した。

その時、ガラガラと引き戸が開いて、縦にストライプが入ったやたらと目立つスーツを着た男が、店内を見渡した。そして真行寺を見つけて歩み寄ると、「波木です。無理を申してすみません」と頭を下げた。

それじゃあ私はと言って水野が腰を上げ、『1984』の続きを考えておいてねと真行寺の肩を軽く叩いて、波木に軽い会釈を送ると出て行った。

「奥様ですか」

「上司です」

ほお、と感心したように波木は、閉まる引き戸の向こうに消える水野の後ろ姿を見ていた。

「とりあえずなにか注文してください。私はもう食事はすませましたし、酒を飲むわけにもいかないんです」

「実は、私もすませてきて、おまけに車なので、よろしければ河岸《かし》を変えませんか」

それは面倒だと思ったので、おかみさんを呼んで握りの折り詰めを頼み、波木にお茶を出してやってくれと言った。

「で、なんでしょうか」

「はい、実は折り入ってお願いがございまして。隼雄の病気のことについては麻衣子からお聞き及びかと思うのですが」

「ええ」

「で、実は、私の母が、もともと頑固な性格の上に、齢《よわい》を重ねるにつれて、そういう面ばかりが濃くなってまいりまして」

「ええ」

「ご存じのように、麻衣子と一緒になる時に、隼雄の件で母に色々と言われながらも、なんとか説き伏せて一緒になった次第で」

こんなこと延々聞かされたらたまらないと思った真行寺は、そろそろ本題に入っていただきたいんですがと言った。

「いや申し訳ありません。この度、隼雄が厄介な病気を発病したことで、母親の荒い気性がさらに拗《ねじ》くれて発達してしまいまして。結婚当時は反対したものの、やっぱり孫となるとかわいいらしく、麻衣子にはつらく当たっても、隼雄のことは可愛がっていたんですが、しかしこういう事態になると、私との間にできた子でないことを改めて思い出すのでしょう。それでも病人を邪険に扱うことははばかられるので、自然と麻衣子のほうに怒りの矛先が向くわけです」

こんな話が本題なのかと真行寺はもどかしかった。

「無視すればいいでしょう」

「そうもいかないんです。父が死んでからは、実家の財産は母が管理しておりまして、二世帯住宅にした屋敷も母の名義に――」

真行寺は口を挟んだ。

「わかりました。間はすべて端折っていただいて、私に伝えたいことを単刀直入に仰ってください」

それでは、と波木は運ばれてきた茶を一口含むと切り出した。

「真行寺さん、ＤＮＡ検査を受けていただけませんか？」

突然、光に照らされたように事の次第が理解できた。

「このことは奥様は」

「いいえ、私の独断で来ました」

「しかし、もしことを明らかにしたいのであれば、彼女に検査を受けてもらえばすむことでしょう」

真行寺は一応確認した。相手はため息交じりに首を振った。

「母は麻衣子のことを信用していないんです。彼女が持ってきた検査結果なんか、偽造したにちがいないと受け付けないに決まっています。もし麻衣子が検査を受けて無罪を主張しても、かえって母の怒りの炎に油を注ぐ結果にしかならないでしょう」

「じゃあ、無罪を主張するのなら、真犯人を捕まえてくるしかないってわけですか」

「はい。もっとも、母がそう言っているのではなく、そのように私が思いついたんです」

困ったぞ、と真行寺は思った。二日前の晩、麻衣子は突然やってきて、隼雄が難病を患った責任を真行寺になすりつけさせてくれ、と言った。彼もこれを了解した。しかし、それを義母は信じなかった。そこで夫は、検査を受けさせて、真行寺こそ犯人だという証拠を母に持参しようと思いついた。ということは、この疾病が自分の家系に由来することを麻衣子は夫にも話していないということだ。つまらん嘘をつくからこんなややこしいことになるのだ、と真行寺は苛立った。

「もちろん、検査の費用は私どものほうで」

当たり前だ。

とにかく、麻衣子と自分がふたり揃って問題含みの遺伝子を抱えているという可能性は、ゼロではないにしても、まずない。つまり、波木の要望どおりに受検すれば、それは麻衣子を追い込む結果につながる。もっとも、真行寺が検診を受けなくてもやがて麻衣子は受検せざるを得なくなり、見られたくない結果をさらされることになる。それは不憫《ふびん》だと思った。

折り詰めが入った紙袋がテーブルの上に載せられた。これを合図に真行寺は、

「考えさせてください」

と伝票を摑んで腰を上げた。

勘定場で波木が払おうとしたのを、真行寺は止めた。車なので駅まで送っていきますよ、と言われたがそれも断って歩き出した。

青梅街道から一本奥に入った道を新宿方面に歩きながら、真行寺はスマホを取りだし、まず橋爪にかけた。

「どうだった、富山組は」

——ジョージという名前に心当たりのある組員や構成員はいないそうです。

「準構成員では？」

――すぐにはわからないと言ってました。

「組からは誰が出てきたんだ」

――室川《むろかわ》って奴です。一応幹部ですが。

「土屋隆行と井手組長との関係は確認したのか」

――いや、組対のほうからそういう話は組長に直接しないと意味ないのでよせと言われて、今日のところは触れてません。

つまり、収穫ゼロってことだ。では、その土屋隆行はどうなったのだろうか。こんどは溝口にかけた。

――いやあ、先ほど会ってきましたが、完全に作戦失敗しました。

電話に出た溝口は言った。

「会えたんですか」

――ええ、いつでも来いというので飛んでいったのですが、逆に作戦を練る時間がなくて。

「どの辺が」

――尾関議員の死因について確認したいことがございまして。実はムーンライトという高級デリヘルに尾関先生を紹介したのは天明プロモーションの児玉社長らしいのですが、ひょっとしてこれは土屋先生がアレンジされたのでしょうか、と訊いたんです。

単刀直入すぎるな、と真行寺は内心舌打ちした。

「それで」

——見損なってもらっちゃ困るな、なんでこの俺が女衒《ぜげん》の片棒かつがなきゃいけないんだ、とガツンとやられました。

しかし、まあ最初の鑑取りでなにも収穫がないことはよくあることだ。相手が国会議員ならこんなものかもしれない、とも思った。

——そしたら、いったい警察の捜査はどうなっているんだと逆に訊かれましてね。

こういう質問を刑事はよく受ける。ただし適当に誤魔化して、捜査については一切口にしないのが鉄則だ。

——そしたら、俺は国会議員で尾関君は党の後輩だよ、教えてくれたっていいじゃないか、と怒るんです。

無視するべきだ。

——もちろん、そう言われても困ります、とか言ってかわしてたんですが、君らは次期の国家公安委員長は誰になるのか知ってるか、と凄まれまして。

「警視庁は東京都公安委員会の下にあるので、国家公安委員会は関係ないですね」

——そうは言っても。

「で、自分が委員長に収まるんだと言ったんですか」

——いや、そうは明言しないんです。

「ブラフですよ」

——かもしれません。かと思うと、小耳に挟んだんだが、尾関君、女に一服盛られたって話があるじゃないか、あれは本当かね、なんて訊いてきたんです。

土屋の地位なら毒殺の件を知っていても不思議はない、と真行寺は思った。

――そこで宇田川が、ちょっとはサービスしたほうがいいと考えて、いや実はもうひとり実行犯がいるようです、とだけ言ったんです。

まずいな、と真行寺は思いつつ、

「で、土屋の反応は？」と尋ねた。

――目星はついているのかと訊いてきました。

これは難しい質問だ。返答が相手にどう影響するのか予想しにくい。また、これを聞いた相手の反応がこちらの捜査にどう影響してくるのかも見通しづらい。だから、捜査については一切話さないほうがいいのである。

――とりあえず、聞き込みを強化しています、とは答えておきました。

そのくらいならいいだろう、と思った。

――じゃあ、こんなところで油売ってる場合じゃないだろ、とハッパをかけられまして、いずれにせよ、次に行くときにはネタを仕込んでいったほうがいいですね。

「富山組の井手についてはなにも訊かなかったんですね」

――この時点では。

賢明だと思います、と言って切った。

真行寺はもう一本かけることにした。

――やあ、どうですか。

黒木の声はやんわりとして、そして快活だった。

「おかげさまで少し進展があった。ところで今晩そっちに行ってもいいかな」

――いいですよ。

黒木はあっさり承知した。

「ついでに泊めて欲しいんだが。そこから家に帰るのは面倒なんで」

そう言った後、ちょっと図に乗りすぎかなと思ったが、

――もちろんオーケーですよ。

と、これも快諾された。その気前のよさに真行寺は逆に驚いて、

「頼んでおいてこんなこと言うのもなんだが、断ってくれてもいいんだぞ」と注意した。

――なに言ってるんですか。僕と真行寺さんの仲じゃないですか。

いつからどんな仲になったんだよと思ったが、口では素直に礼を言った。友人の家に泊まりたがるなんて学生の頃のようだ、とおかしくもあった。

――でも、うちは寝具はシュラフしかないんですが。

「かまやしない。道場の畳で寝ることを考えたら天国だ」

――今どちらですか？

「新宿だ。特急に乗っていく」

――駅からうちまではタクシーですね。

「そうだ」

――じゃあ、念の為に新宿駅の手前でスマホの電源をオフにして来てください。

了解とだけ伝えて切ったが、この時真行寺はかすかに緊張を覚えた。携帯を切って、まさかとは思いつつも、尾行されてないかどうか三度ばかり振り返った。

新宿からは成田エクスプレスを使った。成田空港から走ってきた夜の特急の乗客は、みな旅の疲れで寝ていた。真行寺も背もたれを倒し、手帳を広げてメモを整理していると、あっという間に高尾に着いた。薄暗い駅前でタクシーを捕まえ、真っ暗な山道を登って、赤レンガの家の前で降りると、玄関のドアが開き、中から漏れる白い灯りの中に黒い影法師が立った。

「車の音が聞こえたので」影法師が言った。

真行寺は、「夕飯はもうすませただろうけど」と言って、折り詰めが入った紙袋を手渡した。

「おっ、お寿司だ、お寿司なら入るな。じゃあ、お茶淹《い》れましょう」

部屋に入ると黒木は「スマホを出してください」と手を差し出してきた。

真行寺が掌《てのひら》にスマホを載せると、それを電子レンジに入れた。なにしてるんだと言ったら、盗聴防止のためだという。

「僕のほうもプロジェクトが始まりかけているので」

「プロジェクトって」

ていた。

「ぼちぼち次の仕事の準備を」

リビングに入っていくと、前に来た時には開放されていた窓は閉じられ、エアコンが動いていた。

「そのプロジェクトの内容って聞いてもいいのかい」

「駄目です」黒木は笑って言った。

「まあ、そうだろうね」

「もう少ししたらまた日本を離れます」

「次はどこに」

「それも言えないんです。守秘義務の契約を結んじゃいましたから」

「そうか」

「捜査のほうはどうですか」

「いや、ありがとう。助かったよ」

「でも、まだ解決していないんですよね」

「ああ、長期戦になるかもしれないな」

「じゃあ、僕が日本にいる間に解決しちゃいましょうよ」

「いや、実はそのことで謝らなくちゃならないんだが」

「なにをです」

「君みたいなプロに支払える金が俺にはないんだ」

「なんだ、そんなことですか。それは気にしなくていいですよ」

「いや、気にするよ」

「もちろんまるっきり無料《ただ》ってのも困るんですが」

「だろ。だけど、今日君のギャラを聞いて腰抜かしそうになったぜ」

水野が出した推定金額を口にすると、まあ当たらずとも遠からずってとこですね、と黒木は笑った。

「でも、いいんですよ。いつか、僕が困ったとき真行寺さんが一肌脱いでくれればそれで」

「そういうチャンスがあればいいけどな」

「例えば六本木あたりでヨッパライに絡まれて大喧嘩になって、赤坂署にぶち込まれたら、真行寺さんが口利いて出してくれるとか」

「まあ、そのくらいならしてやれるかな」

「決まり。じゃあ、作戦練りましょう。おっとその前にお茶だお茶」

真行寺は、ガーデン・ハイアットで尾関一郎が変死してから今にいたるまでの捜査の過程をなるべくこと細かに話した上で、自分の推理を付け加えた。黒木はふんふんと寿司をつまみながら聞いていたが、ひとくだり終わると、

「いやあ、面白いなあ」と楽しそうに笑った。「尾関議員、サイコーじゃないですか」

「どこが？　ワイドショーじゃあボロクソだぞ」

「そこがいいんですよ。で、真行寺さんの推理は一応スジが通っているように僕には思えました」

「でも、ユルユルなんだよなあ」

「はい。じゃあ、どこをクリアにすればその推理はギュッと締まってくるんですか」

「まず、コンドームを横町れいらに渡したジョージって男を捕捉したい」

「捕まえられない原因ってなんでしたっけ？」

「一度しか接触がない。そして接触の時にかけてきた番号が偽装されていたことが事態をややこしくしている」

「で、その偽装された番号に女の携帯からかけ直すと、どうなるんです」

「電源が入っていないか電波の届かないところにいるか……っていう例のメッセージが流れる」

「だから追跡ができないって言うんですか？」

「理屈はよくわかんないんだが、海外を経由してたりすると難しいんだそうだ」

「おかしいなあ。昔は確かにそうだったんだけど、海外のその手のサイトからかけると、受ける側のディスプレイには非通知が表示されるんですよ、今は」

そう言いながら黒木は、最後に玉子を頬張って、美味《おい》しかったと言いながら腰を上げた。

「じゃあ、横町れいらの携帯番号と電話会社、あと契約したときの名義、それと住所、いまお持ちですか」

ああ持ってるよ、と真行寺はリュックの中から資料を取りだした。

「いま聞いた話からすると、ムーンライトの番号でれいらちゃんが電話をもらった時にはジョージはすでに新大久保のカフェにいた可能性が高いんですよね」

「そう考えていいと思う」

「じゃあ、そのエリアで彼女のスマホにかけたＩＭＥＩをチェックすればいいんじゃないかな」

黒木は作業台の上のラップトップを起動した。すると、これにつながっている四枚のディスプレイも点灯し始めた。

「どういうことだ、それは」

「携帯電話ってのは常に自分の身元の情報を発信し続けているんです。身元をアイデンティファイしてもらわないと通信はできません。アイデンティティーってのは大まかに言うと電話番号、電子シリアル番号、そして国際移動体識別番号です。ディスプレイ上での電話番号は変えられても、移動体識別番号は戸籍みたいなものだから小細工はきかないはず。えーっとれいらちゃんの携帯番号は……？」

真行寺は資料に載っている十一桁《けた》の数字を読み上げた。

「横町れいらちゃんの本名は蒲池雅子であってますか。東京都新宿区百人町三丁目三十四番地にお住まいの」

あっていた。真行寺はびっくりした。

「どうしてわかる?」

「契約している電話会社のデータベースを読んだからに決まってるじゃないですか」

「だから、どうしてそんなことができるんだ」

「セキュリティシステムをやぶって侵入してるからでーす」

「だから、だからどうして」

「僕、主な通信会社のデータベースと通信ネットワークの構築の図面を持っていましてね」

「だから……」

「飲み友達になってこっそりもらったりとか、ゴミ箱をあさったりとか、こう見えて苦労してるんですよ」

「でも、侵入のパスワードは」

「そこが最大の問題なんですが、例えば、修理工を装って電話会社に電話するんです。担当につないでもらって、現場に来てみたら思ったより重症だからいったんシステムに入らないと修理できない。出直すのも面倒だから教えてよとか泣きつくと教えてくれたりするんです。で、いったん入っちゃえばこっちのものです」

「教えないだろ、フツーは」

「そこをうまく言いくるめて教えてもらうんですよ。実はわりと得意なんです、そういうの。でも、いいこともやってます。ハッキングのついでに、バグを見つけたら直しておいてあげたりとか。それにこの会社、一度雇われて堂々とハッキングさせてもらったのでシステムは手に取るようにわかってます」

「雇われてハッキングってのはどういう意味だ？」

「セキュリティシステムに不備がないかどうかを知るために、企業が僕みたいなハッカーを雇うんです。そして僕が試しにハッキングする。セキュリティシステムに穴が空いてればそこを改善するように伝えるのが任務です」

そんな人間にハッキングされたらたまらないだろう、と真行寺は思った。

目の前のディスプレイが、漆黒に白い文字がびっしり浮かぶ画面に変わった。黒木は、横町れいらの携帯の番号を検索窓に打ち込み、問題の電話が着信したのは、二日前の夜だったんだよな、などと言いながら、キーボードをカチャカチャ鳴らしたあと、えいやとばかりにエンターキーを叩いた。そして、更新された画面に額を近づけてじっと見た。

「たぶんこいつじゃないかなあ。新宿のセルラーサイトから飛んできてる。この国際移動体識別番号をコピーして、契約者のデータベースで検索してみましょう」

と言ってまたカチャカチャやったあと、パーンとキーを叩いた。

「寝屋川譲次《ねやがわじょうじ》　三十三歳。住所は世田谷《せたがや》区北沢ですね。珍しい名前だから、Facebook にいるかどうか調べてみますか。おお……いましたね、この人ですか」

真行寺はズボンのポケットから似顔絵を引っ張り出して見比べた。似てる、と思った。真行寺は台所に向かった。「真行寺さん」と鋭い声で呼び止められたのは、スマホを取り出そうと電子レンジの扉を開けたときだった。

「どこに連絡するんです」

「どこにって、捜査本部だ。手が空いている捜査員にこいつの部屋へ向かわせて身柄を確保する」

「いま、不用意に動いちゃ駄目です」

「どうしてだ。これ、完全に当たりだぞ」

「でも、捜査本部にはどうやって説明するんです？　いま僕らがやっているのは完全に違法捜査ですけど」

　レンジの中に伸びた手が止まった。確かに――。犯人《ホシ》を挙げたいと思うあまりに大事なものを見落とす、もっと言えば、あえて見ないようにする、刑事にはそういう習性がある。真行寺は手を引っ込め、レンジの扉を閉めた。

「国内でのハッキングは特に気をつけろ、というのが僕のいる業界の常識です。日本からアメリカの企業をハッキングする、ロシアからヨーロッパの政府機関をハッキングする、これは万が一バレても国境の壁があるので、そう簡単には捕まりません。けれど日本みたいな狭い国で国内のエスタブリッシュメントをハッキングするときにはよほど慎重に行動しないと、あっという間に逃げ場を失うことになります。まさにいまジョージ君がそうなっているように」

　もっともだ、とうなずいて真行寺はリビングに戻った。

「ジョージが今どこにいるのかはわかるか」

「無理です。携帯の電源を完全に落としてるので」

「最後に電源を切ったのはどこだ」

「自宅ですね」

「報道で議員の死を確認して、もうこの携帯を使わないと決めたのかもな」

「だとしたら、捨てられている可能性がありますね。でもそういう風に用意周到なら、まず自分名義のセルラーフォンは使わない。技術がない人間は、他人名義のを作って、ミッションが終わったら捨てるってのが相場ですよ」

「セミプロ以下ってことか」

「僕の目から見れば」

急に黒木が笑った。

「ジョージのスマホのダウンロード履歴を見てたんですがFAKE NUMBERってフリーウエアをダウンロードしてます。恐らくこれを使ってムーンライトの番号を偽装したんですよ。しかしこんなのはイタズラ用のお遊びアプリで、プロなら見向きもしないはずです」

ことが思っていたよりもずっとショボかったので、真行寺はいささか拍子抜けした。

「僕の推理ではこの人はアマチュアですね。それにFacebookでは俳優だと名乗ってます」

驚いて画面を覗き込むと、撮影現場で仲間と撮った写真がアップされていた。中には真行寺も知っているような有名俳優と肩を並べて微笑んでいるものもある。〈尊敬する先輩、渡《わた》辺光博《なべみつひろ》さんと〉などというキャプションを自分で添えていた。ちょい役で出演したときに頼み込んで撮らせてもらったという雰囲気が濃厚だった。所属は〈フリー〉。

もちろん、俳優やりながらハッカーやるのも全然アリですが、と言い添えると、黒木はコーヒー淹れましょう、と立ちあがった。

「こいつは遅かれ早かれ捕まえられます。それよりも、コンドームの配達人ジョージが売れない俳優の寝屋川譲次だとどうして突き止めたんだ、と周りに聞かれたときの言い訳を考えといてください」

コーヒーを真行寺の目の前に置きながら黒木は言った。前に来た時に紙コップで出されたコーヒーは今日はマグカップに入っている。「彼女でもできたのか」と真行寺はからかった。黒木は一瞬不思議そうな顔をしたがすぐに察して、「いやだなあ、それ真行寺さん用に買ったんですよ。また来る気がして」と笑った。そして、冗談だと思って取り合わない真行寺に、「そこの文句を見てくださいよ」とカップを指さした。

真行寺は手首を返して、前に向いていたカップの胴をこちらに向けた。ベージュ色の肌に墨色で〝自由〟と大きく染め抜かれている。

「こんなものよく見つけたな」と真行寺は呆れて言った。

「そんなヘンテコなマグ売ってませんよ、作ってもらったんです。高尾山の麓《ふもと》の土産物屋であるんですよ、お好みのカップを選んで自由に文字や図版を入れてくれる店が。Tシャツもやってるんですが、あんまりTシャツなんて着ないでしょう」

いつもビミョーに警視庁のドレスコードを逸脱している真行寺だが、いくらなんでも五十過ぎた刑事が〝自由〟と書かれたTシャツで捜査に出かけるのは洒落《しゃれ》にならない気がする。

「じゃあ、次の問題はなんですか」と黒木が訊いてきた。

ジョージの身元が割れた。そこから遡っていけば誰に頼まれたのかはすぐわかるだろう。

「次はだな、尾関が守ろうとしたものは一体何だったのか、こいつをはっきりさせたい」

でも真行寺さんの説ではそれなんでしょう、と言って黒木はマグカップの自由の文字を指さした。

「そうなんだけど、あまりにも茫洋《ぼうよう》としててさ」

黒木はさっき水野に言われたことを説明した。

「まあ、そういう自由の剝奪ってのは、日本ではいまの状態が限界値でしょうね」

黒木も水野の見解に賛同した。

「でも、真行寺さんとしては、尾関は自由を守ろうとして死んだという説は捨てたくないわけですよね」

「とりあえず今は」

「尾関議員のパソコンは調べたんですか」

「今日、上司と仲間の捜査員にブツを押さえてくれと頼んだ」

「いいでしょう。でも、なにより確実なのは、自由を奪う側、尾関を殺した側がその計画書をたんまり持っているってことです」

「そりゃそうだろう」

「で、話を聞いてみて、自由剝奪計画ってのは三つのエリアがあると思いました」

真行寺はがぜん興味を抱いた。

「まず、横町れいら、ジョージ、ムーンライト、ヨアケ、それから天明プロモーション。ここを芸能エリアと呼びます。ここは、捜査がかなり進んでいます。横町れいらはすでに拘束しているし、ジョージも時間の問題かと思います。実行犯の身柄は確保できるでしょう。この芸能エリアは下流から上流に上っていくと、天明プロモーションに辿りつくってのが真行寺さんの見立てです。で、この天明プロモーションは、さらに上の政界エリアとつながっています。結節点となっているのは土屋隆行ですよね。被害者の尾関議員もこの政界エリアにいたわけです。しかし、このエリアのメンツがまだぜんぜん足りません。というのは、自由剝奪計画なんて高度なシロモノを、〝国会の番長〟リューコーさんが仕組めると思いますか。もっとビッグで狡猾《こうかつ》なおっさんに、『リューコーくん、なんとかならんかね』と言われ、『おまかせを』なんて請け負って、ギャングエリアの物騒な連中を動かしたんじゃないかと思うんです」

たしかに、この政界エリアには役者が足りない。このことには真行寺もうすうす気づいていた。そして政界エリアにどう斬り込むかが捜査の鍵であるということにも――。

真行寺は手帳を広げた。

捜査本部を出る前に、彼は尾関幸恵と喜安記者に電話を入れて、政界での議員の人間関係を簡単に取材した。成田エクスプレスの中で、それらを座標軸に置き直しておいたものがいま目の前にある。

左右に開いた手帳いっぱいに、縦軸と横軸が引かれていた。縦軸は〈政策的に合意できる／できない〉、横軸は〈気が合う／合わない〉だった。縦と横の二本の線でできた四つのマスのあちこちに、政治家の名前が配置されている。〈政策的に合意できない＆気が合う〉の中には野党の政治家もいた。首相の名前は、〈政策的に合意できる／できない〉の縦軸では真ん中あたり、そして〈気が合う／気が合わない〉では下、つまり〈合わない〉のところにあった。

それ面白いですねと肩越しに覗き込んだ黒木が、ちょっと貸してくださいと言って、パチリと写真を撮り、データをパソコンに送って、液晶画面に呼び出した。

「〈政策的に合意できる＆気が合う〉のところには誰もいないじゃないですか、淋しい人だなあ」

淋しい人。黒木が冗談交じりにつぶやいた湿り気を帯びた言葉がしんみり響いて、彼自身の身の上に舞い落ちた気がした。お前は淋しくないのかと真行寺は思った。せわしなく動くこの社会で、どこにも所属せず、たった一人でいることが。そして、やるせないような切ないような、けれど必ずしも甘美でなくもないような感覚を覚えて、真行寺は戸惑った。しかし、ほどなく発せられた黒木の次の声はもう乾いていた。

「〈政策的に合意できない＆気が合わない〉は多すぎるな。なんだ、土屋隆行はここにいるんですね。やっぱりそうか。じゃあ、〈政策的に合意できない＆気が合う〉を見てみましょう。僕はここが怪しいと思うんです」

「それはどうして」

「勘かな」

「おいおい。それじゃあ俺と同じじゃないか」

「同じって？」

「捜査の読み筋について意見して、その理由を質され勘だと答えるとよく叱られるんだ俺は」

「で、その勘は当たりますか」

「桜田門の一課で刑事を続けていられるほどにはな」

「じゃあ、それでいいんですよ、とりあえずは。人間は勘によって生き延びて、文明を築いてきたんです」

また急に話が広がったな、と真行寺は思い、意外にも少しウキウキした。

「サバンナの向こうにライオンが見える。その時、岩かげに隠れるか、木に登るか、走って逃げるか、死んだふりをするか……、死んだふりってのは危険すぎるかもしれませんが、とにかくどうするかすぐに決めなきゃならない。草の上に座って、過去のいろんな場面を思い出し、じっくりと考えてから、よしこれでいこう、と立ちあがろうとした時にはライオンが頭を囓ってた、なんてことになったらシャレになんないですからね」

はあ、と真行寺は同意とも不同意とも取れるような声を漏らした。

「確実に正しい答えを出す手順ってのは、僕らの業界ではアルゴリズムと言います。けれど、そんな時間はない。あるいは情報不足でアルゴリズムを使えない場合、そもそもどんなアルゴリズムがあるのかさえわからない場合では、経験上たいがいうまくいく推論を使うしかないんです。これがヒューリスティックです。人間はヒューリスティックによって生き延びてきたんです」

とりあえず納得し、

「じゃあ、勘って言うのはそのヒューリスティックってやつなのか」

と真行寺は確認した。理由はとことん上司に問い質された時には、勘と答えずヒューリスティックですと言ってやろうか。

「それを含みつつ、もっと強烈なのが勘です。ニュートンは、リンゴが樹から落ちるのを見て万有引力を発見したって言うけれど、こんなのどう考えても勘でしょう。物の運動を完璧に説明するアルゴリズム、つまり微分方程式はあとから完成させたに決まっている。つまり、人類が、ライオンの餌になることなく生き延びて、さらに文明を築けたのは勘のおかげなんですよ」

黒木はマグカップから一口飲むと、さて話を戻しましょう、と言った。

「僕は〈政策的に合意できない&気が合う〉が怪しいと勘で言いました。でも、なぜそう思ったのかを考えてみますね。そうだなあ、それはね、最後は政策を取るのが政治家だと思うからですよ」

うーん、と真行寺は腕組みした。

「親に立候補させられ、もらった票田のおかげで当選して、政界の風向きと有権者の顔色だけを見ながら、当選を重ねている代議士なんていっぱいいるだろ」

黒木はまた不思議な笑みを浮かべた後で首を振って言った。

「でも、そういう奴に人は殺せませんよ」

果たしてそうだろうか。相手の腹にナイフを突き刺したり、首にロープを巻き付けたりした理由を犯人たちに問い質す度に、その取るに足らなさに呆れてきた真行寺にとっては、黒木の断定はかなり怪しく思われた。

「こいつは生かしておいちゃまずいと思わせるだけの政治的な信念を持っているからこそ、殺すに値する。また殺す側だって、相手と政治的に刺し違えるつもりでないと、殺せませんよね」

黒木はおかしな褒め方をした。確かに、政治家ともなると失うものは大きい。彼らがこの殺しに絡んでいるんだとしたら、これまでの犯人たちとは心理の読み方を変えて臨まなければならないのかもしれない。

「ということで、〈政策的に合意できない&気が合う〉のゾーンを見てみましょう。ここには野党の議員もいるけれど、野党が自由剥奪計画なんてプロジェクトを仕組んだとは考えられないので、いったん除外。で同じ与党だと、三名いますね。伊丹幸生《いたみゆきお》、泊伸治《とまりしんじ》、鴻上康平《こうがみこうへい》、彼らは同じ党にいるってことと、さらに個人的に気が合うってことでトラップを仕掛けやすいんじゃないかな」

トラップという言葉で真行寺は、尾関の殺害方法は死へのハニー・トラップだったなと思い出した。そして、このトラップが仕掛けられたところから、この事件の人間関係図をもう一度整理した。

刺客となった横町れいらが登録していたムーンライトに尾関を紹介したのは、AVレーベルヨアケの上沼真一と芸能事務所天明プロモーションの児玉天明である。ここまでは確定事項だ。そしてこの児玉はいっとき土屋隆行議員の秘書をやっていた。ここで芸能エリアと政界エリアがつながる。しかし、この政界エリアの中で、土屋隆行と殺された尾関一郎の関係は非常に薄い。〈政策的に合意できない&気が合わない〉土屋隆行に尾関が「リューコーさん、女抱きたいんですけど、都合してくれませんか」などと相談するとは思えない。最終的に土屋隆行が児玉天明に紹介したんだとしても、間に誰かもうひとりかふたりいるはずだ。

そんなことを考えていると、

「この人でしょうね」と黒木が言った。「鴻上康平。現厚生労働大臣です」

「なぜわかる」真行寺は心底驚いた。

「だって、ほらムーンライトの顧客名簿に載ってますよ」

なんだって。真行寺は、黒木が別の液晶画面に開いたリストを見た。そしてそこに鴻上康平の名前を見つけた。

「ひょっとしたら、尾関本人は、土屋ではなく鴻上に紹介されたと思っていたのかもしれませんね」

真行寺が鴻上康平のウィキペディアを出してくれ、と黒木に言うと、かしこまりましたとキーボードを叩いて、別の液晶画面にそれを広げてくれた。

「鴻上と尾関は、〝新しい憲法を作る会〟を組成してますね。——でた！　でましたよ。『鴻上が金山新平《かねやましんぺい》の私設秘書だったとき、同じく私設秘書を務めていたのが、土屋隆行である。一説によると、金山はリウマチを患っていたため、毎夕食後には右の足を鴻上が左の足を土屋が揉《も》んでいたという』。決まりですね」

「尾関が女好きだっていう話は記者からも聞いた。たぶん本当だろう。仲のいい鴻上に『おい、尾関、ハメ外したいなら安全でいいところがあるから俺が紹介してやるぞ』と言われて安心してムーンライトで遊んでいた。でも、尾関を紹介した鴻上がここで遊ぶきっかけを作ったのはおそらく土屋だ。鴻上は土屋を政治家としてどう思っていたのかはわからないが、金山新平の家で同じ釜の飯を食った間柄を利用して、楽しませてもらうことにした。そして、そこに尾関も誘ったんだ」

「妥当な推理だと思います」

「そして、土屋のパイプは芸能エリアだけじゃなくて、三つ目のエリア、つまりギャングエリアにもつながっている。政策上で意見が嚙みあわないけれど気は合う、敵ながらアッパレだ、などとやっているうちはよかったが、鴻上と尾関がのっぴきならない関係に至ったとき、土屋のパイプによってギャングエリアが動き出す」

「僕にはギャングと芸能人がタッグを組んで実行犯をやっているような気がしますが」

「そうかもしれない」

「しかし、鴻上が尾関を殺さなきゃとまで思った政策上の確執ってのは一体なんだって問題が、ここでまた浮上するわけですよね」

「そうだ、結局またそこに戻るわけだ」

「そして、それは自由に関係があると真行寺さんは思っている。でもその具体的な内容はわからない」

「そこを捉えるにはどうしたらいい？」

「まず、尾関議員のパソコンと書類を押収することです。それが出来なければまた考えましょう」

「そうなんだが、それがなかなかねえ……」

真行寺は今日のミーティングを振り返りながら、ディスプレイが並ぶ作業台の前を離れてソファーに戻り、マグカップに残った冷めたコーヒーを啜《すす》った。

「自由か……」

黒木はマグカップの文字を見て、独り言のようにつぶやくと、ふと真行寺に目を移して、不思議な質問をした。

「でも、自由ってそんなに大切なんですか？」

不意を突かれたように真行寺はただ、そりゃそうだろう、とだけ言った。

「なぜですかね。不愉快な方向に不自由を強いられるのなら抵抗しなければならないと思いますが、快適なほうにその不自由が向けられているのなら、自由でなくたっていいんじゃないかな」

真行寺はますます答えを探しあぐねて、

「そんなのんきなこと言ってられるのは、君が自由だからだよ」

「僕ぜんぜん自由じゃないですよ」

「そんな髪型してなに言ってるんだ」

真行寺は笑った。

「でも、こんな髪じゃレストランでウエイターのバイトできないじゃないですか」

「そんなのする必要ないだろう。俺を見てみろ。ロック好きなのにこんな髪型して、ワイシャツにジャケット羽織って出かけてるんだ」

黒木は憫笑《びんしょう》めいた笑いでこの自嘲気味の冗談を受け止めると、さらに不可解なことを言い始めた。

「でもね、真行寺さん、自由なんてものはもうないと僕は思ってるんですよ。自由を守るって言うけれど、自由はどこかに行って消えちゃったんです。Google や Facebook や Twitter やクレジットカードやメールやカーナビでネットにつながれ、科学のメスで切り刻まれ、僕らはもう情報のレベルにまで解体されちゃってる」

「黒木君お得意の『すべては情報である』だな」

少し茶化してみたが、黒木はいつになく真面目だった。

「そうです。もう自由なんてものはない。それでも自由って言葉だけは残っていて、真行寺さんみたいな人がそこにロマンを感じて、自由を守るんだって言う。言うとなんだか自由になった気持ちがするだけなんです」

ずいぶんと馬鹿にされているような気もしたが、腹は立たなかった。真行寺は、若い世代が投げやりな態度でシニカルな文句を口にすると向かっ腹が立つタイプの中年男だった。けれど、旧世代を鼻で笑うような黒木の言動はなぜか淋しい匂いがする……。

それに、折に触れて自分が吹聴する〝自由を守る〟という言葉の意味を、実は自分でもよくわかっていないことに真行寺は気づき始めていた。さらに、情報のレベルにまで解体されているという黒木の言葉から、元妻の再婚相手に打診されたDNA検査のことも思い出した。ただ、そこからさらに思索を深めていくには、彼はもう疲れすぎていた。

「ま、いいです。こんなところで今日はもう寝ましょうか」

黒木が出したこの助け船に乗って、「そうだな」と真行寺はうなずいた。黒木は寝間着代わりの軽いスウェットの上下を持ってきてくれた。

夜中にトイレに起きた時、灯りを消した部屋で黒木は作業台に向かって手を動かしていた。ディスプレイに馴染《なじ》みのない数列や記号がびっしりと並んでいるのをちらりと見てから、彼はまた薄い寝袋に潜り込んだ。

あくる朝、真行寺が寝袋から這《は》いだすと、黒木も寝惚《ねぼ》け眼《まなこ》のまま隣の部屋から出てきて、シリアルとハムエッグでいいですかと言って、台所でフライパンをガス台に載せた。ハムエッグもシリアルも陶器の皿ではなく、使い捨ての紙皿に移され、ふたりは作業台に向かって並んで食べた。

プラスチックのスプーンを動かしていた黒木がふと思い出したように、真行寺のスマホを作業台の上に載せた。

「ちょっと手を加えておきました」

「どういう風に」

「そろそろヤバい領域に入っていくことになるでしょうから。僕とのことも職場でおおっぴらには話せないでしょうし、してもらうと僕も困ります。無料でここまでやると思われると、商売に差し支えるので」

かたじけない、と真行寺は言った。

「一応、簡単な盗聴防止機能、盗聴器の探知機能、それとメールの暗号化と暗号解読アプリを入れておきました。いろいろとオプション機能も追加してあります」

「パソコンでのメールのやりとりは」

「それは Gmail を使います」

「Gmail なんて使って大丈夫か」

「送信するとヤバいです」

「でも、送信しないとたがいにメッセージをやりとりできないじゃないか」

「いや、大丈夫です。僕と真行寺さんとで共通のアカウントを持ちます。そのアカウントにパスワードを打ち込んでログイン。メールを書いて〈下書き〉に保存します。お互い定期的にこのアカウントにログインして、読んだら下書きを削除するんです」

「なるほど」

「じゃあ、アカウントを作りましょう。何がいいですか？　考えるの面倒だから〝ミー・アンド・ボビー・マギー〟から取って、meandbobbymacgee@ でいいんじゃないかな。あ、でも、すでに誰かがこのアカウント取ってますね。じゃあ、お尻に高尾をつけて meandbobbymacgeetakao にしましょうか。オーケー、取れました。パスワードは今日の朝メシのハムエッグから hamandegg にしておきましょう」

そう言って黒木はさっさとアカウントを作ってしまった。

「実はこれ、ＣＩＡ長官が不倫相手の女性ジャーナリストとの連絡に使っていた方法なんですよ」と黒木は意外な解説を加えてくれた。

なるほど、さすがＣＩＡ長官だ、浮気もどことなく諜報《ちょうほう》活動みたいだ、と感心したが、

「でも、そのやり口がどうして世間に知れちゃったんだ」と気になる点を訊いた。

「ストレスがたまったんでしょうね、女がバラしちゃったんです」

「あらま」

「まあ、ファイルを送る以外は使わないと思いますが」

シャワーを使わせてもらってから、リュックに詰めてきた下着とワイシャツに着替え、バス停に向かった。いよいよ夏が到来したような、急に暑くなりそうな、そんな予感のする朝だった。屋根のないバス停には勤め先に向かう人びとが黙って立っていた。彼らとやってきたバスに乗り込み、高尾へ出た。そこから京王《けいおう》線に乗って、小一時間揺られて下北沢《しもきたざわ》に着いた。

ジョージ、本名寝屋川譲次の住まいは、下北沢からひとつ渋谷寄りの池《いけ》ノ上《うえ》に近い、木造モルタルアパートの二階の一間《ひとま》だった。ノックをしたが返事はない。ジョージの携帯にかけたが、やはり電源が入っていないようだ。無理矢理に開けちまおうかと思ったが、自重して、橋爪の携帯に電話した。橋爪は捜査本部にいた。あれ、今日の午前中は合同捜査会議ですよ、どこにいるんですかと言われた。まずいなと思いつつ、アパートの住所を読み上げて、ここを管理している不動産屋を探して現場に来てもらうよう手配してくれ、と頼んだ。そこでなにしてるんですか、と訊かれたが、戻ったら話す、課長にもそう伝えてくれ、とだけ言って切った。

手持ち無沙汰を紛らそうと、共同の郵便受を探った。二日まえの消印の封書がそのまま残っていた。裏返すと、差出人のところに〈劇団☆猫１００％〉というスタンプが押されている。スマホを取りだし、そこに記載された住所と電話番号を撮って、郵便受に戻した。

鉄製の外階段に腰掛けて待っていると、首筋にじんわり汗がにじんだ。ようやく、不動産屋のおやじさんがセカンドバッグを小脇に抱えてやってきた。

「警察の方？　一応バッチ見せてもらっていいですか。……ああ、どうも。最近は個人情報とかなにかとうるさいんでね、これだって本当に開けていいのかどうかよくわからないんですが、中で死体が転がっていたりすると、それはそれで困っちまうんで」

開けた扉の向こうは真っ暗だった。窓の外には隣の住宅の壁が間近に迫っていて、そこから光はほとんど入らないみたいだ。

天井からぶら下がっている蛍光灯のひもを引っ張ると、まばたきして灯りはついた。しらじらしい光の下に、独身男の六畳間が照らし出された。小さな本棚と液晶テレビとＤＶＤプレイヤー、そしてシングルベッド。本棚には『メソッドアクティングへの道』や『役を生きる』という単行本、映画原作でお馴染みの作家の文庫本などが並んでいた。ＤＶＤプレイヤーの上にはレイモンド・チャンドラー原作のハードボイルド映画『ロング・グッバイ』の空箱があり、手袋をはめてプレイヤーのイジェクトボタンを押すと、突き出てきたトレーの上にその中身が見えた。

シングルベッドのヘッドボードの棚の上に、畳まれた白い紙を見つけた。尻のポケットに突っ込んで持ち運んだような癖がついて草臥《くたび》れたそいつを開くと、〈『平成仮面ファイターシリーズ最新作　牙《きば》』第二次オーディション実施要綱〉という文字が飛び込んできた。実施日はもう過ぎていた。壁に小さなカレンダーがピンで留められてあり、見ると、この日に赤丸が印《しる》してあった。尾関が殺されたのはこの十日後である。

ゴミ箱があったので覗き込むと、空になったスナック菓子の袋の脇に、くしゃくしゃに丸められ、突っ込まれた紙が見えた。つまみ上げ、広げた。ボールペンで書かれた一行が目に飛び込んできた。

——先生は悩んでおられる。

その余白に、03から始まる十桁の番号があった。手帳を広げて確認するとやはりムーンライトの電話番号だった。

「そういうことか」

独り言のようにつぶやいて、真行寺はまた紙を丸め、ゴミ箱に戻した。

蛍光灯のひもをもう一度引っ張って電気を消し、廊下に出た。隣のドアをノックしたが反応はなかった。

「寝屋川さんについて、お聞きしても」

階段を降りたところで、ポロシャツ姿のおやじさんに訊いた。身なりや物腰から察するに、不動産会社の社員ではなく、この町で店を営んできた個人経営者のようだ。

「なにもわかんないよ。契約の時に会ったきりなんだから。一応これまで、ほかの住人から苦情が持ち込まれたことはないし、家賃を滞納されたなんてこともないけどさ」

わかりました、と言って真行寺はスマホを取りだした。

——お前、会議すっぽかしてどこにいるんだ。

加古の声は呆れていた。しかし、もう諦めたのか、怒気はあまり含んでいなかった。

「例のコンドームの運び屋ジョージの身元が判明しました。メモの準備をお願いします」

——なんだって。ちょっと待て。

「寝屋川譲次、食う寝る遊ぶの寝、屋台の屋、縦三本の川、譲歩するの譲、次回作の次。寝屋川譲次。住所は世田谷区北沢一丁目四十八番地　光和荘《こうわそう》。光る平和の和、アパートの荘。二〇三号室。恐らくここ数日は部屋に帰ってません。行方不明か、指名手配か、扱いは課長の判断にまかせますが、身柄確保に動いてください」

目の前のおやじさんが驚いている。

——確かなのか？

「Facebook を検索すれば該当する男が出てきます。そこのポートレイトをプリントアウトして、原宿署に収監中の蒲池雅子に見せてください。たぶんこの男に間違いないと認めるはずです」

——わかった、すぐ橋を向かわせる。

「いや、これは橋爪にやらせてください」

——なぜだ、あいつは被疑者が出演するAV見てたような輩だぞ。

「橋より橋爪がいいんです。時間がないのでその説明はまたこんど」

——わかった、そこで待機しろ。

「いや、別の鑑取りに動きます」

返事を待たずに切った。上衣を脱いで手に持ち、下北沢駅に向かって歩いていると、ほどなくスマホが鳴った。

——真行寺さん、すみません、なんか気を遣っていただいて。

「馬鹿。気なんか遣ってないぞ。お前はただ写真を見せてジョージかどうかを蒲池雅子に確認すればいいだけだからな。変に慰めたり、まちがっても口説いたりするなよ」

——なんだ、信用ないなあ。

「信用できるか、ファンなんだろ」

——じゃあ、なんで僕にご指名が下ったんです。

橘が嫌なんだとは言えなかった。

「その話は後回しだ。ちょうどよかった。お前、芸能界に詳しいだろ、調べてほしいことがある」

——いや、詳しいって程じゃ……。

「『平成仮面ファイターシリーズ』って知ってるか」

——ああ、それはもちろん。いま人気のオヤマダケンもこのシリーズ出身ですよね。

「そのオヤマダケンの所属ってどこかわかるか?」

——調べれば。

「ほかにも、このシリーズの主役に抜擢《ばってき》された俳優の所属事務所を歴代列《なら》べて、どこが多いのか、シリーズ全体を通して調べてくれないか」

——わかりました。

汗をぬぐい、下北沢の駅に向かって坂道を下りながら、もう一本電話を入れた。

「ジョージは逃走したよ」と真行寺が言った。

――へえ。てことは富山組の手下だったってことですか。

黒木が聞き返してきた。

「いや、横町れいらと同じようにこいつも騙されてるんだ」

――ジョージまで？

「ああ、ジョージが横町れいらに会ってあれを持たせ、あれの毒が回って議員が死んだ日、この日は新シーズンの『平成仮面ファイター』主演オーディションの十日後だ」

人通りが多いので、コンドームという単語は口にしたくなかった。

――十日後？ 当日じゃないんですか？

「議員が殺される十日前、『平成仮面ファイター』のオーディションは実施された。調べりゃわかるが、おそらくこのオーディションはホンモノだ。このシリーズでデビューして売れた俳優もいるって話だから、ジョージの俳優仲間もこぞって応募したはずだ。ただし、このオーディションから十日後にジョージは、別枠の芝居のテストを受けた。これが、横町れいらとの例のブツの受け渡しだ」

――えっとどういう意味でしょう。

「TACカフェで横町れいらを相手に、ジョージは最後のオーディションを受けたつもりだった。だけど、これはフェイクだったんだ」

なるほどなあ、と黒木は感心したような声を上げた。

――ああ君、ファイナリストに残ったよ。ついては最後に屋外でオーディションやるから、しばらく夜のスケジュール空けて待機しておいてくれとまず言われ、そして当日、急で悪いけど、これからスケジュール空けられるかな、なんて感じで呼び出されたってわけですね。で、メッセンジャーを飛ばして、横町れいらの写真とあれをジョージに持たせ、さらに番号偽装アプリもインストールさせた。

「そんなとこだ。そのメッセンジャーも使い捨てのバイトかも知れないな。でないと、そこから足が付くから。で、適当な状況設定だけ説明されて、あとは役になりきってアドリブで演じてみろ、なんて言われてたんだろう。アクターズスクールのメソッドアクティングってのがこの手の演技では有名なんだが、その指南書も本棚にあった」

詳しいんですね、と黒木が感心してくれたので、サブカル刑事《デカ》って言われてるんだと冗談で返した。

「ゴミ箱に『先生は悩んでおられる』って書いたメモが捨ててあった。これはジョージが横町れいらに言った台詞だよ」

真行寺はそう言いながら、横町れいらがジョージのことを「ちょっとかっこつけ過ぎてておかしかった」と評したのを思い出した。

――議員が死んだので泡食って逃げ出したんでしょうか？

「それを調べたいんだ。議員の死亡が公表されて以降に、ジョージが架電した番号をリストにできないか」

――なるほど、ちょっと調べてみましょう。

いったん切れた。

コーヒー豆を挽《ひ》き売《う》りしている店のレジで、アイスコーヒー用の豆を二百グラム買い、それとは別に一杯注文して、店の隅に作られた席に座っていると、スマホが鳴った。

橋爪だった。

――『平成仮面ファイター』シリーズは完全に天明キャスティングですね。主演から脇、果ては主題歌まで天明プロモーション系列のアーチストで押さえられてます。制作プロダクションも系列のようです。

「やっぱりな」

――ちなみに、ヨアケの上沼の会社アップレイクのタレントも、ヒロインの友人役かなんかで突っ込まれてますよ。

そこまで天明プロモーションが牛耳っている番組なら、オーディションに応募してきた俳優のリストをもらい、中からターゲットを選んでフェイクオーディションを仕掛けるなんてのは簡単だろう。そして、その現場を仕切ったのはおそらくヨアケの上沼だ。では、一番荒っぽい富山組はこの件には一切噛んでいないのだろうか。

「また連絡する」

え、なんかわかったんなら教えてくださいよ、という橋爪の声を無視して切った。

アイスコーヒーが運ばれてきた。飲みながら、これからどう攻めていくべきかを考えた。ジョージも騙されていたのなら、たとえ身柄を確保しても、事情聴取し、すべてを吐かせて、一気に解決する、という展開はあまり期待できそうにない。

ぐっと飲み干して、トイレに行って戻り、腰を下ろす時、尻のポケットのスマホが震えた。振動のしかたで黒木だとわかった。

——警察が議員の死を発表した一時間後、寝屋川譲次は最初の電話をかけています。

「どこに？」

リュックを背負って立ち上がった。ここから先の会話を店員や客に聞かせるわけにはいかない。店を出たとたん、強くなった日差しにかっと照りつけられ、いったん収まった汗がまた噴き出した。

——荒川区に住む八十歳のばあさんです。

「誰なんだ？」

——たぶん携帯の名義を貸しているだけだと思います。本人が貸していることさえ気がついていない場合もあるんですが。

「では、ジョージがかけたその番号の実際の相手とはいったい誰なんだ」

——フェイクオーディションの仕掛け人《FAKER》でしょうね。『ファイナリストに残ったから頑張れよ』とTACカフェに行かせたフェイカーです。

「ジョージは議員が死んだことをニュースで知った。それで不安になって電話した。相手がフェイカーだとは知らずに。『大丈夫、お前は関係ないよ』と言ってくれないかと期待して。

――それで、ジョージはその相手と会話しているのか？」

――いや、フェイカーは電話に出てません。恐らくジョージからの着信だと知って無視したんだろうと思います。

「なるほど」

――ただ、ジョージは留守電を残していますね。

「内容は？」

――わかりません。聞いた後、フェイカーはこれをすぐ削除したので。

　もっとも、だいたい想像はついた。あの、尾関先生が亡くなったってニュースを見たんですが、これって、俺が渡したあれのせいじゃないですよね……。なんだか心配になって……。

そんなところだろう。

――それでちょっと面白いことがあるんですよ。

〝面白い〟はいささか不謹慎な物言いだが、文句を言える立場じゃなかった。

――ジョージの架電のすぐあとの、上沼の動きを調べてみました。

「どうやって」

――昨日、ムーンライト経由でヨアケもハッキングしたでしょう。その時手に入れた書類に上沼の携帯番号が載っていたんです。ジョージからの着信の後、上沼がどこにかけたのかが気になって、電話会社の記録を覗いてみました。

「なるほど」

——架電先は室川秀吉《ひでよし》。広域暴力団富山組の幹部らしいです。

橋爪が鑑取りに出向いた時に応対した男だ。——まずい、と思った。

おそらく、富山組はある種の〝保険業務〟を担っている。もし、横町れいらや寝屋川譲次が不都合な行動に出た場合、ためらいなく〝汚れ仕事〟をやる。これが富山組の役割分担だ。桜田門で横町れいらを捕捉した時、ブラック・サバスとラスタカラーのシャツの男ふたりが近くを歩いていたのを思い出した。

「偶然の一致ってこともある」

——ですよね。で、もうちょっと確信を持ちたかったので、また調べました。

真行寺は黙って先を待った。

——その八十歳のばあさんの通話料金の引き落とし口座は、株式会社ヨアケになってるんですが、これはどうです？

もう決定的だ。ばあさん名義の飛ばし携帯を持っていたのは上沼もしくはその手下だ。ジョージをはめた現場の首謀者は上沼だと考えていい。

真行寺は、上沼の動きを思い描いた。尾関の死をニュースで確認した上沼は、ほどなくジョージからの着信を確認した。しかし、応答しないで留守電を残させた。この留守電をチェックし、うろたえるジョージの様子を受けて、富山組に連絡した。物騒な〝保険業務〟を依頼するためだ。これはかなり確かな推理に思えた。

となると、ジョージが逃走中だとも断定できない。それならまだいい。拉致されている、最悪どこかの山中に埋められている、そんな可能性だって考えなければ。

――富山組への電話を終えたすぐ後で、次に上沼がかけたのが児玉天明です。

汗が噴き出した。

「ジョージのほうはどうだ。フェイカーにかけた後になにか動きはないか」

――池澤《いけざわ》はるなって女性にかけてます。二十八歳。Facebook に登録しているので見てみました。アップされている写真から判断すると、ジョージと池澤はるなは恋人どうしでしょう。職業欄には女優ってありました。演劇仲間でしょうね。

「所属はどこになってる」

――タレント事務所ではなくて、劇団☆猫１００％って書いてます。

「その子への架電は一度きりなのか？」

――いや、合計四回あります。電話してみますか？

「ああ、もちろん」

――電話番号送ります。

礼を言って切ろうとしたら、「ところで」と黒木があらたまって、また不思議な会話をはじめた。

――あの、僕がやってること、役に立ってますか。

「ああ大いに。感謝してるよ」

――それは嬉しいんですが、でも真行寺さんは感謝しちゃいけないと思うんです。

なにを言ってるのかわからなかった。それにしても今日は暑い。汗をぬぐいながら「なぜ」と訊いた。

――ぼくら、自由を奪ってますよ。

自由を奪ってる？

――少し前に、エドワード・スノーデンというアメリカ国家安全保障局《NSA》の元職員が、政府が国民の通信を盗聴しているとリークして大騒ぎになりました。政府が国民を監視し、自由を脅かしているぞと告発したんです。

このクソ暑いのに、またややこしい話を振ってきやがったな、と思いながら真行寺はスマホを耳に当てていた。

――僕らは通信の履歴を見て、通信者がどのように考えて行動したのかを推理しています。

まさしく。たった今真行寺もそうしていた。

――これはアメリカ政府がやっていたのとほぼ同じ手法です。

「しかし、俺たちは真犯人逮捕のために限定的に使っているだけだろ」

――アメリカ政府だって9・11のようなテロが二度と起きないようにやむなくやっていたんです。今回僕らが暴こうとしているよりもはるかにデカい犯罪を抑止するために。ねえ、真行寺さん、やっぱり自由って大事ですかね。

「また話そう」

暑さに苛《さいな》まれながら事件のスジを読むのに精いっぱいの真行寺には、こんな面倒な議論に頭を使う余裕がなかった。

——そうですね、また話しましょう。

切ると、ほっとした。気を取り直してすぐに池澤はるなにかけた。電源が入っていないか電波の届かないところにいるというお馴染みのメッセージを聞かされた。

スマホをポケットに戻したときには、小さな店が並ぶ街路を出て、比較的大きな通りまで歩いてきていた。真行寺は手を挙げた。タクシーが停まった。乗り込んで、「三軒茶屋《さんげんぢゃや》まで」と言った。そして先ほどスマホで撮った、劇団☆猫１００％のスタンプに添えられたアトリエの住所を読み上げた。


劇団☆猫１００％は、三年前に閉館した小さな映画館を改築し、ここを稽古場、事務所、公演会場として使用している小劇場劇団だ。このことはタクシーの中でスマホを使って調べておいた。ジョージこと寝屋川譲次は、一年前、この劇団のアトリエ公演に客演している。その時、劇団員の池澤はるなと知り合ったようだ。

二階の劇団入り口へと登る階段はシャッターが下りていたが、下のほうが少しだけ開いていた。身を屈めてくぐり、足音を忍ばせ、公演のポスターがベタベタ貼られた暗い階段を登った。ロビーと外を仕切るガラス戸を押すと、内側へ開いた。

そっと中をうかがうと、ロビーの隅に置かれたソファーに、乱暴に丸められたタオルケットが、さらにその上には、半分齧った菓子パンがビニール袋をかぶったまま、載っていた。その足元の床には、スナック菓子の袋とマンガ雑誌が投げ置かれていた。

真行寺の耳が微かな声を聞き取った。分厚い観音扉に近づいてみると、噛み合わせが悪く隙間《すきま》ができている。そこからそっと覗いた。

かつて映画館だった室内は、今は椅子がすべて撤去され、床も板で張られてスタジオになっている。その中央で、パイプ椅子に座った寝屋川譲次が男三人に取り囲まれていた。

「でも、もう結構ですから。僕はあの役もうやるつもりないので」

「だから、それならそうと一度上の人間に会ってくれないと、君を推薦した俺のメンツはどうなるんだよ」

真行寺は扉から離れ、ガラス戸を引き、薄暗いロビーを出て階段を降り、シャッターの下をくぐってまぶしい通りに立つと、スマホを耳に当てた。ガーデン・ハイアット事件の被疑者確保のため緊急出動願いたい、と世田谷署に要請すると、すぐに交番から若いのがふたり飛んできた。もうひとり欲しいと思ったが、パトロールで出払っているらしい。グズグズできないので、真行寺はバッヂを見せて、

「中に四人いる。ひとりは被疑者。あと三人は富山組の舎弟だ。被疑者を拉致しようとしている可能性が高い。被疑者を確保することを最優先とする。ただ、相手は三人、被疑者が抵抗したら四人。俺はごらんの通りの年寄りでおまけに丸腰だから、荒療治はそっちにまかせる。ただ、相手はカタギじゃないのでどう出てくるかはわからないぞ。場合によっては撃っ

ていいからな」

そう言ったら制服のふたりは啞然《あぜん》としていた。日本の警官は、たとえ正当防衛であっても発砲すれば経歴に傷がつく。抜銃して構えるのさえよろしくない。馬鹿、冗談だよ。緊張を解こうと思ってさ、と言って真行寺は身を屈め、シャッターをくぐった。階段を登りながら、ひとりから手錠を借り、もうひとりには拳銃のランヤードリングを外しておけと耳打ちした。

ガラス戸を押してロビーに戻り、扉の前に立って、いいか、行くぞと制服のふたりに目配せして、観音開きの扉の前に立った時、怒声が聞こえた。

「そういう理屈が通用しないってことは、もう何回も言ったよな。……まあ、いいや。どうしても素直に来れないって言うんなら、力尽くしかないってこったよ」

真行寺は二枚の扉に両手を当てて押し開けた。そして声を張って、明るく入場した。

「遅れてすみません。衣装と小道具がなかなか見つからなくて。警官と刑事役で劇団犬のホテルから来ました、真行寺、長谷川《はせがわ》、三浦《みうら》の三名です」

劇団名とふたりの警官の名前はその場の思いつきだ。

「いやあ、小道具係が手錠壊しちゃって、はめようとしても輪がうまく回らなかったんですよ」

どもども、と言いながら近づいた。

ジョージを威圧していたうちひとりは、警視庁の近くで横町れいらを尾行《つけ》ていた男だった。あの日、こいつはブラック・サバスの黒シャツを着ていた。今日も黒だ。

「でも、もう大丈夫です、ほら」

と、ジョージの手首に手錠をはめた。あっという間の出来事だった。

「寝屋川譲次だな。尾関一郎議員の件で話を聞かせてもらいたい」

真行寺の声が低く静かに転調した時、事態を呑み込んだ三人は、パイプ椅子を蹴倒して立ちあがった。真行寺は隣の警官のガンホルダーから抜銃し、動くな！　と叫んだ。刃物くらいは持ってきてるかな、と思ったらやはりナイフが出てきた。

「捨てろ！」

真行寺は叫んだ。

捨ててくれよ、と願ったが捨てなかった。撃鉄を起こした。捨てろ、撃つぞ！　ともう一度叫び、相手が飛び込んできたので、撃った。片足が後ろにはじかれるように振れて、肩先から倒れた。

ナイフを握った手を踏みつけ、煙が薄く立ち上る銃口を、残ったふたりに向けた。

「刃物を捨てて手を挙げろ！　さもないと撃つ」

それでも顔を見合わせている。

「このまま逃げ帰ってもろくなことないぞ。お前んとこの室川は仲間を置いて戻った子分を叩き斬った奴だぞ」

でまかせだった。しかし、相手の顔に衝撃が読み取れた。

ナイフが床に捨てられ、真行寺は撃たなくてすんだ。ふたりの制服警官が飛びかかった。

「手錠が足りないな。寝屋川にかけた手錠を外して、そいつにかけちゃえ。もうひとりは足撃たれてるから逃げやしないだろ」

そう言いながら、真行寺は撃鉄を戻し、警官のホルダーにしまって、ランヤードリングをかけた。


無線を借りた。ガーデン・ハイアット尾関一郎衆院議員急死事件の被疑者寝屋川譲次の身柄確保。世田谷署で確認ののち、新宿署内捜査本部に移送願いたし。また公務執行妨害で三名を逮捕。三名とも刃物を携帯しており、抜いた。うち一名が斬りつけてきたため一発発砲。右の向こう脛《ずね》に命中。発砲したのは警視庁刑事部捜査第一課真行寺弘道巡査長である。

スタジオの床板に尻を着けて応援と救急車を待っている間、面倒な報告書になりそうだなとうんざりしていると、スマホが鳴って、「撃ったんだって」という心配そうな加古の声が聞こえた。

「若いのに撃たせちゃかわいそうですから」

「ちゃんと説得したんだろうな」

「それなりに」

「まったくもう。驚かせるなよ」

「ジョージはいったん世田谷署に連行されるようなので、そちらに捜査員を向かわせてください。しかるべき手続きを取らせて、捜査本部に移送してもらい、すぐに取り調べ願います」

「ああ、了解した。ところでどうやって身元を突き止めたんだ」

実は、その言い訳をまだ考えてなかった。

「あとでゆっくり話します」

サイレンの音が聞こえて来て、靴を鳴らして十五人ほどの大所帯があがってきた。黄色いテープが張り巡らされ、フラッシュが焚かれた。機動捜査隊にあれこれ聞かれることは確実だったので、制服の警察官ふたりに「そのまんま報告していいからな」と声をかけておいた。

真行寺自身もありのままを話した。被疑者宅の郵便受にこの劇団からの郵便物があった。鑑取りしようと尋ねてみたところ、被疑者が何者かと言いあらそい、なおかつ連れ去られようとしている場面に出くわしたので、応援を要請し、突入した。まず、被疑者に手錠をかけたところ、三人が刃物を出してきた。警告を無視したので、発砲した。——以上のような説明になった。黒木とのやりとりは端折られているので、細かく突っ込まれるとビミョーだが、一応辻褄は合っているぞと安心した。

寝屋川譲次がパトカーに乗せられる前に、少し話した。

「これから取り調べが始まる」

被疑者は硬い表情のままうつむいていた。

「騙されたってちゃんと言え」

すると、はっとして真行寺を見た。

「そして知ってることは全部吐け。報復とかそういうことは心配するな。必ず黒幕を逮捕して手を出せないようにするから」

こう言葉をかけると、少し安堵《あんど》したようにうなずいた。

「何日ここにいた」

「二日」

「誰かに相談したか」

黙っていた。たぶんここに隠れろと言ったのは池澤はるなだ。彼女の名前を口にすれば迷惑がかかると思って黙っているのだろう。

「携帯の電源はもう入れても大丈夫だ。留置されたら取りあげられるから、今のうちに彼女に連絡しておけ」と真行寺は言った。


寝屋川譲次と富山組の構成員と思《おぼ》しき三名は、三台のパトカーと救急車にそれぞれ押し込められていった。近くだから徒歩で願いますと言われ、炎天下、世田谷署まで歩いた。

到着すると新宿署の溝口と宇田川がニコイチで待っていた。

富山組の舎弟も一緒に取り押さえた、と伝えるとふたりとも驚いていた。

あくまでも自分の推理だがと前置きして、以下のように説明した。――番組を牛耳る天明プロモーションによってフェイクオーディションが企画され、ヨアケの上沼がこれを実行した。横町れいらとジョージは使い捨ての駒であり、犠牲者である。そして、ハメられたと知って浮足立ったジョージの〝処置〟に富山組が動いた。

「説得力はあるんですけど、どうしてそこまでわかるんです」

宇田川は不思議そうな笑いを浮かべた。

真行寺は令状なしでジョージのアパートに押し入って、オーディション用紙などを見たことを打ち明けるべきかどうか迷った。まあ、そのくらいはいいんじゃないですかね、と言ってくれる連中かどうかはわからない。結局またしても、

「勘ですよ」と言った。

黒木に教わったヒューリスティックという言葉は使わなかった。

けれど、と宇田川が眼鏡のブリッジを押さえながら口を開いた。

「その勘が当たっているなら、ジョージを締め上げても大したものは出てこないことになりますね。そもそもジョージはなにも知らないことになるのだから」

確かにそうだ。騙された女にもうひとりこんどは男が加わるだけだ。

「この件で土屋隆行に揺さぶりをかけられますか」と真行寺は溝口のほうを向いた。

「いや、ネタが弱すぎるでしょう」溝口は苦笑交じりに答えた。

だろうなと真行寺も思った。相手は国会議員である。不用意にジャブを出すと、これに合わせて、強烈なカウンターをくらいかねない。

とりあえずジョージは溝口と宇田川にまかせ、世田谷署を出た。もう昼を過ぎていた。

駅前の中華料理屋に辿りつくと疲労困憊《こんぱい》していた。年齢《とし》を感じながら、冷し中華をすすっ

た。

ジョージの捕獲に失敗したことを富山組はまもなく知る。これを受けて奴らはまずどこに連絡するだろうか。依頼主の土屋隆行だ。では、土屋隆行は元締の鴻上康平に連絡を取るだろうか？　取らないだろう。鴻上は国務大臣である。末端の捕獲に失敗したなんていちいち知りたくないはずだ。相手がうるさく思うことをわざわざ報せなければならないほど事態が逼迫していると土屋は考えるだろうか。答えはノーだ。

もうひとつ、ジョージ逮捕の報を受けて、富山組は、フェイクオーディションの実行部隊長である上沼にも連絡するにちがいない。では、連絡を受けた上沼はどうするか。ボスである児玉天明に連絡する。だが、児玉ができることといえば、土屋隆行にこれを知らせることくらいだ。では、知らされた後、土屋はどう動くだろう。動かずに静観する。そうとしか思えなかった。だが、相手が動いてくれないとこちらもなかなか動けない。持久戦になると横町れいらとジョージの勾留は続く。成果ゼロはいくらなんでもまずいな、とりあえずあのふたりを送検するか、という嫌な展開が連想された。こうなったら、別件でもなんでもいいから、ヨアケの上沼をなんとか逮捕したい。しかし、妙案が浮かんでこない。

箸を置き、勘定を払って外に出た。クーラーでいったん冷えた身体はまた熱風に吹きつけられた。暑気中《しょきあた》りに見舞われそうだな、と真行寺は汗をぬぐった。

さて、これからどこに行こうか。上沼を襲って脅しをかけるか、土屋を突《つ》いてみるか、はたまた一足飛びに鴻上に当たってみようか。しかし、誰に会うにせよ、どのように相手に組み付いていけばいいのかまるで見えてこなかった。わからないままに向かい合い、襟《えり》や袖を摑んで、押したり引いたりしながら投げを打ったこともあったが、そういう時にはそれでなんとかなるという予感がしたものだ。今回はちがった。とりあえず、どこかに座って冷たいものでも飲んでまた考えようと歩き出した。確かセルフサービスの安いコーヒーショップが近くにあったはずだ。

スマホが鳴った、着信表示を見てうんざりした。

「もしもし」

「真行寺さん、昨夜はいきなりお時間ちょうだいしてすみませんでした」

「ああ、いえ」

「それで、昨日お願いした検査の件ですが」

波木亘は当然こう切り出してきた。

「申し訳ありませんが、まだ結論を出しておりません。私のほうからご連絡差し上げますのでもう少々お待ちください」

「いえ、それには及びません」

「……というのは」

「昨夜あなたに会ったことをさきほど妻に話しました」

「ああ」

「そしたら、麻衣子が白状しましてね、実は原因は真行寺さんではなく、自分の家系にあるんだと。そういうわけで、もうお手を煩わす必要はなくなりましたので、早いほうがいいと思い、ご連絡申し上げた次第です」

「それはどうもわざわざ……」

「ということですので、失礼します」

「待ってくれ」と真行寺は言った。

「なにか」

その声の調子はどこかぞんざいだった。

「麻衣子、いや奥様は、大丈夫でしょうか。つまり、昨夜、母上の話を伺ったもので」

「大丈夫でしょうかと言われても……」

「どうにかなるんですか」

妙な聞き方になったけれど、正しい質問だと思った。生きるってことは自分がコントロールできないものを多分に含んでいる。そういや水野課長も言ってたな。『すべてに先立つ個々の主体』だったっけ、そんな無印の私なんてあるのかって。生まれた国の政情、育った家の貧富、天賦の才のあるなし、親からもらった身体の特性など、それを認め、どうにかしていくしかないし、身内や社会はどうにかしてやらなけりゃいけないんだ。

「正直、わかりません。とにかく母は烈火の如く怒ってますから」

「母上が怒るとどうなるんです。怒ったって隼雄君の病気は治らないでしょう」

「それは真行寺さんには関係ありませんよ」

「関係がない？」

「ええ、昨夜のあなたの態度は、俺には関係ないのにな、って感じでしたよ」

「そうかもしれない。確かに面倒だと思ったことは認める。けれど、関係ないとは言ってない」

「じゃあ、どう関係あるって言うんです」

黙っていると突然切れた。向こうが一方的に切ったのか電波状態で通話が落ちたのかはわからない。かけ直そうかとも思ったが、別の方向に電波を飛ばした。

「俺だ。いま旦那さんから電話があった」

麻衣子は黙っていた。

「お前のせいじゃない。しょうがないじゃないか」

やがて啜り泣きが聞こえてきた。

炎天下、真行寺はスマホを耳に当てて歩いていた。なにも言えずに前へ前へと足を運んでいると、

「切るわね」

と切られた。

やはり関係がないといわれた気がして、急に喉《のど》が渇いた。もしも、麻衣子が離縁されるようなことになったら、なにをしてやれるだろうか、と考えた。復縁するかとも思ったが、あの女が戻ってくるとは思えなかった。

しかし、不憫だ。おめかしするのがうまい女で、それが功を奏していい男を捕まえたと思ったのに、代を遡って丸裸にされ、その素性をあれこれ言い立てられるなんて。

駅前のコーヒーショップは満杯だった。別の場所を探そうと踵《きびす》を返した時、頭上の太陽に射貫《いぬ》かれた。めまいを感じ、白く濁った揺れる視界の中で、わかった、と真行寺は思った。その時彼は、尾関議員がなにに抵抗して殺されたのかを、完璧《かんぺき》に理解できたと確信した。

4　政界エリア

尾関一郎の葬儀が執り行われた。

何度も当選を果たした国会議員の告別式とあって、また、夫人が補欠選に立つという噂が流れていたこともあり、雨の青山葬儀場には多くの政界人が姿を見せた。野党からの弔問客も目立った。故人が元AV女優とホテルにいたことが連日ワイドショーで取りあげられていたので、報道陣の数も夥《おびただ》しかった。

政治家としての資質、法的逸脱がないか、この事件が政権に与える影響などを問い質す正義の言葉がさかんにやりとりされるその裏側で、AV女優をホテルに呼ぶという状況が醸し出す淫靡《いんび》な興奮が疼《うず》いていた。

尾関と噂のあったフリーアナウンサー菊池萌奈美の許《もと》にも取材陣が詰めかけマイクを突きつけた。また、尾関と関係を持ったと噂される女性の名前がほかにも数名挙がってきて、ワイドショーでは、彼女らが尾関とつきあったとされる時期や、尾関と別れた後にこんどは誰とつきあったかが取り沙汰された。さらに、幸恵夫人を中心に置いて、巨大な異性関係の相関図までが作られ、パネルとなって掲出された。この図を見た真行寺は、ロックバンドのメンバー交代図のようだなと思った。

ここで党も動いた。亡くなる直前に尾関一郎議員が離党届を出していたことを明らかにした上で、生前の尾関の意志を尊重し、離党届に記載された日付に遡ってこれを受理した、と発表した。これによって、尾関一郎は党員として死んだのではなく、無所属の議員として頓死《とんし》したことになった。尾関の買春のスキャンダルの火の粉が党のイメージに降りかからないようにするという露骨な戦略は、意外にも功を奏した。このことを不思議に思った真行寺が首都新聞の喜安に電話すると、一時期、短期間ではあるものの、尾関が新党結成を目論《もくろ》んで離党したことがあったので、そのことも影響しているのでしょうね、と解説してくれた。

葬儀では、尾関幸恵が喪主の挨拶に立つ場面はなかった。これを葬儀社の人間が心労のためと説明した上で、どの告別式でも使えるような通り一遍の礼の文句を代わって述べた。

葬儀場で、真行寺は土屋隆行と鴻上康平を見た。秘書にかざしてもらった傘の中、国会議員用に特別に設けられた台で焼香《しょうこう》をすますと、車に乗り込み去っていった。巨漢の土屋隆行は押し出しが強く恰幅《かっぷく》がよかった。ほっそりとした鴻上康平は他の弔問客よりも永く手を合わせていた。

捜査本部では、ジョージの取り調べが始まっていた。案の定、真行寺が予想した以上のことは知らなかった。

件《くだん》のコンドームについて入手元を問い質すと、「お前に目をかけている大物プロデューサーから託《ことづ》かった、と一言添えられてアップレイクの上沼から渡された」と言った。

このフェイクオーディションの総監督は児玉天明、現場監督が上沼であると確信した真行寺はこの構図を加古に説明した。課長は上沼を参考人として呼ぶことを指示した。

当然、上沼のほうはフェイクオーディションを否定した。

上沼は、『平成仮面ファイター』のオーディションが実施されたことは事実だと主張した。ここは確かに疑いようがなかった。ジョージが最終選考に残っていたこともテレビ局の書類で裏付けられた。推薦したのは、ジョージの宣材資料を見た児玉天明だという上沼の説明も、テレビ局のプロデューサーから証言《ウラ》が取れた。ここまでは、たとえ嘘八百を並べていたにせよ、自然な流れができていた。

ところが、ジョージは舞台の経験はあるものの、テレビや映画の撮影ではメインを張ったことがなかった。このことを懸念する声がスタッフから上がり、これに対しては、児玉天明もそれはもっともだなと同意を示したので、では自分が確かめてみますと出過ぎた真似をして、横町れいらを相手に芝居をさせてみたのだ。——上沼はこのように説明し、フェイクオーディションなどあり得ないと断じた。そして、コンドームの件についてはまったく知らないと言い張った。

さらに、天明の推薦をもらっておきながら、ジョージが急に雲隠れしたので、ボスの顔をつぶされたと上沼がいきり立ち、ジョージが客演したことのある劇団事務所を組の連中が訪れたのだ、という屁理屈《へりくつ》を通そうとした。どことなく不自然なところを突いても、「芸能界ではあるんですよ」としらばっくれた。

富山組の準構成員の三名について関係を尋ねると、ちょっと嚇《おど》かそうと思って来てもらっただけだと言った。組の仕事ではなく、個人的に加勢を頼んだのだと言い張った。上沼が動揺していることは見て取れた。しかし、落ちそうで落ちなかった。捜査側にも決定打が欠けていた。

ただし、真行寺はこの沈滞を、空虚で苦い気持ちを持てあましながら、ただ眺めていたわけではなかった。彼は待っていた。上流へ一気に遡るその好機《とき》を。

ジョージや上沼は下流、黒木の言葉を借りれば〈芸能エリア〉の住人である。ここからはるか上流に、土屋隆行や鴻上康平らが棲《す》む〈政界エリア〉がある。ここへ上りつめなければ、事件の解決は不可能だと真行寺は見ていた。ところが、急流にはばまれ、なかなか進むことができず、目的地ははるか遠くにかすんでいる、というわけだ。

尾関の葬儀から一週間が経った。昼下がりに真行寺はリュックを背負った。加古がちらと真行寺を見たが、なにも言わなかった。代わりに橘が、「どちらに」と訊いてきた。

「尾関夫人に少し話を聞いてこようと思っているんですが」

「なにか気になる点でも？」

どう答えようかと思っていたら、ちょっと離れたところから加古が、「美人だからだろ」と叫ぶように言って、居合わせた刑事たちを笑わせた。

「それにしても、今回、巡査長の名推理には感服したなあ。特にジョージが寝屋川譲次だと突き止めたのには参りました」

「それはどうも。ところで、橘さんにひとつ訊きたいことがあったんですが」

「なんでしょう」

「ジョージが使った発信番号偽装の手口について尋ねた時、かなり複雑な手を使っていて、海外に問い合わせなければ突き止められないと説明してくれましたよね」

「そうでしたっけ」

「ええ、そうでした。でも、ジョージが使っていたのは、ネットで簡単にダウンロードできるフリーウェアだったでしょう。別に責めてるわけじゃないんですけど、何か理由があったのかなと思いまして」

「いやあ、面目ない。僕はもっぱらストーカー対策の捜査をしてたので、インターネットについてはあまり詳しくなかったんです。それで、専門の人間に訊くようにしていたんですが、聞き違いをしてしまったらしい」

真行寺は調子を合わせるように、「確かに、インターネットやコンピュータは原理から考えていくと頭がおかしくなりそうですよね」と応じた。

加古が「橘、ちょっとこれ頼めるか」と呼んだので、このタイミングで真行寺は捜査本部を出た。

部屋を出るとき、加古が「車を使っていいぞ」と大声で言った。いやJRで一本ですからと遠慮し、徒歩で新宿駅に向かった。

ひとりで行動する時、真行寺はなるべく捜査車両を使わないようにしていた。車は大抵不足しているので、ひとりで一台使うのは効率が悪いと文句が出かねない。しかし、真行寺の勝手な動きが、捜査に多少の進展をもたらしていることは確かなので、加古もこのところ「あいつは勝手にやらせておいたほうがいい」というぐあいに態度を変えてきた。

今日の昼、真行寺は加古から、一緒に飯に行かないかと誘われた。いいでしょうと応じた。

加古の提案で、ふたりは近くの鰻《うなぎ》屋に上がった。暖簾《のれん》をくぐり、予約した加古ですがと言うと、個室の座敷に通された。出てきた鰻はすこぶるうまかった。関西出身の加古だが、鰻は東京ものが好きでここはときどき使うのだそうだ。

「水野警視から聞いたよ」

加古がそう言ったのは、重箱がほとんど空になった頃だった。

「もう知ってるだろうが、捜査が長期化したことを受けて、捜査本部は縮小される。お前には残ってもらうつもりだ。それで水野警視と昨日会ってきた」

「ええ」

「そこで、橘の話を聞いた。にわかには信じられないが、とにかくこのタイミングで橘は捜査から外れてもらう」

二日前に、真行寺は上司の水野と会って、もうしばらく新宿署の捜査本部に残りたいと相談した。そしてその時、生活安全課からこの捜査に加わっている橘は〝投入〟された公安の捜査官ではないかと打ち明けた。〝投入〟とは、警察官が組織の一員になりすまして潜入しスパイ活動を行うことを指す隠語である。

「まさか」

水野は笑った。

実際、公安が共産党や新左翼組織、反日的な企業などに、党員や構成員、社員を装って潜伏していた例はある。また警察も いくつかはその事実を認め、〝投入〟を最終手段として容認している。しかし、警察が警察にスパイとして潜り込むなど前代未聞だ。

真行寺が、橘が生活安全課の捜査員であるならば、もっと捜査に貢献できたはずだという例をいくつも挙げ、この捜査における橘の動きは明らかにおかしいと言った時、水野の顔から笑いは消えた。とりわけ、非常に単純な偽装番号を追跡不可能だと断定したことが水野を動揺させたようだった。

「こんなことくらいは、すぐに捜査できるはずですよ」

黒木もそう言って首をひねっていた。

「というか、できなかったら警察失格じゃないかな。なにかやりたくない理由でもあるんですかねえ」

それでもまだ水野は半信半疑だった。しかし、もし真行寺の予測が正しいとしたら、看過し放置することは大罪につながると考え、橘について調べた。警視庁入庁の年が昨年になっていた。ありえないことではない。そう多くはないが、警察には民間企業からの転職組もいる。ただし、公安が〝投入〟を決意したら、当然その警官のキャリアはすべて書き換えて送り込むのが彼らの手口だ。つまり、橘が公安から投入されているとすれば、公安からの転属という履歴は消されていることになる。つまるところ、転職組を装うことになるわけだ。

どことなく不安を感じた水野は、加古と接触したらしい。しかし、水野がどこまでどのように説明したのかは、聞いた本人である加古の口からははっきり語られなかった。また、それを今クリアにする必要もない、と真行寺は感じた。

西荻窪駅でトイレに入り、背後に尾行がいないかどうかを確認してから、尾関邸に向かった。報道陣の群れはもう引き上げたのか、屋敷の前には誰もいなかった。インターフォンを鳴らすと今日は幸恵が扉を開けてくれた。

「亀山君はどうしてます」

「和歌山に引っ込んでますよ。真行寺さんがあんまり嚇かすもんだから」

でも助かったわ、と幸恵が後を足してくれたので、言い訳の必要はなかった。

応接間に通され、冷たいものを作ってきますから好きなのを聴いておいてちょうだい、と幸恵がいったん引っ込み、真行寺はレコード棚の前に立った。事件当初、同じように自宅の棚の前に立って、尾関が他にどんな曲を愛聴してただろうかと想像したことがあった。その時にこれだと思った一枚を探した。あった。ちゃんとレコードで持っていた。

レモネードを盆に載せて戻ってきた幸恵は、入ってくると「あら」と言って真行寺が手にしていたザ・バンドの『ミュージック・フロム・ビッグ・ピンク』のジャケットを見た。

「これ、聴いてましたか、議員は」

「そうね、最近よく聴いてたわ。勝手な解釈をするとまたいいんだなんて言って」

「そうでしょう」

真行寺は黒盤を抜いて、残った紙ジャケットのほうを幸恵に手渡した。

「これって冤罪《えんざい》で投獄された囚人の歌なんでしょ」

裏表紙に載っている曲名のひとつを指《さ》しながら幸恵は言った。

「ボブ・ディランはそういうつもりで書いたのかもしれませんが……」

そう言って真行寺は一度黙ったあと、黒盤をターンテーブルに載せてから、続けた。

「議員の気持ちとしては別の意味があったんですよ」

幸恵はジャケットから歌詞カードを引き出して、

「へえ、聴きたいわ。かけてくれる？」

そのつもりだった。真行寺は丁寧に針を下ろして、音量調整のつまみを回した。

「アイ・シャル・ビー・リリースト」はB面最後の曲だったので、曲が終わると、針は上がり、トーンアームは元の場所に戻った。

「で、これを尾関はどう解釈したわけ？」

幸恵が訊いた。

「すべては置き換え可能、つまり情報だ。――そう信じて奴らは準備しているぞってことです」

歌詞カードを見つめていた幸恵は、一行目の英語をワインのように口の中で転がすと、首を傾げた。

「うーん、それにしても〝すべては情報だ〟ってのは大胆すぎない？」

「相棒にもそう言われました。先日〝ミー・アンド・ボビー・マギー〟って曲で」

「誰なの相棒って」

ご紹介できないのが残念なのですがと断って、真行寺は通信用のワイヤレス・イヤフォンを耳に入れるとスマホを取りだし、黒木の名前をタップした。短いコール音の後ですぐつながった。

「ハロー相棒」と真行寺は言った。

――ハロー、ブラザー。

いつもの屈託のない声が聞こえた。

何が起こってるの？　と幸恵はいぶかしげな眼差しを送ってきた。

真行寺は彼女に向き直ると、虫のいい話なんですが何も訊かないでまずは私のお願いを聞いて欲しいんです、と言った。幸恵はレモネードのグラスにストローを挿しながら、お願いによるわ、と言ってひとくち飲んだ。

「もし差し支えなければ議員のパソコンをお借りして調べさせてもらいたいんです」

いいわよ、と幸恵はあっさり了承した。

「でも、パスワードでロックされちゃってるけど」

「それはこちらでなんとか」

幸恵は、じゃあちょっと待っててと言って立ちあがり、部屋を出て行った。真行寺は目の前のグラスを摑んで一息に飲み干し、黒木が入れてくれたスマホのアプリを起動させた。この部屋に盗聴器がないかどうかを確認するためだ。しばらくすると、黒木の声が聞こえた。

――電波式のは仕掛けられてないみたいですね。ただ、電話に関しては通信会社から線を引っ張ってどこかでモニターしている可能性はありますが。

「じゃあ、この部屋の会話は傍受されてないって考えていいんだな」

――録音機をどこかにしこんであとで回収しに来る方法だと電波を出さないので、今はチェックできません。でもこの方法は身内が取る場合が多いです。

「ということは、まず大丈夫だ」

幸恵がラップトップを手に戻ってきた。

「このパソコンは議員の私物ですか」

受け取りながら真行寺が訊いた。

「ええそうよ。議員用に院から支給されたのもあるけれど、そっちはもっぱら議員会館で使ってるわ。でも、こちらのパソコンもこの間、幹事長が来た時に預からせてくれないかと言って一度持っていかれて、昨日戻ってきたばかりよ」

ちくしょう、党の持ち物で、押収の許可が下りないなんて嘘っぱちだ。真行寺は電源を入れ、リュックからＵＳＢの小さなディバイスを取り出すと、本体に挿し込んだ。

――いま、ＰＣ本体を検出しました。これから安全性をチェックします。

黒木の声に了解と返事して、真行寺は幸恵に向き直った。

「幹事長がパソコンを借りに来たのはいつのことでしょう」

「尾関が死んですぐ。後援会の人と来て、私に補欠選に出ないかって言った時よ。ついでにパソコンを少し貸して欲しい。機密性の高い党の書類が入っているとまずいから、一応調べさせてくれって言って」

「その後で僕がお邪魔したわけですね」

「そう。そうだった」

「幹事長が来た時に警察の者が随行してませんでしたか」

「ええ、コンピュータに詳しい人がひとり」

「どんな奴でした」

「背が高くてほっそりして、あんまり警察の方には見えなかった。総務相の官僚みたいな雰囲気だったけど」

　橘かもな、いや橘にちがいない、と真行寺は思った。パソコンの押収は難しいと言いながら、こっそり借りにきてやがった。当然、都合の悪い書類は消去してるだろう。くそったれ！

「パスワードについては」

「立ち会っていた警察の方が、その場で調べて、幹事長にこれならなんとかなるって」

「で、内容については？」

「いえ、特にはなにも」

真行寺は「どうだ」と黒木に言った。

——普通に消去したくらいじゃ、復元できますけどね。

消去するってことは、見られたくないってことだから、それを復元できるんだとしたら大きな手掛かりになるはずだ、と真行寺は期待した。

——僕らはパスワードを突破するんじゃなくて、バックドアから全データを抜こうと思います。……今、バックドアを見つけました。これからパソコンの中身を抜き取って暗号化しつつこちらに転送します。少々時間がかかるのでそのままにしておいてください。

「了解。——相棒がちょっと時間がかかると言っているので、その間お話しさせていただいてもいいですか」

真行寺は幸恵に向き直った。

「どうぞ」

「少しは落ち着きましたか」

「まだまだね」

「葬儀の時に、喪主の挨拶をなさらなかったのは」

幸恵は苦笑交じりに、

「色々考えたんだけど、ああいう場で言うべき言葉を見つけられなかったから」と言い訳した。

ええ、と真行寺はうなずいた。

「かといって、遺影を前に馬鹿野郎、死んじゃえとは言えないでしょ。第一もう死んでるし」

イヤフォンの中で黒木の笑い声がクスリと聞こえた。聞いているらしい。

「議員に対しての気持ちがまだ整理できてないってことですか」

「まあ、そうね。ようやく落ち着いてきて、もう許してあげようかなと思ったところで、テレビをつけると、また異性交遊のニューフェイスが現れたりして、向かっ腹が立ってもう駄目」

「予備選には出るんですか」

「どうしようかなと」

「出たい気持ちがある」

「ええ、大学で専攻したのも政治学だったし、内助の功の範囲を超えて夫に色々と意見も言ってきたし、歯がゆく感じることもあったからね。私ならこうするよって」

「じゃあ、幸恵さんが議員と結婚してなかったとして――」

「面白い質問ね」

「さらに尾関議員と同じ党の同期だったとします」

「へえ」

「馬が合ったと思いますか」

幸恵はちょっと考えて、

「合ったと思う」と言った。

「では、新党結成に誘われたら合流していましたか」

「それはどうかな。なんのために新党を作るのかってことよね。あの人は潮目を読むのがヘタクソだから。逆にそんなことよしなさいって思い止まらせてたかも」

空《むな》しい質問のはずなのに、幸恵は楽しそうに答えていた。不快によどむ心の底は簡単に澄むことはないだろうが、尾関と過ごした時間が濃密だったことは確かだろう。

「幸恵さん」と真行寺は言った。「僕は政治家尾関議員は殺されたんだと見ています。この見解は、捜査本部でもある程度共有されています」

「リンカーンにちょっとだけ近付いたってわけね。殺され方はとってもみっともないけど」

「リンカーンは劇場で撃たれて死んだ」

「ええ、観劇中に。一緒にいたのは奥様だったけど」

参ったな、と真行寺は鼻白んだ。

「えっと、リンカーンってなんで殺されたんでしたっけ」

「アメリカ南部の古きよき文化を破壊したからって理解でいいんじゃないかしら」

「その南部の古きよき文化って、黒人の奴隷制もコミってことですよね」

「そう、『風と共に去りぬ』の世界よ」

「僕の説では、リンカーンと尾関議員は似ています」

幸恵は声を上げて笑った。

「笑っちゃいけません。真面目な話です」

「だって」

「リンカーンが黒人奴隷を解放した理由は博愛の精神じゃなかったってことを、以前ここに来たときに伺いました」

「博愛だけじゃないって言うべきだったわね」

と幸恵は若干の訂正を加えた。

「けれど、理由はともあれ、リンカーンが南部の黒人を自由にしたことは確かです」

「それは私も認めます」

「尾関議員も自由を死守しようとしていたんだってのが僕の説です」

「自由……誰の自由を？」

「国民すべての」

幸恵は失笑交じりに、「あいつってそんなに偉大だったの」と言い、「真行寺さんたら、好きなレコードが一緒だからって必要以上に持ち上げてない？」とからかった。

真行寺は改まって、

「じゃあ、僕の仮説を聞きますか」と訊いた。

「ぜひ」と幸恵は言った。

目が輝いていた。

真行寺は話し始めた。話は壮大なものとなった。うまく言葉が出てこないときは、イヤフォンから聞こえてくる黒木の声がガイドしてくれた。時々、ちょっと待ってと言って幸恵が質問を差し挟んできた。その質問の意味さえわからないことがあったが、そんな時も黒木が助けてくれた。どう答えていいかわからないところは、謎のピースとして置いておいた。

真行寺が描く絵巻物は、まだ抽象的な模様で描かれた部分も多かったが、前よりは輪郭がはっきりしていた。敵の戦略のステップが明示され、それに抗《あらが》う尾関の心理が素描された。

やがて、話は自由をめぐる戦いの様相を呈しはじめ、今際《いまわ》の際《きわ》にホテルの従業員に口走った「許さんぞ」の意味、親しかった政治記者に打ち明けた「聞いてもらいたい話がある」の内容も解き明かされ、さらに猛毒を含んだコンドームの出所を予測し、加えて公安がなぜこの事件の周りをウロウロしながらも、遠巻きに見ているのかを語った。

ひとしきり続いた真行寺の話が終わると、幸恵は呆れたように首を振って、

「なにそれ」と言った。「面白すぎるわよ」

そして立ちあがり、ニーナ・シモンのベスト盤とジャニス・ジョプリンの『パール』を棚から引き出して、「これだったわね」と真行寺に見せ、うなずくと、かけてくれと言った。ザ・バンドの「アイ・シャル・ビー・リリースト」と一緒に三曲続けて聞いた幸恵は、手元に置いていた歌詞カードを低いテーブルの上に投げて、真行寺を見た。

「それで、今日のあなたは、さっきの推理を裏打ちしてくれるような資料が尾関のパソコンに残ってないかどうか、それを確かめに来たってわけね」

ここで黒木の声がした。

——いま、調べ終わったんですが、ファイルがいくつか完全に削除されています。

「復元は？」

——これはできませんね。あるアプリケーションを使って完全に削除された形跡があります。

「完全に削除されたのなら、形跡も残らないんじゃないのか」

——いや、完全削除のためのアプリのインストールとアンインストールの履歴を見つけました。インストールとアンインストールの日付が同じで、議員が死んだ後です。見られてはまずいファイルがあってそれをカンペキに削除したってことがミエミエですね。

なるほど、と言って真行寺はいったん通信を切った。

「残念ながら、お目当てのファイルはきれいに削除されてしまったようです」

「くそ、なんてやつ」

幸恵はがらにもなく悪態をついた。

「もっとも、こうなることはある程度予想はしていました。そこで、議員が持っていたファイルを奪還する作戦を考えてきたんです」

「作戦？」

「ええ。この作戦が成功すれば、僕が今日ここで話した仮説が正しいかどうかもわかる。けれど、その作戦を実行するには、幸恵さんのご協力が必要です。どうですか、議員がなにと闘っていたのかを確認したくないですか」

三日後、真行寺は、幸恵のお供をするという体裁で、衆議院第一議員会館に赴《おもむ》いた。一階の受付で、部屋を引き払うための来館ですと幸恵が説明し、隣に立っている真行寺については、見過ごしていたことがなかったか最後に今いちど確認したいと仰るのでと解説し、真行寺がバッヂを見せた。

「生前主人がお世話になった鴻上康平先生のところにもご挨拶に参る予定です」

幸恵がそう言うと、係員は手元のメモを見ながら、はい、鴻上先生からも伺っておりますと応えて、鴻上議員の部屋の位置を案内しようとしたが、幸恵は、なんどか伺っておりますので、と制した。

尾関の部屋は、荷物はすでに運び出され、もうあらかた片づいていた。

「コーヒーメーカーもポットも急須もないから、何も出せないわね」

備え付けの応接セットにとりあえず腰を下ろした幸恵は、殺風景な部屋を見回して言った。

「いや、結構です。——他の秘書たちは？」

「就職活動」

「それはありがたい。ではこれを」

真行寺はスマホを差し出した。それを手に取ると、

「じゃあ、さっそく行ってくるかな、外出されたりすると計画が台無しになるから」

そう言って幸恵は立ち上がり、いざ出陣、と茶目っ気のある言葉を残して、部屋を出て行った。

真行寺は中から鍵をかけ、ソファーに戻ると、リュックからラップトップを取り出し、イヤフォンを耳に入れて、黒木に言われたアプリケーションを起動した。

「いま出て行った」

──了解です。

「そちらはどうだ」

真行寺のイヤフォンの中で、コツコツと廊下の床を打つ幸恵のハイヒールの音が響く。このリズムが途切れると、声がした。あら、田中先生ご無沙汰しています、生前は尾関が大変お世話になりました。いや、この度はどうも。まだ信じられなくて、なんと言葉をかけていいのかわからないんですが。あらいいんですのよ、あんなみっともない死にかたなので残されたほうもどう受け答えしていいのやら戸惑っているところなので、黙っていてくださったほうが気休めになりますの。そうですか、今日はどちらに。ええ、部屋を引き払うので鴻上先生のところにご挨拶を。ああ、いま僕もちょっと相談に行ってました。お部屋にいらっしゃいますよ。そうですか、では失礼します。ここで、コツコツとまたリズムが刻まれた。

──きれいに聞こえてますね。

「俺たちのやりとりはユッキーには」

──ミュートしています。

「じゃあ、突発事項に対しては、指示はできないわけだな」

──できません。本当はユッキーにもイヤフォンをしてもらえばいいんですが、こちらの声に反応したりするとバレちゃう可能性もあるので、よしました。

コツコツが止《や》んだ。ドアをノックする音が聞こえた。続いて、「どうぞ」という若い女性の声、そして、カチャリとドアの開閉音。

〈尾関一郎の妻で幸恵と申します。鴻上先生にご挨拶に参りました〉

「今、部屋に入ったな」

――さあ、ここからはユッキー劇場ですね。

〈おお、幸恵さん、今回はとんだことで。さあさ、こちらへ〉

――ほお、鴻上康平っていい声してますね。

黒木はヘンなところに感心している。

〈こんな時にこういうこと言うのは不謹慎だが、あいかわらずきれいだね〉

ぷっと黒木が吹き出した。

〈いやですわ。ご冗談を〉

〈今日で引き払うんだって〉

〈ええ、いつまでもそのままにしておけませんでしょ〉

〈いいさ、のんびり片づけりゃ。選挙で負けたわけじゃないんだから。事務局もうるさく言わないだろ。国会事務は任期がすべてさ〉

〈でも、私としては選挙で負けたほうがずっとよかったですわ〉

〈うん、まあねえ。しかし、ゼキちゃんも駄目だよ、あんなコトしちゃ〉

〈それを生前に言ってやってくだされぱありがたかったのに〉

〈申し訳ないんだが、男同士ってのは、そういうことになると、武士の情けっていうのかね、単刀直入には言いにくいんだよ〉

　真行寺が思わず、

「なに言ってんだ、お前が斡旋《あっせん》したんだろうが」

　と言うと、また黒木が笑った。

〈幸恵さん、今日はこのあとあちこちに顔出すの？〉

〈いえ、鴻上先生だけです。尾関は鴻上先生にはずっと信頼を寄せていましたから〉

〈うん、僕もゼキちゃんのことは戦友だと思っていたよ〉

「しかし、友は野末《のずえ》の石の下、だ。しかもお前の弾《たま》に当たってな」

〈じゃあ、ゆっくりしていきなよ。――コーヒーでいいかな〉

〈ありがとうございます〉

〈おい、コーヒーふたつ出してくれ。――しかし、ゼキちゃんとは色々あったけど、今となってはみーんないい思い出だよ〉

〈なんでしたっけ、国会の番長と副番長って呼ばれてたんでしょう、ふたりは〉

〈ひどいな、国会の番長ってのは土屋だよ。あんな脳味噌がスポンジでできてるようなヤクザと一緒にしないでくれよ。僕らは国会の助《すけ》さん格《かく》さんって呼ばれてたんだから〉

〈そうだったかしら。でも、もうすぐ鴻上先生も黄門《こうもん》様に昇格されるんでしょ〉

〈しないよ、あはは〉

〈そうかしら、でも、他に誰かおられます？〉

〈いま総理なんかになったら大変だよ。外交だけでも神経がやられちゃう。ゼキちゃんがいれば、外相をやってもらえたんだが〉

〈あの人の英語ってなんか変でしたよ〉

〈いや、あれだけ話せりゃ立派なもんだ。それに通訳もつくしね。まったく惜しいのを亡くしたな〉

〈鴻上先生はお体のほうはどこも悪いところはないんですか〉

〈いやあ、この歳になればなにかしらあるんだが、そんなこと言ってられないのが、この商売でね〉

〈激務でしょう。いまお務めなさっている厚労大臣って比較的楽でいらっしゃるの〉

〈楽なポストなんてのはどこにもないよ。それでも、経産大臣よりはましかなと期待して引き受けたんだけど、やってみるとこれがまたえらく大変でね。でも、やり甲斐はあるよ。地味で静かな大改革が進行中だ。そのうちわかると思うけど〉

〈それは楽しみですわ。でも、地味で静かなら、大改革が実現されても、私のように鈍い女はそうとは気づかないかもしれませんけど〉

〈いや、そのほうがいいんだ。そういう改革なんだ。知らないうちに改革を受け入れて、皆が幸せになる〉

〈あら、先生、いま私が鈍いことをお認めになりましたね〉

〈そういう意味じゃないよ〉

〈いいんですよ。本当のことですから。主人の馬鹿な遊びにも気がつかなかったんですもの〉

〈……それで、立候補はどうするの〉

〈どうしたらいいと思いますか〉

〈出たらいい。応援するよ。ユッキー旋風巻きおこしてよ〉

〈まだ、決めかねておりますの。それで、図々しいのは百も承知なんですが、また別の機会に鴻上先生にご相談にあがってもよろしいかしら〉

〈そりゃもちろん〉

〈あまり格式張らないで、お食事なんかしながらお話聞いてもらっても〉

〈そのほうがむしろ本音で話せていいね〉

〈じゃあ、私の携帯の番号とアドレスを受け取ってくれます?〉

〈喜んで。え、じゃあ、どうしたらいいんだ、僕からいまそちらにかけてワン切りすればいいのかな、とりあえず携帯番号の交換に関しては〉

〈いやだ、先生、そんな手間のかかることはしなくていいんですよ。先生のスマホと私のをこんな風に、ちょっとお借りしてもいいですか、こうやって触れ合わせると、ほら、いま私の情報が先生のほうに行ったでしょ〉

〈本当だ。どうしてこんなことが〉

〈そういうアプリがあるんですよ。これで私も先生の携帯番号とメールアドレスをいただきました〉

〈おお、ほんとだ〉

——ペアリング成功。鴻上のスマホにハッキングしました。

黒木の声がした。ふたつのスマホが接触した瞬時に、幸恵のスマホが鴻上のそれにペアリングし、そこを中継地点に鴻上のスマホの情報をすべて盗み取ったのである。

〈ところで、この間、幹事長が刑事さんと来られて、尾関のパソコンを持っていったんです。党の機密書類が入っているとしたら、そのままにしておいて、ふとしたことでどこかに漏れると大変なので、確認させてくれないかって〉

〈そうなのか。なんだろう、機密書類って〉

「しらばっくれやがって」

〈でもね、また先日刑事さんがいらして、そんなものはありませんでした。ご協力ありがとうございましたと戻してくれたんです〉

〈なんだ、何もなかったのか。まあ、そうだろうよ〉

「テメエらが削除したんだろ」

——まあまあ。

〈でもね、その刑事さんが、機密書類ではないんですが、ちょっと気になるものがありまし

て、先生方の名誉の為にもよろしければこちらで消しておきましょうかって私に訊くんです〉

〈ほお、なんだろそれは〉

〈ええ、ですから、なんですの、と訊いたんです。そしたら、いや口では言いにくいので見てくださいって言われたので、それで察しがつきました。写真ですかって聞いたら、そうだって言うんです。やっぱりと思って――〉

〈なにがやっぱりなんだ〉

〈おそらく、馬鹿な遊びをしている真っ最中の写真が残っているんじゃないかと〉

〈馬鹿な遊び……〉

〈それは裸に関係がありますかって刑事さんを問い詰めたら、ええ、まあなんて言うんですよ〉

〈裸ねえ〉

〈じゃあ、一応、なにかに移しておいてくださいってお願いしてこれをもらったんです〉

コツンと小さな音がした。幸恵が卓の上にUSBメモリーを置く音だと知れた。

〈あの、誓って言いますけど、私《わたくし》、中身は見ていないのですよ。でもね、尾関があんな破廉恥な死に方をしたんで、だいたいの察しはついておりますの。ただし、確証はありません。それに先生方って刑事さんはおっしゃった。つまり、尾関だけじゃないってことです。それで、一緒に映っているのは政治家ですよね、と問い質したんです。そうしたら、黙って

うなずくんですよ。じゃあ、誰ですかと訊いても教えてくれないから、私思わず、鴻上先生ですかって訊いちゃったんです〉

〈ち、ちょっと、待ってくれよ、幸恵ちゃん〉

〈ごめんなさい。だって、尾関が恥知らずなところまで自分を曝《さら》け出せるとしたら、それは鴻上先生のほかにはいないと思ったから。……どうもありがとうございます。お砂糖は結構です。もしありましたらミルクだけいただけますか。――あ、なければ結構です。いえ、本当に結構ですから〉

〈それで、刑事はなんて答えたんだ〉

〈よくわかりましたね、って言うんですよ〉

〈いったい何なのだろうな〉

〈先生と御一緒なら、そんなにひどいものじゃないとは思うんですけど、正直、あまり見たくないって思いました。だって、鴻上先生まで……〉

〈それで、そのファイルはまだ尾関のパソコンに残ってるのか〉

〈残ってますわ〉

〈そうか。なんだかわからんが、そいつはまずいな。……いや、尾関の名誉のためにだよ。国のため身を粉《こ》にして働いてきたあいつの顔にこれ以上泥を塗るのは考えものだ〉

〈尾関の名誉はもうさんざん泥塗《どろまみ》れになっていますから、私は先生のほうがむしろ心配なんです。ですから、鴻上先生のほうで確認して、もしまずいようであれば、そのパソコンは、

もう呪われてるとしか思えないので、廃棄処分にしちゃおうと思ってますの。見ていただけないでしょうか〉

〈わかった。じゃあ、僕が確認して、その写真が尾関や僕の不名誉になるなら、そのパソコンは廃棄するんだね〉

〈ええ、こういうのはどこから漏れるかわからないって聞きましたから〉

〈それもそうだ。じゃあ、確認しておく〉

〈ありがとうございます。じゃあ、私はこれで〉

〈もう行くの。もう少しゆっくりしていけばいいだろう〉

〈少し部屋を片づけて、その後美容院を予約してるので〉

〈そうか。じゃあ、今度ゆっくり食事でもするか。補選のこともあるしね〉

〈ええ、立候補すれば本当に党の推薦が受けられるのかもお聞きしたくて〉

〈馬鹿言うな。そんなの俺が百パーセント保証するよ〉

〈ありがとうございます。では、今日はこれで失礼します。ご馳走様《ちそうさま》でした〉

これを聞いた真行寺は片耳だけイヤフォンを外して立ち上がり、出入り口の前で待機した。右側のイヤフォンから、ドアの開閉音に続いてまたコツコツと聞こえ始めた。そのうち、コツコツはイヤフォンを外した左側の耳からも遠く小さく聞こえだし、徐々に近づいて大きくなり、右側のイヤフォンの音と入り交じった。そして、突然止んだと思ったら、目の前のドアがノックされた。解錠してドアを開けると、幸恵が肩先から身体を入れてきた。ふたりはそのまま奥の応接セットに移動した。

「挿した？」と幸恵が訊いた。

――まだです。

と黒木が言った。

「まだだそうです」

真行寺が幸恵に伝えた

「はやく挿せクソオヤジ」

そう毒づきながら幸恵は羽織っていたものを脱いで真行寺の隣に腰掛けた。香水の甘い匂いがした。真行寺は指を伸ばして、ラップトップの音声のミュート機能をオフにした。スピーカーから鴻上の声が溢れてきた。

〈おい、これ下げてくれ。それと、ミルク切らしてるんなら、ちょっと買い出しにいってくれないか。……うん、今がいいな。いつまた来客があるかわからんから。さっきのはまだいいが、大事な客も来るんだから〉

「なによ、失礼しちゃうわ」

ドアが開きまた閉まる音がした。そしてカチャリと施錠する音も。人払いしたんだなと思った。

そして、パソコンの起動音が聞こえた。

唸るような息遣いとコーヒーを啜る音が流れてきた。

コンピュータセキュリティに敏感な人間なら、他人から受け取ったUSBメモリーを自分のパソコンに挿すような真似はしない。しかし、この場合、中身はすぐに見たいはずだ。見て確認する必要が鴻上にはある。万が一、自分がムーンライトから呼んだ女と性交渉に及んでいる写真など入っていたら一大事だ。いや、そうでなくとも、その手の女性とベッドの上で寝そべっているものでも大打撃となる。もちろん、マルウェアは怖い。だが、このメモリーを他人に渡してマルウェアが仕込まれているかどうかを確認させるのは、自分の恥部を他人の目に触れさせることになる可能性がかなりある。また、悪意のある人間なら、それを週刊誌に売るかも知れない。それならば、幸恵を信用するほうが安全ではないか。そう鴻上は考えるだろう。いや、考えろ、と真行寺は思った。

——挿しました。

「挿した」

「やった」

少女のように幸恵が両腕を突きあげた。

目の前のラップトップの画面に、いま鴻上が自分のパソコンで開いた画像が現れた。

素っ裸になって踊っている尾関と鴻上がいた。胸から腹にかけて、尾関は「赤鬼」、鴻上は「青鬼」と太い油性ペンで乱暴に書かれている。タオルを頭に巻いて割り箸を差しているのは角《つの》に見立てているのだろう。どこかの旅館の一室だった。

——なんですか、この写真。

黒木が訊いた。

「この写真はいったい？」

真行寺は質問を幸恵にパスした。

「まだ二回生議員だった頃、研修会に行ったときの写真。将棋《しょうぎ》が強いってことで有名な村上清一郎《むらかみせいいちろう》先生にふたりで挑戦して、飛車角落ちで負けたので、その罰ゲーム。ホント馬鹿よね」

解説してから幸恵は笑った。真行寺も笑った。イヤフォンから黒木の笑い声も聞こえてきた。そしてPCのスピーカーからも。鴻上も笑っていた。

〈なんだ、これかよ。びっくりさせやがる〉

このつぶやきのすぐ後《あと》に幸恵のスマホが鳴った。

「鴻上からよ」

真行寺はラップトップのスピーカーをミュートし、イヤフォンを耳に入れて、幸恵に目配せをした。

「もしもし先生、先ほどはありがとうございました」

見事に声色を変えていた。

〈ああ、どうも。それで、置いていってもらった写真をいま見たんだがね〉

「ええ」

〈確かにこれはまずいな。こんなものが外に出たら大ごとだ〉

「あら困ったわ」

〈確かに、俺も尾関も真っ裸だ。みっともないったらありゃしない〉

「……鴻上先生のことは信じておりましたのに」

幸恵はため息をついてみせた。

〈ただ、幸恵さんが想像しているようなふしだらなものじゃないよ〉

「あら、本当ですか」

〈大丈夫。パソコンは買い直さなくて結構だ〉

「そうなんですか。じゃあ、私もその写真見てみようかしら」

〈いやあ、それは勘弁してもらいたいね。あっはっは。じゃあ、近いうちに夕飯にでもお誘いするよ〉

切れた。

「どうだ、そちらは」

——鴻上のPCはハッキングできました。とりあえず、このステージは終了です。

「じゃあ、出ましょう」

真行寺は幸恵に言った。

幸恵は上衣を羽織るとバッグを肩にかけた。

ふたりはすぐに部屋を出て、議員会館も出た。

「どうだった私」

「名演技でしたよ、ぞっとするほど」

本当にそう思った。こんなふうに仕掛けられたら自分だってイチコロだろう。

「結果はいつわかるの？」

「一週間ほどで。連絡します」

真行寺は手を挙げてタクシーを止めると、これに幸恵を乗せ、自分は赤坂見附方面へ歩き出した。

ドアを開けると、黒木が長椅子に脚を伸ばして寝そべりながら、腹に載せたラップトップの画面を覗いていた。テーブルには食べかけのピザと空になったグラスが見えた。

「そういえば腹が減ったな、何か注文してもいいかな」

と言いながら、真行寺はメニューを取った。

「もちろん」

壁掛け電話の受話器を握って、フライドチキンと海老ピラフとコーラを頼み、黒木になにか欲しいものはないかと訊くと、ジンジャーエールのおかわりとソーセージの盛り合わせと言ったのでそれも注文に加えた。そうして、受話器を戻し、どっとソファーに身を投げた。

「どうだ」

「ユッキーの名演技のおかげで、鴻上康平のパソコンとスマホは完全にハッキングできました」

「何かめぼしいものは」

「ええ、いくつか」

「それで」

「真行寺さんの推理はほぼ正しいことが明らかになりました」

思わずため息が漏れた。自分の推理をぶつけて当たりが出るのは、刑事としては嬉しいものだが、今回はぶつけた的がどえらいものなので、当たったと知ってむしろ緊張を覚えた。ただし、と黒木は後を続けた。

「それらしきファイルがいくつか見つかったまではよかったんですが、自由剝奪計画を決定づける証拠として並べるにしては弱いんです」

「そこにはめぼしいものはないってことか」

「おそらく、プロテクトのかかったサーバーにファイルを保管して、閲覧するときは、そこにアクセスしているんだと思います」

「じゃあ、そのサーバーに入るときにはまたパスワードが必要になるんだな」

「そうですが、まあ、それはなんとでもなりますよ」

なぜだと聞こうとしたら、ノックの音がした。真行寺は選曲用端末のタッチパネルに適当に打ち込んでマイクをつかんだ。店員が入ってきて、フライドチキンや、海老ピラフやソーセージをテーブルの上に並べ出し、ブルーハーツの「終わらない歌」のギターのリフが鳴ったので、やけくそ気味に歌い始めた。

黒木は、グラス片手に聴いていたが、歌い終わると、「若いなあ」とまた笑った。

「不審がられなかったかな」

「大丈夫ですよ、この部屋は会議の名目で取ってますから」

「え、じゃあ、わざわざ歌う必要なんてなかったのかよ」

「ふふふ。なかなか真行寺さんらしい選曲ですよね」

俺らしい？　この曲が？　じゃあ、俺らしく生きるなんてどだい無理だなと真行寺は苦笑し、さて、と照れくささを誤魔化すように言ってから、「どうするこのあと」と訊いた。

「じゃあ、確認しましょう。これで尾関議員が殺された理由はだいたい明らかになりました」

「そう考えるに足るファイルが鴻上のハードディスクに見つかったってことだよな」

ソーセージをつまみながら黒木はうなずいた。

「つまり、尾関は自由剝奪計画に逆らい、離党してでもそれに刃向かおうとしたために殺されたってことは確かなんだな」

「そう言っていいと思います」

「じゃあ、首都新聞の喜安に『聞いてもらいたいことがある』と持ちかけていたのは、自由剝奪計画のことだと考えて間違いないよな」

「間違いないでしょう」

「鴻上のハードディスクに入っていたのはどんなファイルなんだ」

「この計画を進めるに当たっての評議会の人選だとか、その手のファイルです。これらの書類の前文を読んで真行寺さんの推理は正しいと思いました」

「でも、それだけだとちょっと弱いんだろ」

「そう弱いんです、このままだと」

「とりあえず話を進めよう。じゃあ、次のステージで俺たちがやらなきゃならないことはなんだ」

「ふたつあります」

「ふたつか」

「そうです、なんだと思いますか？」

「まずひとつ目は、自由剝奪計画の全貌をつまびらかにする証拠を揃えることだ」

「え、そっちが先なんですか」と黒木が笑った。

「同時に進めなきゃどっちも進まないだろ」

「まあそうですが」

「ふたつ目はもちろん、尾関殺害の物証を摑むことだ。これが俺の本業だ」

「ご名答」

「このふたつ、どちらの牙城《がじょう》も短期決戦で一気に攻め落としたい」

「了解です。だいたいの作戦は考えました」

「え、もう？」

「はい。実は鴻上のパソコンの中を探っていたら、土屋隆行について面白いことがわかったんです」

ピラフを掬ったスプーンが止まった。

「土屋って富山組につながっている議員ですよね。今回はある種の汚れ仕事を請け負ったわけですが、その見返りとして、復興大臣の椅子を用意してもらうってことになっているみたいです。メールを見たら、鴻上議員が官房長官に掛け合って概ねオーケーを取りつけていました」

「そうか。土屋隆行って入閣したことあったっけな」

「ないんですよ。これはネットで仕入れた情報ですが、何度かチャンスはあったものの、裏社会とのつながりがネックになって、結局入閣できなかったみたいです」

「今回はヤクザとのコネで、大いに貢献したんだからそれなりのポジションを寄こせってことか」

「そうです。じゃあ、細かいことは合宿の時に詰めますが、簡単に作戦の概要を話しておきます」

約三十分後に、黒木が立ちあがった。ドアを押し開けて、実家に顔出してこようかなと独り言のように言って、ボックスを後にした。このあたりに実家があるのなら、やはりいいところのお坊ちゃまなのかもしれないと真行寺は思った。

ひとり残った真行寺はリュックを背負ったまま、ディープ・パープルの「ハイウェイ・スター」をがなるように歌ってから少し間を置いて出て、一階の会計で勘定をすますと、警視庁に足を向けた。

水野はいつものように、どうなの事件の進展は、と訊いてきた。多少ありましたと応えると、目を輝かせて、聞かせてと言ったので、真行寺は、

「寿司屋でしたでっかい話は覚えてますか」と訊いた。

「本当は忘れたいけど。心臓に悪いから」

「では、思い出してもらう手間は省けました」

水野は顔をしかめた。

「当たってたってこと？」

「やっぱりこの事件はでっかいんですよ」

「その自由の話だけど、具体的なイメージも摑めたってことかしら」

「『1984』の次にくるものが何かって話ですか」

「そう。ビッグ・ブラザーがいない世界でどんな権力が自由を奪うのかって話」

「それもおおよその画《え》は描けました。あとは証拠固めです」

「さすがね」

「〝ゼロ〟のほうは」

「おかしなことと言えば、議員が死んだ夜に真行寺巡査長が会った公安のふたりだけど、な

んて名前だったかしら」

「柄谷と大栗ですね、あいつらが何か」

「捜査するそぶりさえまるでなかったって報告してくれたでしょ」

「ええ」

「あのふたりはキャリアね」

えっ⁉　と小さく叫ぶと、真行寺は黙り込んだ。

それもなんだか解《げ》せない話である。あんな時間に公安が現場に駆けつけていることが第一おかしいし、おまけにキャリア官僚だというのがこれまた変である。キャリアであの年齢だと、恐らく参事官かさらに上の部長クラスだ。大手コンビニチェーンの取締役がレジカウンターの中にいるようなものである。それにあいつら、現場にいてもホテルの従業員に事情聴取するでもなく、ただぼーっと突っ立って、遺体が搬送車に乗せられるとすぐに帰って行った。まるで尾関が死んだことを確認するためだけにいたようだ。

いや、実際そうだったのだろう。この計画を知っていたあのふたりは、ことに及んだ後、議員がちゃんと成仏したかどうかを確認する必要があった。しかし、この計画を知っているのは公安でも上層部のほんの一部に限られている。となると、ノンキャリを現場に行かせるわけにはいかない。しかたがないのでキャリア自らがガーデン・ハイアットホテルの近くで待機し、実行されるのを待った。それから、警察無線を傍受するとすぐに現場へ急行した。そうして、議員の絶命を確認したというわけだ。議員が死に至っていない場合には、人目を盗んで最後の仕上げをやるつもりだったのかもしれない。

「来週の火曜日に一気に勝負に出ます」

宣言するように真行寺が言った。水野は黙っていた。

「詳しい作戦は申し上げません」

「困るな。そんな大きな事件だと庇《かば》いきれないかもしれない」

今まで庇ってくれてたんですか、と言おうとしたが、通じない冗談になると思って呑み込んだ。

「もちろん加古課長にも言いません」

水野の沈黙を真行寺は、了解と勝手に解釈した。

「金曜日の夕方から火曜日までは完全に単独行動です。まあ、合宿に出かけるとでも思ってください」

「どこに詰めているの」

「言えません」

水野は黙っていた。

「というわけで土日は休みをもらいます」

土日に休むのは世間の常識だが、刑事の世界では通用しないことがある。一課の刑事が結婚し、披露宴の最中に殺人事件が起こった。会場にいた刑事たちが次々と席を立ち白ネクタイを外して現場に向かったため、会場はガラガラになってしまった。高砂《たかさご》の新郎までもが立ちあがろうとしたため、上司が「お前は残れ。命令だ」と怒鳴ってやはり出て行ってしまった。そんな話を愉快そうに先輩がするのを若い頃に聞いたことがある。

「具体的な作戦を聞かせて」

「それも今は言えません」

作戦の全容をつまびらかにして、「了解。しっかりね」という返事をもらえるとは思えなかった。だいいち、相棒の黒木のことは絶対に話せない。

「じゃあ、駄目よ」

水野は首を振った。

しかたないと思い、真行寺は水野の痛いところを衝《つ》くことにした。

「でも、このままいけば、なにもかもがうやむやになり、時間経過の中で世間の関心はどんどん遠のいていきます。しかし、我々のほうは殺人事件で売上ゼロってわけにはいかないでしょうね。じゃあ、どうします。送検できるとしたら、ホテルの部屋にいたデリヘル嬢とコンドームを渡した役者の卵くらいです。本当にあんな女を殺しの罪で送検してそれで手を打っていいんですかね、我々警察は。課長はどう思われますか？　男たちの悪だくみによって、殺しの片棒を担がされ、その上でひとりで罪をおっ被されるのが女であることに、一課で課長張ってる女性警察官の心は痛まないんですか？」

水野は立ちあがり、来なさいと言って歩き出した。真行寺がついていくと部屋を出て、空いている応接室を見つけ、ドア口の札を返すと〈使用中〉にした。

「芝居がかったことしないで」

面と向かって腰を下ろすと水野は言った。

「ええ、すみません」

「正直ちょっと頭にきた」

真行寺は頭をかいてみせた。

「それが芝居がかってるって言ってるの、腹立つなあもう」

「ええっ、ちょっと待ってくださいよ」

「とにかく、あなたは時々そういう風に正論を振りかざして人を困らせて喜んでるわよね」

「別に喜んじゃいません」

「でも、そういう正論って、あなたが気楽な階級だから言えるわけでしょ」

「それはそうです」

真行寺はあっさりと認めた。

「でも、そのぶん給料は少ないんですから、正論くらい言わせてくださいよ」

「そこよ。昇任試験を受けない理由はなに。どうして年相応の責任を負おうとしないの」

「俺はこれでいいと思っているからです」

「なぜいいのよ」

「なぜと言われても」

「なんだか癪に障る。出来が悪いのならそれもありだと思うけど。妙にキレるくせにヘラヘラふざけて」

「ひどいこと言いますね」

「昇級しない理由を聞かせなさい」

「マジですか」

「マジ」

「聞かないほうがいいんじゃないですかね、特に今の状況だと」

「聞いた上で聞かなきゃよかったと思ったほうがましよ」

「話したら、作戦実行してもいいですか」

「答えによります」

しょうがないなあ、と真行寺はつぶやくと、まだ若い頃、所轄で刑事になりたての頃なんですが、と話し始めた。

「管轄区域で恐喝事件があったんです。最初はいいなと思って付き合い始めたけれど、実はクソＤＶ野郎だったってことがわかった。女が別れ話を切り出す。男が激昂《げっこう》してつきまとって嫌がらせを始める。ＤＶとかストーカーなんて言葉があるかないかの頃ですが、いま思えば典型的なケースです。そして、思い悩んだ末に、被害者が署に相談に来て、刑事課の警部補と巡査が対応したんです」

「刑事課が？」

「彼女だけじゃなく家族全員が恐喝の被害にあっていたので、刑事課が出て行くのはそう不思議ではないんですよ」

「なるほど」

「問題はここからです。とにかく、相談を受けてからの初動はどう考えても、まずいの一言につきるんです。民事のことには介入できないと言ったり、相談に来た彼女に『男が家に乗り込んで来て、殺されるかもしれない』と訴えられて、『相手も燃えてるんですな』と揶揄《やゆ》してみたり。さらに、その後の対応もまったくいただけない。『告訴はもうちょっと後でもいいんじゃないですか、裁判になると色々聞かれて嫁入り前の娘さんにはつらいですよ』などとのらりくらりとかわしていたら、彼女は路上で男に刺し殺されてしまったわけです」

真行寺は一度黙ったあとに続けた。

「さすがにこれはまずいと思ったんでしょう。しかし、まずいと思った後の対応がまたまずかった。調書を改ざんしたり、どうとでも解釈できるように表現を曖昧にぼかしたり、挙句の果てに家族側に口裏を合わせるよう求めたりした。署としては、捜査員が不足していて、こういう対応をするしかなかったという心理が働いたんです。さらに、この署は都内で成績が下から数えて二番目という体たらくで、おまけに交番の巡査が落とし物の財布の金を盗むというみっともない不祥事までやらかして、周囲からボコボコに叩かれていた時期だった。このままでは署がアブナイって危機感が募り、まあ、危機感は持って然るべきだとは思いますが、まずいことにそれが自己防衛のほうに働いた。つまり、自分たちのミスを隠蔽《いんぺい》して、署を批判から守ろうとしたわけです」

真行寺は遠い過去を思い出し、「最低ですね」とつぶやいた。水野は黙っていた。警察官ならわかりすぎるほどわかる話である。署が犯したミスの重大さも、自己防衛のための組織的な反応も。

「もちろん人間だからミスをやらかすことはあるでしょう。しかしこれは、警察としては許しがたいミスですよ。できればスルーしたいなあってグズグズしてたら、なんの罪もない若い女性が刺し殺されてしまったんですから。取調室でかっとなって被疑者を殴ったなんてのとはわけがちがう」

「それで、あなたはどうしたの」

「俺にできることなんてほとんどありませんでした。ただ、副署長に会う機会をつかまえて、いま言ったような文句を並べて嚙みついたわけです。そしたら、お前はまだ下っ端だからそんな正論を吐けるんだって説教食らったんですよ。今日ボスに言われたのとほぼ同じ内容をね」

「状況がちがう。一緒にするな」

「まあ、そうかもしれません。で、話を戻すと、副署長も、対応した刑事がやったことは残念の一言に尽きるとは言ったんです。けれど、その後すぐに、少ない予算の中でみんな懸命にやってるんだ。この一件で署全体の評判を地に落とされてたまるかって開き直ったんです。いいか、俺はこの署を守るためならなんだってやる。上にチクりたけりゃ、チクれ。ただ、俺は全力を挙げてお前をつぶしにかかるぞ。離島の駐在所でのんびりしたきゃやればいいって脅されたんですよ。それを聞いて頭にきたんで、では、チクらせていただきますって言ってチクったんです」

水野はやれやれという風に首を振った。

「当然、監察官から出頭せよって副署長にお呼びがかかる。すると威勢のいい啖呵を切っていた副署長が急にオタつきだして、『お前はどこまで話したんだ』って言いだした。結局、辞められました」

「署長は」

「二ヵ月減給です」

水野はうなずいた。

「ところが、署内の空気は圧倒的にこの副署長に同情的だったんですよ。逆に俺に対しては、組織運営の経験もないケツの青いのが、出過ぎた真似をしやがってという雰囲気が濃厚でした。かっこつけてくだらないことするんじゃないよ、と面と向かって言われたこともありました。けれど、一般市民の命よりも署の評価やメンツのほうが大事だっていうのはどう考えてもおかしいでしょ。おかしいとは思いつつ、そのうち俺のほうが段々おかしくなっていったんですよ」

「どういう意味」

「つまりね、間違っているのは俺のほうで、警察官としてはあの副署長のほうが正しいんじゃないかって疑いだしたんですよ。俺もうちょい階級が上がって、それなりの椅子に座るようになったら、副署長と同じように感じ、同じように行動するんじゃないかって思いはじめた。さらに応えたのは、ちょい上の先輩と飲んだ時に、あの副署長だって若い頃はお前みたいだったんだよってしみじみ言われたことです」

「あり得るわね」

「あり得るんですよ。だから俺は決めたんです。責任に押しつぶされて人間としておかしくなるのなら、無責任なポジションで正論を吐き続けるほうがいいやって。それでこの年齢《とし》になってもご覧の通り、組織の底辺でぼやぼやしてるんです。でも、まあ、それもしょうがないですよね、俺が選んだことだから。俺は買ったんですよ、自由を」

「どういうこと？」

「俺が素直に昇任試験を受けて昇級したとしたらもらえるであろう年収 ― 《マイナス》俺の今の年収 ＝《イコール》 俺が支払った自由の値段、です。その差額で、俺は俺らしく生きる自由を買ったってわけです」

金曜日。

真行寺はキャリーバッグを引いて自宅を出ると、まず下《くだ》りで高尾駅に向かい、駅のコインロッカーにバッグを預けて、こんどは上《のぼ》りに乗って新宿に出て、捜査本部に入った。

昼下がりまで捜査の進捗状況を確認しつつ、その後は取調室にジョージを呼んで世間話をした。

それから、捜査本部に戻ると、鴻上議員の事務所に電話を入れて、尾関議員のことで伺いたいことがあるので、夕刻少しばかり時間をもらえないかと打診したが、夕方から選挙区の盛岡に帰るので無理だと言われた。よし、と思いながら真行寺は電話を切った。

次は原宿署に足を運んで横町れいらに会い、取り調べという体裁を取りながら励ますような言葉をかけ、原宿署を後にした。竹下通りに入ったのは、若者だらけのこの通りでは尾行が目立つからだ。ときどき振り返り、尾行《つけ》られていないか注意しながら、竹下口でスマホの電源を落とし、わざわざ切符を買って新宿に出て、中央線の通勤快速の下りに乗ると高尾で降りた。

改札では黒木が待っていた。キャリーバッグをロッカーから取りだして、まずふたりで駅前のスーパーに入り、火曜日までの合宿の食材を買い込んだ。金曜日の夜から火曜日までの献立は事前に打ち合わせしてあった。約五日間、黒木の家から一歩も出ないですむように、ふたりで手分けしてどんどん籠《かご》に食材をほうり込んでいった。

出前を取ったっていいじゃないかと真行寺は思ったが、誰にもインターフォンを鳴らして欲しくないと黒木が言うので、合宿の間はすべて自炊することになった。秋葉原で初めて会ったときの、素性の知れない真行寺に対して、聴きに来ますかと誘った気の置けなさとはずいぶんと隔たりがあった。黒木はこの隔絶を「なんとなく始めちゃいましたからね、しょうがないですよ」と説明した。

スーパーの大きなビニール袋を両手に提げて、黒木が出て行った。真行寺は店に残って、米《こめ》五キロとスナック類、アイスキャンデーも籠に足して、勘定をすませた。キャリーバッグに購入品を詰め込んで、もう片一方の手にスーパーの大きな買い物袋を提げ、十五分ほど間を置いてからスーパーを出ると、バスに乗った。

降車して、バス停からとぼとぼ歩いて黒木邸に近づくと、待っていたようにドアが開き、黒木が出てきて、荷物を持ってくれた。

中に入ると、真行寺はスマホを電子レンジにほうり込み、その後ふたりで野菜や肉を冷蔵庫にしまった。コーヒーやスナック類はダイニングテーブルに適当に載せておいた。

なんだか急に疲れが出た。リビングに移動し、板張りの床に遠慮なくごろりと寝そべって、天井を見上げた。

「鴻上議員のスケジュールは前に調べたとおりでしたか」

ソファーの上から、やはり寝そべったままの黒木が訊いてきた。

「ああ、今日の夕方盛岡に戻って、土、日、月と地元で活動。火曜日の朝八時の盛岡発のはやぶさで上京する予定になっている」

「了解」

黒木は身を起こすと、アンプに近付いて電源を入れ、作業台に向かってＰＣを操作した。

やがて、スピーカーから静かな空調音のようなもやもやした音が流れてきた。

「なんだ、これ」

「さあ」と黒木も首を傾げた。「鴻上のスマホのマイクから拾った音です。なんでしょうね」

すると、丸みを帯びた電子音の後で、女性の声がした。本日も新幹線をご利用いただきまして誠にありがとうございます。この列車には終点新青森駅まで車内販売がございます。ただいまビールやおつまみを載せたワゴンサービスが皆様のお席に……などと始まった。鴻上は盛岡に向かう車中だとわかった。

「いまのスマホのマイクはなかなかいい音で拾いますね」

確かに、スピーカーから流れてくる音はそうとうに生々しい。にもかかわらず新幹線の車中と気づかなかったのは、車内の音声というのはガッタンゴットンという昔風な響きでないという先入観があったからだろう。

「いまいち、生録の意欲が湧かない音ですけど」

そう言って、黒木はまたラップトップに触れた。

「録音してるのか」

「ええ、実験的に少し回してます。ただ、ずっと録音してると、向こうのスマホの電池の減りが激しくなり、かえって怪しまれるかもしれない。だから、土、日、月に関しては、要所要所でスケジュールがズレ込んでないかを確認するだけにしましょう」

「おそらく、勝負は火曜日の上りの車中になるんだろうな」

「まあ、時間帯から考えてそうでしょうね」

「トンネルで電波が途切れることはないのか」

「東北新幹線は、二戸《にのへ》から東京にかけてはトンネルの中でも携帯がほぼ使えると宣伝しているので、大丈夫でしょう」

「おそらく、仙台を過ぎたあたりで向こうも動くだろうな」

「早ければ、仙台の前という可能性もあります。なんにせよ、火曜日は早朝決戦になるので、この合宿の間は僕らも朝型にシフトしましょう」

その言葉からふだんの黒木が夜行性であることがわかった。

さて夕飯にするか、とどちらからともなく動き出した。

総菜コーナーで買った酢豚をフライパンに移して、温めた。冷凍食品の炒飯もフライパンで加熱し、紙皿に移した。鍋に沸かした湯にインスタントのチキンスープの素《もと》をほうり込み、紙コップに注いだ。

「いつ日本を出るんだ」

ふたりの間に置かれた大きめの紙皿から、自分の紙皿に炒飯を取り分けながら真行寺は訊いた。

「先方と調整中です」

「日本に腰を据えるつもりはないのか」

「どこにいたって同じですよ。もっとも先進国ならって条件はつきますがね」

「日本で生まれたんだよな」

「ええ」

「この国に対する愛着みたいなものはないのか」

「ありますよ、大いに」

「え、あるのか」

「なんですか、あるって言ってるじゃありませんか」

「いや、意外だったからな、つい」

「どうして意外なんですか」

「だって外国にばかり行ってるから、日本が嫌いなのかなと思って」

「そんな雑な推理で嫌疑をかけられちゃかなわないなあ」

「じゃあ、好きなのか」

「好きです。嫌いだなんて言ったら祖父が悲しみますよ」

「へえ。君の爺さんってどんな人なんだ」

思いがけず黒木の個人情報の扉がわずかに開いたので、これはチャンスだと思い、真行寺は訊いた。

「日本のことをとても思っている人間のひとりです」

「よくわからない説明だなあ」

「いいんですよ、わからなくて」

その黒木の調子がいつになくつっけんどんなのが気になった。

本来なら刑事《デカ》根性を発揮して、根掘り葉掘り訊くところなのだが、伏し目がちに𥇥を動かしている黒木の表情にほんのひととき倦怠《けんたい》の色が差した気がして、真行寺は口をつぐんだ。

ひょっとしたらこいつは、相当な地位の人間が名を連ねる家系から出奔中の身なのかもしれない。本来は国を支えるような企業や組織の後継者になるべき家の跡取りとして生まれながら、どえらいしくじりをしたか、はたまたわがままを通して、家を捨て、逃げるように海を渡ったのでは。真行寺はそんな通俗的な物語を想像した後で、まさかと苦笑し、こんな質問をしてみた。

「日本人だから日本が好きなのは自然かも知れないが、君は色んな国へ行ってるんだろう。そんな君から見て、日本っていい国だと言えるかね」

「いい国です。あともう少し頑張れば最高じゃないですか」

「ほお。じゃあ、どう頑張れば、どんな風に最高になれるんだ」

黒木は、自分の皿を空にしたところでスプーンを置いた。そして、真行寺のスプーンが休むのを見届けてから視線を上げて神妙に、

「それがわからないんですよ」と腰が砕けるような白状をした。

はあ⁉と目を丸くした後で、真行寺は吹き出した。

「なんだよ、それは」

あはは、と黒木も笑った。声にいつもの快活さが戻っている。

「ただ、真面目な話、真行寺さんみたいな人が、出世できる日本社会であってほしいですね」

「ありがとうございます。涙が出てくるな、まったく」

紙皿を生ゴミのバケツに捨てて、スイカを切った。食べ終わった後で、持ってきたハードディスクを取り出し、PCにつないでもらった。自宅のCDをリッピングしたサウンドファイルがたんまり容《い》れてある。食後の運動だと言って、ジェイムス・ブラウンを踊りながら聴いた。

土曜日。

本番の火曜日は六時前には起きる計画なのだが、ずっと夜型で過ごしてきた黒木が、調整をしないとキツいと言い出して、この日の起床は八時にした。朝食は素麺《そうめん》。

食後にアイスコーヒーを飲みながら、バッハの無伴奏ヴァイオリンソナタなどという柄にもないものを何曲か聴かせてもらった後で、仕事にとりかかった。

この合宿の主たる課題は、作業台に向かってラップトップでメールの文案を二本書くこと、これがほぼすべてである。ところが、これが思いのほか難題だった。読んだ相手がどう反応するかを想像しながら書いてくださいと黒木には言われたが、そんな作文技術は持ち合わせてないぞと真行寺は緊張した。とりあえず形はできたかな、と思った段階で、ソファーにいる黒木のところへラップトップを持っていき、ディスプレイから直接読んでもらう。すると、「これだとこういう反応をするかもしれません」「こういう風に理解すると、事態が好ましくない方向に動いてしまいかねませんね」「こことここが辻褄があってませんよ」などと言って、突き返してくる。さらに、「もっと読み手がイメージを結晶化できるように書いてください」とか「読み手の脳に変性意識が起こるように」など、とんでもなく高度な注文まで出してきた。

何度も突き返されては書き直した。刑事部屋のデスクで報告書を書いている時とはてんで勝手がちがった。その手の書類はなるべく簡略にして書く術《すべ》を身につけ、いわばある種の省エネ対策を講じていたのだが、今回はそういうわけにはいかない。

二時頃、昼飯にした。トーストを焼いて、鶏《とり》の腿肉《ももにく》を照り焼きにし、サラダを添えた。

昼食後は何曲かロックを聴かせてもらった。ドアーズ、アル・クーパー、リトル・フィート、そしてビートルズ。

仕事に戻り、また書いた。何度も書き直し、黒木に見せて助言をもらい、また書き直した。

「ああ、なんとなく雰囲気出てきましたね」

夕方になってようやく多少は褒めてもらえるようになった。

「さすが推理小説書いてるだけあります」

「だから推理小説は方便だっつーの」

「そうですけど、マジで文才あるんじゃないかと思って。ホントに書いたことないんですか」

「ないよ。あるのは詞くらいだ」

「え、真行寺さん詩人だったんだ」

「いや、詩人は親父のほう」

「へえ、父上が。すごいですね」

「すごいもんか。貧乏暮らしで泣かされたよ」

「じゃあ、真行寺さんが書いていた詩っていうのは」

「歌詞だよ。それもバンドを組んでた学生時代の話だ」

「なるほど。わかります。なんとなくこう文学的な曲調で――」

嘘をつけ！　と遮って真行寺はラップトップを抱えて作業台に戻った。


時々、黒木が、鴻上のスマホのマイクをオンにして、足取りを確認した。

――まずここ盛岡に新しい産業を誘致しましょう。原子力の次にくる新しい技術産業によって雇用を創出し、産業を活性化しましょう。金融緩和の次のステージがまさしくここ盛岡で……。


位置情報を確認すると、市民ホールだった。講演をしているらしい。

日がとっぷり暮れると、いったん切り上げて、真行寺が米を炊き、餃子《ギョーザ》を作って焼いた。

夕飯のあと、黒木がワーグナーを聴きたいと言い、『ニーベルングの指環』という、響きがやたらと複雑で壮大な管弦楽曲をすさまじい大音量でいくつか聴かされ、へとへとになった。その後は引き続き作文の自習時間である。

日曜日。

午前七時起床。朝はベーコンエッグと白飯とコーヒー。その後、フェイセズのライブアルバムから数曲聴かせてもらった後、作業台に戻って昨日の続きに取りかかった。

黒木はソファーに寝転んで本を読んでいたが、昼時になるとむくりと起き上がって台所に立ち、キャベツとベーコンのペペロンチーノを作った。食べ終わると、黒木はアイスキャンデーを舐めながら、スマホのマイクをオンにして鴻上の行動をチェックした。

——ただいまご紹介にあずかりました衆院議員の鴻上康平でございます。よしお君、みちこさん、ご両家ならびにご親族のみなさま、本日は誠におめでとうございます。えー、実は私、正直申しまして、よしお君のことはよく知らないのであります。と言いますか、実は今日初めてお会いしました。しかし、お父さんのたみおとは、もとい、たみおさんとは、もうこんなちっちゃい頃から、それこそ洟《はな》たらしながら虫捕《むしと》り網《あみ》振り回してた頃からの付き合いで、肝胆相照《かんたんあいて》らす仲とでもいいますか、悪友同士、義兄弟、はたまた腐れ縁、まあなんでもいいのですが、ともかく、こいつの息子ならまず間違いないと思うくらいに信頼しているわけであります。

ここまで聞くと、黒木は「今日は結婚式か。政治家も選挙のためとはいえ大変だな」と言って、アンプのセレクターを切り替え、静かなピアノ曲を流した。

付き合いで聴いていると、クラシックもいいじゃないかと不覚にも思ったりもする真行寺だが、この曲はどうも妙だと思った。前衛舞踏のようにぎくしゃくしてリズムは摑めず、夜の海のように目的地もさだかでなく、気まぐれに音をばらまいたようで旋律が感じ取れない、曲と呼ぶのがはばかられるような、それでいてやはり曲と呼びたくもあるような、おかしな作品だった。これって現代音楽ってやつかと聞いたら、ええ、シェーンベルクです。現代っていっても、もう百年以上も前になりますが、と黒木は注釈を加えた。十二音技法と言って、不協和音になる音も全部つかって作曲しているのだそうだ。こんなもの誰が聴いているんだと訊くと、もう誰も聴かないんじゃないですかと黒木は言った。誰も聴かないけれど、やっぱり誰かは聴くからこうして残ってるんだろうな、現に俺がいま聴いたわけだしなどと変なことを考えていると、「どうして聴かないんだと思いますか」と意外な質問が飛んできた。真行寺は少し考え、「感情に訴えてこないからだろう」と正直なところを言った。

音楽は感情を操る。その力は絶大だ。例えば映画は音楽のこの力を最大限に利用している。あわれを誘うような台詞が語られるところでもの悲しい音楽が鳴れば、そのシーンはそういう色彩に染め上げられ、明るい曲が響き渡れば、その光景を見つめる観客の感情は強引にそちらへ誘導される。真行寺にしてみれば、音楽が感情を操る力をあまり安易に使うなと抗議したくなることのほうが多いのだが。ともあれ、音楽は感情を操る。感情に訴えてこない音楽は果たして音楽と言えるのだろうか？

さて、こんな時、たいてい黒木は思わぬ搦《から》め手《て》から攻めてくることが多いのだけれど、この時は、「そうなんですよ」とあっさり同意してくれた。

「つまり、この音楽は、感情から自由になろうとしてると思うんです」

「感情から自由に？」

「真行寺さんはロックミュージックに自由を感じるって言う。でも、ロックってのはほとんど調性音楽ですよね」

「まあ、百パーセントそうだよ」

「だとしたら、ロックって形式は調性、つまり七つの音の音階って檻《おり》に、閉じ込められているってことになりませんか」

「でも、その場合、閉じ込められてるってのは何になるんだ」

「ですから感情です」

わからんことを言う奴だな、と真行寺は思った。

「彼は音楽を進化させることによって人間の感情を進化させたかったんじゃないか、そんな風に思うことがあるんですよ。逆に言うと、進化をもたらせられなきゃ自分の音楽は敗《ま》けるってことも承知の上だったんじゃないかって」

「ということは、聴衆を感動させるんじゃなくて、この曲が素晴らしいと思えるように聴衆の感情のほうを進化させようとしたってことか」

薄い笑いを浮かべて、黒木がうなずいた。

真行寺の脳裏に、黒木が手にしていた本のタイトルが甦《よみがえ》った。ポスト・ヒューマン。人間が人間でなくなる。人間が終わる。確かそんなこと言ってなかったっけか？

「でも、誰も聴かないんだよな」と真行寺は確認するように言った。

「聴きませんね。人間はもとのままの人間です。いまのところは」

それでいいじゃないか、と真行寺は言った。黒木は、ええ、いいと思いますよ、とうなずいたが、そのあとがあった。

「でも、こんな曲を聴くと、変わってみたいなと思うことはあるんです」

「どんな風に?」

「人間じゃないものに」

「はあ」

「ほんの時たま、たとえば一本の欅《けやき》になってこの曲を聴いてみたいなと思うことはあるんですよ」

つくづく変わった奴だと真行寺は思った。

「俺はまったくそんなことは思わない。大体、ロックが自由を謳《うた》うのに七音も必要ない。五音音階《ペンタトニック》で充分だ」

「失礼しました。じゃあそういうのを聴かせてください」

真行寺はジョニー・ウィンターのライブアルバムから「ロックンロール・ピープル」を爆音で鳴らし、エアギターを弾いた。


月曜日。

六時起床。黒木がフレンチトーストを作った。

真行寺はむしょうに外の空気を吸いたくなって、黒木にそう訴えた。じゃあ高尾山にでも登りますかということになった。

高尾までバスで降り、京王線で高尾山口に出て、ケーブルカーに乗ると、苦も無く展望台についた。駅舎を出て階段を少し登った見晴らしのいい場所で、かなたに広がる東京の街並みを見ていたら、あっけなく気がすんでしまった。降りようかと黒木に言うと、向こうも苦笑いしながら立ちあがった。ケーブルカーに乗り込み、急勾配《きゅうこうばい》を麓までまた降りた。

ケーブルカーの駅舎を出たところで、通りに沿って軒を並べる土産物屋の一軒を指さして、真行寺さんの自由マグはあそこで買ったんですよ、と黒木が言った。

暖簾をくぐって中を覗くと、天狗《てんぐ》をあしらった商品が目についた。自分のデザインを持ち込めば、オリジナルのカップやシャツも作れるのだと、黒木は改めて説明してくれた。店の片隅にラップトップが置いてあり、この場でデザインすることもできると聞いて、黒木がさすがに作るのをはばかったと言っていた〝自由Tシャツ〟をその場でデザインしてもらって、オーダーした。月曜日で客が少ないからか、すぐに仕上がるというので、隣の茶屋で天狗饅《まん》頭《じゅう》を食べながら茶を飲んで待っていたら、でき上がった。

〝自由Tシャツ〟を連れて部屋に戻り、昼飯にカップ麺をすすってから、土曜日と日曜日に書いたメールの文面を黒木に見せた。ここでまた意見をもらい、修正を加えた。そうして、ついに夕方頃、いいでしょう、あとは運を天に預けるしかないですね、という黒木の一言で完成となった。

夕飯時になっていたので、米を炊き、真行寺が海老と韮《にら》を塩と唐辛子で炒《いた》めた。一応聞きますかと黒木が言って、スマホのマイクから拾った鴻上の音声を流した。

陶器の鳴る音が聞こえた。向こうも、食事中のようだ。

――あの、例のポストはもう決まったんですか。

おそらく秘書の声だろう。

――まあ、環境大臣か復興大臣だな。官房長官にプッシュしているのはそのふたつだ。

――やはりそのあたりに落ち着きそうですか。

――なにせ初入閣だからな。あとは文科省って手もあるが、いくらなんでも、ヤクザを教育機関の親玉に据えるわけにはいかんだろ。あはは。……まあ、あいつもついに念願叶《かな》って国務大臣ってわけだよ。――おい、おかわり。やっぱりこっちは魚がうまいな。

黒木が立ちあがり、マイクをオフにした。そして、ラップトップのディスプレイに何かを見つけて覗き込むと、パチパチと短くキーボードを鳴らして戻ってきた。

「僕はあと二週間ほどで日本を出ることになりました」

まるで宣言文を読み上げるような調子だった。

「ずいぶん急だな」

「僕らの仕事ってこんなものなんです。今連絡があって、契約が取れました」

「次の滞在は長くなるのか」

「向こうに行ってる間にまた新しく契約が取れれば。それでも二年かそこいらだと思いますが」

それはかなり長いなと真行寺は思った。

「この間言ってた爺さんには挨拶していくのか」

「いや、残念ながら、そんなに簡単に会える人でもないので」

日本を留守にする孫が挨拶に出向くのに、段取踏まなきゃならないなんて、どんな御仁なんだよと真行寺は思った。

「でも、また帰ってくるんだろ」

「ええ、日本がホームグラウンドですから」

そう言われて真行寺は素直に嬉しかった。

「勝負は明日です。明日、相手を捕まえたら、一時間ですべてむしり取ります」

真行寺はうなずいた。

「そのあとは分析です。たぶん水曜日の朝までかかるでしょう。徹夜になりますし、明日は早いので今日はコーヒー飲まないで寝ちゃいましょう」

火曜日。

五時にスマホのタイマーが鳴った。ふたりはシュラフから這いだし、黒木が鴻上のスマホのマイクをオンにした。スピーカーからは目立った音は聞こえてこない。

玉子を茹で、ベーコンを焼き、サンドイッチを作って食べた。

五時四十五分。黒木は議員会館の鴻上のラップトップをハッキングし、そこから真行寺が書いたふたつのメールを鴻上名義で送った。

一通は、事務次官をはじめとする厚労省の職員たちに。これには添付ファイルをつけた。ファイル名は件名と同じ、〝当該プロジェクトの守秘義務と尾関一郎衆院議員の死について〟。

もう一通は官房長官他宛で、件名は〝土屋隆行衆院議員、次期内閣での入閣のお願いについて〟。

黒木が送信ボタンをクリックすると、ついに始めてしまったという緊張感に襲われて落ち着かなくなった。

七時ごろ、スピーカーから鴻上の声が聞こえ始めた。――ああ、朝飯はシリアルだけでいい。それと、三十分後に迎えに来てくれ。八時に盛岡発だったな。

黒木がすぐに時刻表を調べ、盛岡を八時十分に出るはやぶさの上りがあることを確認した。

七時半。

じっとディスプレイを見つめていた黒木が口を開いた。

「いま厚労省の職員がひとりメールを読んで添付ファイルを開きました」

もちろん、ファイルにはマルウェアが塗り込められている。

「誰だ」

「いま潜り込んで調べます。……医系技官ですね。名前は都築《つづき》瑠璃《るり》」

七時五十分。駅の雑踏のノイズと鴻上のものらしき靴音。

八時を過ぎ、スピーカーから東北新幹線の車内アナウンスが聞こえた。

——本日もJR東日本をご利用いただきまして誠にありがとうございます。この電車は東北新幹線はやぶさ号東京行きです。全車指定席で自由席はございません。次は新花巻に停まります。車内はデッキ・トイレを含めましてすべて禁煙です。お客さまにお願いいたします。携帯電話をご利用の際はデッキをご利用ください。

八時二十分。新幹線の走行音。鴻上の鼾《いびき》。

「またひとりメールを開きました」黒木が言った。

その後も、厚労省の職員がメールを閲覧し、添付ファイルを開封するのが断続的に確認された。その度に黒木は、いま秘書官が、いま医政局の総務課長が、いま健康局総務課長が、と開封した人間を確認し続けた。

八時三十三分。

「ついに厚労省事務次官が開きました」

と黒木が言った。つまり厚労省の官僚トップのPCをハッキングしたということだ。

「潜ります」

そう言って黒木は、伏魔殿に侵入し、そこから迷路を抜けて、奥間へと進んだ。

「これだな」

黒木は扉をこじ開け、中に入ると一気にかっさらった。

「ここは警察や文科省や経産省なんかにも通じてますね。ここにあるファイルは、複数の省庁の役人やそこから依頼を受けた者が投稿したものです。この投稿なんかは経産省からですね」

と言って黒木がポインターを動かした場所には、「人口八〇〇〇万人の豊かな未来図」というファイルがあり、こっちは哲学者の論文ですよと言って指し示したところには「苦悩する人間の終焉《しゅうえん》と、幸せな新動物の誕生」があった。

「面白そうなので、つい読んじゃいそうですが、長居は無用。もらうべきものをもらってさっさと退散しましょう」

黒木はそう言って、ファイルを移し終わると、接続を切った。

新幹線の走行音に被さって鴻上の鼾がおだやかなリズムを奏でていた。

九時二十五分。

鴻上のスマホが鳴った。

「事務次官からです」と黒木が言った。

――もしもし椹木《さわらぎ》でございます。朝早くに申し訳ございません。

――ん、なんだ。いま新幹線の中だ。東京に着いたらかけ直すよ。

――いえ、できればデッキに移動していただけますでしょうか。

――なんかあったのか。

――いや、その、とりもなおさず、今朝メールをいただいた件ですが。

――メール？

——厚労省の職員に一斉に出されたあれです。

——誰が?

——え、議員からです、もちろん。

——どんなメールだ。

——どんなと仰られますか?

——件名は?

——件名ですか。〝当該プロジェクトの守秘義務と尾関一郎衆院議員の死について〟でございます。同名のファイルが添付されております。

——珍妙だな、秘書の矢内《やない》が送ったのかな。——それで何か問題があるのか?

——大ありです。

——どんな?

——では、いまそちらにお送りします。

——言っただろ、新幹線の中なんだ。読み上げてくれ。

——いいんでしょうか。

——急ぐんだろ。

——かしこまりました、では、読み上げます。

各位。

皆様におかれましては、故尾関一郎衆院議員が当該プロジェクトの前進を脅《おびや》かしていたことはすでにご承知のことと思われます。神経ガスを塗りたくった避妊具を装着させ、性器の海綿体組織から猛毒を体内に吸収させるという下品な手段に訴え、議論の現場のみならずこの現世からも、彼を〝強制退場〟させたことについて、私《わたくし》鴻上は、同じ釜の飯を食ってきた政友として、また意見を戦わせてきた政敵として、大義の為とはいえども、やはり慚愧《ざんき》の念に堪えないのでありました。

先日、尾関一郎元衆院議員の葬儀に列席して参りました。遺影の前で長い間私は手を合わせておりました。そして、われらが厚生労働省、さらに警察庁、経済産業省、文部科学省、ひいてはわが日本国全体の未来に思いを馳《は》せながら、いやこの措置は致し方なかったのだ、許してくれ尾関と語りかけました。そして、もはや後戻りできないところまで我々は来ているのだということを、私は再認識したのでした。

ただ、尾関の命と引き換えにしてまでも、このプロジェクトを推し進めようと目論む我々には、それ相応の覚悟が必要で、また大きな責務も生じます。とりわけこのプロジェクトの全体像が徐々に明らかにされていけば、激しい議論が起こることも想定しておかなければなりません。しかし、たとえ、反論の大波にさらされたとしても、国民には、積極的な諦念とともに、当プロジェクトを受け入れてもらわねばならず、本プロジェクトは、きわめて慎重な配慮を以《もっ》て推進しなければならないことは言うまでもありません。

よって関係者が今一度結集して、今回、我々が取った大胆な〝措置〟の意義を再確認し、不用意なところにドキュメントを残したり、置き忘れたりすることのないよう、ルールの徹底化を図りたいと存じます。

場所は、尾関に哀悼の意を表しつつ、尾関が愛したガーデン・ハイアットホテルの会議室を予約いたしました。また、会議のあとには、宴会場〝雅《みやび》の間〟にてささやかな懇親会を執り行いたいと存じます。各省庁を横断してのこのような会はなかなか機会がございませんので、是非、万障お繰り合わせの上、ご参加いただきますよう。

――なんだそれは。

――なんだと仰られても。現実に議員のアドレスからこのメールが送られてきておりますし、ガーデン・ハイアットに予約が入っていることもさきほど確認いたしましたので。

――とにかく、このメールを受け取った者に間違いだったという訂正メールを送ってくれ。

――わかりました。しかし、誰に送ったのかは調査が必要です。なにせＢＣＣで送られております。

――くそ、めんどうだな、それは。

――今回、メチルリコチン酸ＶＷピナコリルガスを極秘に開発させた厚生労働技官や、これを市販のコンドームにコーティングして、未使用品のようにリパックさせた職員から、いったいこれはどういうことでしょうかと問い合わせが来ております。

――なんだって。とにかく、俺はそんなものは送ってないぞ。そんなメール開封するからだ。

──しかし、厚労大臣の名前で送られてきて、メアドもあっていれば職員は開くでしょう。

──とにかく、訂正を入れるんだ、すぐに。……ちょっと待て、電話が入った。もしもし鴻上だ。

──土屋だが。お前いったい何だ、あのメールは。

──ああ、すまん、お前のところにも行っちまったか。あれは間違いなんだ。

──まちがい？

──ガーデン・ハイアットでのミーティングと懇親会の件だろ。え、なんだって？　いまデッキに移動する。……ああ、ちょっと待ってくれ、いま新幹線だ。車掌に注意されちまった。

──とにかく俺が言ってるのは、ガーデン・ハイアットだの懇親会だのって楽しそうなメールのことじゃねえよ。

──そっちだって、ぜんぜん楽しかないが……。じゃあどのメールのことを言ってるんだ。

──お前が官房長官に送ったメールだよ。いや、官房長官に送るはずが、間違えて俺にも送ったメールだ。

──あれ、お前に送っちまったか。国務大臣の件だよな。

──俺がお前にこんな朝っぱらから電話する用件はそれしかないだろうよ。

──なんだよ、復興大臣や環境大臣は駄目だって言うのか官房長官は、さて困ったぞ。

──なに言ってんだ、お前。

──だとしたら、文部科学大臣に据えるわけにはいかんから、特命担当大臣ってことになるが、それだとお前は納得しないんだろ。

——おい、しらばっくれるなよ。

——しらばっくれてないさ、俺はお前との約束を果たそうと必死で調整してるんだ。

——じゃあ、このメールはなんだ。

——だからどのメールだ。なんて書いてあるんだよ。

——もういい、いまから俺が読み上げてやるから、よく聞け。いいか。冒頭の挨拶文は省略する。


……先般よりお願いしていた土屋隆行議員の復興大臣就任についてでございますが、私のほうでお願いした件であるにもかかわらずこのようなことを申し出るのは甚《はなは》だ身勝手であることは承知の上で、やはり土屋隆行議員は国務大臣にはふさわしくないと思い直すに至りました。広域暴力団と親交のある人間が国会議員であるのは、これは有権者の判断として致し方ないとも言えますが、入閣させたとなれば、内閣支持率の低下につながることは、目に見えております。


おい、どうしてお前がこんなことを言えるんだ、ああ！…………なんだ、なぜ黙ってる。

——わかった。

——なにが。

——パソコンが乗っ取られたんだな。

——なに言ってやがる。おい、鴻上、おれは天明や組にも迷惑かけてんだ。俺の顔つぶしておいてただじゃすまねえぞ。

——そう騒ぐな。大丈夫だ。官房長官にはちゃんと俺から説明する。

——ひとにさんざん汚れ仕事させておいて、これはねえだろう。

——だからわかったって言ってるんだ。とにかく東京に着いたら俺が調整するから待て。

——だいたいお前がこんな小賢《こざか》しい美人局《つつもたせ》みたいなこと考えるから話が面倒になったんだ。組の若いのに街頭演説しているところをグサッと刺させちまえばそれですんだんだよ。

——そうだったな、俺が悪かったよ。もう切るぞ。

——ムショから出てきたら幹部にしてやるっていやあ、喜んでぶっ刺す若いのなんていくらでもいたんだ。

——わかったわかった。じゃあな。

切れた。

「録音は？」と真行寺は訊いた。

「もちろん。ハイクオリティで」と黒木が言った。

5 計画

「国民総情報化宣言　機密特A級」

日本は今未曽有の産業構造改革の必要に迫られている。しかし、その構造改革の目玉となるはずの国民総情報化計画は、これまでその内容をはっきりと公にするには至っていない。これは、その内容をつまびらかにするやいなや、国民から大きな反感を招き、進めるべきものごとが遅々として進まなくなることが容易に予想されたからであった。事実、同様のことを、我々は安全保障政策における憲法第九条改正の壁で体験済みである。しかし、本プロジェクトは、国民にとって大きな利得を図ることのできる唯一のシナリオであるばかりでなく、日本は早晩先進国の地位から陥落し、東アジアでさえリーダーとなれないことが、さまざまな資料から予見されることを鑑みれば、なんとしても敢行しなければならない力仕事でもあるのである。

しかし、〝自由〟や〝人間〟などという、美しくはあるけれど内実が曖昧な言葉に酔いしれる左派陣営が、本プロジェクトを反民主主義的と決めつけ、この両輪に楔《くさび》を打ち込み、集中砲火を浴びせてくることは必至である。また、ヒューマニズムの観点からジャーナリズムが、これらの批判はもっともだと援護射撃することもまた、想像に難くない。

確かに、全国民のＤＮＡデータを国家が集中的に管理することを基盤とする本プロジェクトが、監視社会や警察国家などを連想して語られるのは致し方ないところかもしれず、ナチス政権による優生学のごとき危険なイメージを抱かれるのもやむを得ないのかもしれない。

しかし、警告を発する論客たちと充分な議論を交わす時間を我々は持ち合わせてはいない。各国が情報工学やバイオテクノロジーの分野で鎬《しのぎ》を削る中、ＩＰＳ細胞研究などの分野でわずかながらも先を行く我が国は、一刻も早くこの僅差をさらに広げ、イニシアティブを確定的なものにする必要があるからである。民主的な熟議を経ていては、やはりこの分野で目覚ましい実績を上げている中国が、共産党一党独裁体制によって一気に加速し、我が国があっという間に後塵《こうじん》を拝することになるのは、火を見るよりも明らかである。

それゆえ、本プロジェクトは、その姿を国民の前にはっきり現すことなく、利便性や利得性を逐一訴えることもせず、ひとりひとりがいつのまにかこれを享受しているという事実によって、あらたな認識や感情を生み出し、またそのことによって、事実上承認を得てしまうという形で進行すべきものと考えている。

もっとも、親が新生児のＤＮＡを登録した場合、我が子が発症しやすい疾病の告知などのサービスが受けられ、また、ＤＮＡ特性にあった教育プログラムの提供という特典にも浴することができる。これらは、まちがいなく癌《がん》や遺伝子疾患などの難病を予防し、資質や能力を伸ばすことにつながるだろう。果たしてこのことを拒絶する人間がいるだろうか。さらに、ＤＮＡの解析費用ならびに登録料は税金でまかなうということになれば、これを拒む論理とはいったいどのようなものになるのだろうか。たとえ、そのような論理を語りうるにせよ、それは非常に高尚で難解で、なおかつ個人的な美意識に裏付けられたものになることはまちがいないのだから、国民の大多数にとって説得力を持つとは考えにくいのである。

確かに、監視社会という響きはおどろおどろしい。しかし、我々がめざしているのは、快適さで満たされた社会であって、そのようなイメージからかけ離れたものである。また、選択の自由という美しい言葉も、それが指し示す内実は曖昧で、本当に国民が選択の自由など求めているのかどうかさえもが疑わしい（そもそも我々は自由なのであろうか）。

しかし、このような美辞麗句は一人歩きすると、その内容が空虚であるが故に、また、論理的に脆弱《ぜいじゃく》であるが故に、我々の手ごわい敵となる可能性が大である。自由・プライバシー・監視社会などのキーワードが跋扈《ばっこ》する前に、プログラムを静かに、かつ迅速に推し進めなければばならない。そして、それができれば、国民がこれを喜んで受容することは疑いようのないところなのである。

我々がめざしているのは決して全体主義などではない。我々が構築しようとしているシステムを支えるのは、幸せに生きたいという個々人の願いのはずだからである。

故に我々は、深く静かに潜航し、全速力で進まねばならない。

内閣府国民総情報化計画　プロジェクトリーダー　厚生労働大臣　鴻上康平

〈厚生労働省関連書類〉
「癌撲滅に関する遺伝子技術輸出の展望」
「適材適所は遺伝子でわかる　～効率的な国民総生産高の向上～」
「自由から快適へ　ネオ・プラグマティズムの帰結主義」　東京大学文学部教授　畠中《はたなか》潔《きよし》
「ベルカーブと遺伝子工学　人種・遺伝子、その傾向と政策」
「ＤＮＡと同一性　ＤＮＡ検査の頻度と確実性」
「多様性とＤＮＡ　遺伝子操作で同性愛者、性同一性障害者は削減できるか」

〈国家公安委員会ならびに警察庁関連書類〉

「全国民ＤＮＡ登録システムと犯罪抑止　髪の毛一本で個人を特定」

「外国人のＤＮＡ登録について　指紋からＤＮＡへ」

「ＤＮＡから犯罪傾向を探る。犯罪者となるのはどんな遺伝子保有者か？」


〈文部科学省関連書類〉

「ドーピングから遺伝子へ　新しいエンハンスメント」

「芸術と遺伝子」

「障害者ゼロの社会設計　～障害者への新しい支援は、障害を作り出さないこと～」　東京

大学　遺伝子研究センター所長　田宮利世《たみやとしよ》
「試案　２０５０年　国民平均ＩＱ20ポイント向上計画」　ジーン・コグニティヴ・サイエンスラボ　特別研究員　東枝和正《ひがしえかずまさ》
「公共空間から撤退する宗教とグローバルな新しい倫理体系の構築」　社会学者　ジョナサン・ミラー　（資料は英文）
「苦悩する人間の終焉と、幸せな新動物の誕生」　哲学者　萬田久雄《まんだひさお》
〈経済産業省関連書類〉
「人口八〇〇〇万人の豊かな未来図　人口減少と遺伝子工学」　経済産業省資料
「全国民のＤＮＡを解析した場合、ひとりあたりの解析費用は規模のメリットでいくらまで下がるか」　全国情報医療機構　副理事　間宮敏《まみやさとし》
〈宮内庁関連書類〉
「ＤＮＡ検査という科学と万世一系という神話」　宗教学者　島崎一起《しまざきかずき》

火曜日から水曜日の早朝まで、黒木と一緒に資料を読み込んで、一時間ほど仮眠したあと、これらドキュメントと盗聴した録音データを大容量のＵＳＢメモリーに移したのを携えて、黒木邸を出た。

登庁するとすぐに水野の机の前に立った。ご報告することがあります、と言うと、すぐに会議室に連れて行かれた。

横並びに腰掛けて、水野のラップトップに証拠品をコピーした。かっさらってきた獲物をディスプレイに広げて次々と閲覧していく水野の顔は、新幹線での通話の録音を聞き始める頃には、いよいよ強張ったものになっていた。

「どうやって手に入れたのか説明してちょうだい」

イヤフォンを耳から外し、水野は隣の真行寺を見た。

「情報提供者の安全を考慮して、黙秘します」

用意していた返答だった。

「私にも？」

「ええ」

「でも、違法に手に入れた証拠であることは明白よね」

「それはそうでしょう」

「なら裁判では使えない」

「それはもちろん」

「じゃあ、どうしろって言うの」

「もみ消せばいいんじゃないですか」

水野は黙った。

「俺は捜査員です。捜査したらこれが出てきたので、持ってきました」

「わかった」遮るように水野が言った。「とにかく、もう一度じっくり読んでみるから時間をちょうだい」

「どのくらいかかりそうですか」

「答えられない。まず分量が多い。本物かどうかの鑑定も必要だし、なおかつ慎重に動く必要もあるから」

水野は、冒頭の宣言文を読み、ドキュメントのタイトルを眺めただけで、計画のおおよその構想や狙いは察したようだった。さすがだなと真行寺は思った。


「確かに、なるほどな案ですよ」

夜、箸を動かしながら、黒木が解説してくれた。

「この計画は、全国民のDNA情報を厚生労働省と総務省とで集中管理することから出発します。すでに全国の大病院から新生児や患者のDNA情報を集め始めているようです。この利点をアピールしながら急ピッチで進めて、どこかの段階で、DNA登録を義務づけ、データバンクのシステムを完成させる。ここから本格的にこのプロジェクトが始動します」

「その利点のアピールってなんだ」

この日も黒木邸に舞い戻ってきた真行寺は、新宿のデパ地下で手土産として求めた海鮮丼を頰張りながら、訊き返した。

「一番わかりやすいのが、ＤＮＡを切ったり削ったり貼ったりすることで難病が治せるってことです」

　真行寺はうなずいた。やたらと暑かったあの日、麻衣子との電話を切って、三軒茶屋の路上で白い光に射貫かれ、一瞬のめまいを覚えたその刹那《せつな》に、息子の遺伝病と、尾関殺しが、真行寺の頭の中で結合したのだった。

「こう言われてＤＮＡ検査を受けない者はまずいない。もう少しユルいのだと、いまＤＮＡを調べておけば、今後十年であなたが発病しやすい病名と発症率、そして予防対策の的確なアドバイスを提供しますよというものがあります。これも拒否するひとは少ないでしょう。もっとユルい、ＤＮＡからあなたにぴったりの理想のタイプをお教えしますという恋愛相談みたいなのまで含めて、とにかく利点を宣伝して、どんどんＤＮＡ情報を集めていくんです。そして国民の抵抗感がなくなったときに、一気に義務化する」

　黒木は空になった折り箱を流しに持っていき、アイスキャンデーをくわえて戻ってくると、そもそも、と言ってソファーに腰を下ろした。

「日本はこの方面の技術はもともと得意ですからね。法的規制をとっぱらって遺伝子情報産業のアクセルを目一杯踏み込んでやれば、ぶっちぎりで世界でトップを走れる可能性はある。ビッグデータを利用した情報技術産業ではどうしてもアメリカには勝てないけれど」

「なぜ勝てない。資金か」

「いや、それよりも日本語っていう特殊な言語を使っていることが痛いんです。どうしても集める情報が日本国内のものに限られてしまってあまりビッグにならない。でも、遺伝子ならそのハンディキャップはなくなるってわけです」

真行寺も海鮮丼を平らげて流しに持っていき、黒木のぶんと一緒に箱をバラバラにしてゴミ箱に捨て、アイスコーヒーのグラスを片手に戻った。

「そして繰り返しになりますが、これは国民にとって喜ばしいものなんだという認識をもってもらうことが大事なんです。難病は治ったほうがいいよね、癌は根治できるといいね、という具合に。いや、おれは病気とつきあって生きる人生を選ぶ。癌細胞も生きているんだから、殺しちゃ駄目、なんていうほとんど変態みたいなひと以外はこの方針を受け入れますよね」

「だろうな」

「この延長線上に国民というのは国にとっては財産なんだという発想が生まれてくる。国は国民の安全を保証するべきだみたいな国民から国への方向じゃなくて、国が国民を財産として効率よく使い、磨きをかけていこうという方向が強化されます」

「具体的に言うと？」

「例えば、ある音楽大学をAさんとBさんが受験したとします。実技も含めて、試験の成績はAがBよりもよかった。しかし、同時に、政府が集中管理する中央情報センターから、ふたりのDNAデータが大学に送られます。遺伝子情報はBのほうが音楽には向いていると伝えている。そこで、大学側は将来性を考慮してBを合格とし、Aを不合格とする。音楽を例に取ったのは、適性が顕著でわかりやすいジャンルだからですが、似たようなことがあらゆる分野で起こってくるんです」

確かに、学生時代、指に血が滲《にじ》むほどギターを練習したけれど、どんなに頑張っても速いパッセージが弾けなかったし、テープをかけてどんなに耳を澄ましても、複雑なコードを構成する音のひとつひとつが聞き取れなかった。そういえば、元妻の麻衣子は耳がよく、真行寺が弾きあぐねているフレーズを何食わぬ顔でさらりと弾いたし、音が鳴ったと同時にこれはディミニッシュ7よね、などと指板《しばん》の上に指を這わせて同じ和音《コード》を弾いた。音楽を聴いている時間は俺のほうがやたらと長かったが、いい耳を持っているのは麻衣子のほうだった。

待てよ、となると、俺のオーディオ装置は麻衣子に譲るべきなのか？

「つまり遺伝子情報を駆使し、国民を適材適所に配置する。そしてこのことによって生産効率を上げていこうという目論見です。いくら好きでもその人があまり才能のない方面へは抑止を働かせ、無駄なコストをかけない人生へと誘導していくわけです。これは実際は強制と言ってもいいものでしょうが、きわめて高度に設計し、本人が強制だと感じないようにするべしと言っている。だから国民ひとりひとりは、ごく自然に自分自身を発見して、自分らしい人生設計をしていると感じるわけなのです」

自分らしく。それは麻衣子の口癖だった。

好きだが大して才能のない音楽に、青春時代の多くの時間を使ってしまったが、もっと自分にふさわしいものにこの時間を当てていれば、もっと自分らしい今があったのかもしれない。同じサークルでベースを弾いていた麻衣子と、不毛な結婚をすることもなかっただろう。

「さらに、その方面に長《た》けていると思われる人間の能力はもっと増強する。優れた身体を有している者は、その能力がさらに発揮できるように、知能が優れていると思われる者は、知能が必要とされる現場へ。これは、資源がない日本は人的資源を強くするしかないって発想からきています。また、人口減少は避けられないけれど、ひとり当たりの生産力を上げて国力を増進させようという構想でもあるんです」

「とりあえずわかった。じゃあ、これに公安はどう絡むんだ」

「公安はとにかく情報を集めたがるところですよね。全国民のDNA情報を国家が吸い上げるとなると、なんとしてでもこれに絡みたがるはずです。実際、このシステムが完璧になれば、髪の毛一本現場に落ちていても、犯人が誰だかわかってしまう。こいつは怪しいなと思ったら、髪の毛をそっと抜くか拾うかして、DNAを調べて、データバンクで照合すればいいんです。推理小説でよくあるように、殺害したあとで、顔を完全につぶしたり歯型の写真を入れ替えたりして、身元が特定できないようにし、殺害した人間になりすましてその後の人生を送るなんてトリックも、一発で見抜けちゃいます」

真行寺は言葉をなくしていた。

「また、将来犯罪者になりそうな傾向の遺伝子ってのもどんどん研究していくみたいです。こいつはテロをやらかす可能性があるという解析結果が出たら、密かにマークをしておく」

黒木は立ちあがってアイスキャンデーの棒を投げた。スティックは、名選手の3ポイントシュートのような綺麗な弧を描き、あざやかにゴミ箱に落ちた。

「さらに、外国人登録もDNAに切り替えるようです。一昔前、指紋の押捺《おうなつ》を義務づけていたときには、どうして在日外国人だけが指紋を採られるんだなんて抗議をうけたこともありましたが、これからは日本に住む全員が登録するのだから、こうなると文句のつけようがないでしょうね」

さて、と一呼吸置いてから黒木は続けた。

「ただ、おそらく、公安が張り切っているのは、これで当分組織が維持でき、予算と人員が確保されるからだと思います。確かにテロの脅威なんてのはあると主張すれば、あるってことになるんです。だけど本音を言えば、テロの脅威はあって欲しい。そこにかこつけて、この計画を裏で支える実力部隊になりたいってことです。それこそが公安にとっては最重要課題なんですよ」

元警察官僚で国家公安委員長も務めたことのある尾関は、おそらく公安ルートでこの計画の情報を摑んだのではないか。そして、このでかいプロジェクトの中心にいるのが鴻上だと知って、詰めよったにちがいない。さらに、国民に何もかもぶちまけるつもりで離党届を出した。しかし、すんでのところで、足元をすくわれ息の根を止められたというわけだ。

「つまり、このプロジェクトは、最先端の医療技術を使って、健康をネタに、国民を隷属させ――」

「正確に言うと、健康を望む国民が喜んで隷属して――、ですかね」

「とにかく、国民が差し出すＤＮＡ情報を政府が集中管理する。さらにその技術を使って、産業を活性化させ、密かに国民を兵士のように鍛《きた》え上げ、国力を高め、次にその技術を海外に輸出して外貨を獲得し、警察は国民をさらに強力な監視体制下において、健康に加えて安全を保障する」

「大きく言うとそういうことですよね。でも、しつこいようですが、ここで注意しなければならないのは、みんなひとりひとりが喜んで自分のＤＮＡっていう究極の個人情報を差し出すってことなんですよ」

「でも、それはそう仕向けられているだけだろ」

「ええ」

「だったら、目の前に餌を投げられて食っている家畜と同じじゃないか」

「それを言ったら、なぜ家畜じゃいけないのかって問いが返ってきますよ」

「なぜって、そんな質問意味ないだろ」

「いや、あります。答えてみてください。あの電話の続きです」

「電話って」

「僕ら、『また話そう』って言ったじゃないですか」

そうだった。あのやたらと暑かった下北沢の路上で、ややこしい議論に耐えきれずそう言って切ったのを思い出し、真行寺は黒木の目をまともに見据えて口を開いた。

「家畜ってのは自由じゃない」

「もちろん」

「俺がそう答えると、じゃあ自由ってそんなに大事なんですかって君は訊き返すわけだ」

「そうです、まさしく」

「やっぱりな。じゃあ大事だから大事なんだって答えるしかない。家畜は自由じゃない。人間は家畜になっちゃいけないんだ」

「真行寺さん、考えてみてください。いったい誰が、俺は家畜じゃないって言いきれるんです」

　くそ、こいつがすんなり引き下がるはずないんだよ、と真行寺は歯噛みした。

「ジャンクフードを食って、満員電車で通勤し、広告に踊らされ、予算と売上を気に病み、テレビのバラエティ番組が語る薄っぺらい道徳になんの考えもなしに怒ったりうなずいたりしながら、次の休暇の旅行を楽しみに生きている会社員って、家畜じゃないんですか」

　真行寺は沈黙を強いられた。

「じゃあ、もっと言っちゃいますね。やさしく管理された畜舎で餌を与えられ、惰眠を貪《むさぼ》りながら家畜として生きることが、過酷な自然環境の中で餌を求めてさすらいながら生きる人より不幸だってどうして言えるんです」

　開いた口がふさがらなかった。

「いいですか。現代では生まれてすぐに人はデジタルメディアに取り囲まれます。これからは、デジタルメディアは産湯《うぶゆ》みたいなものになり、すぐにネットワークに接続される。まもなく、デジタルメディア環境と自然環境の区分はほとんどなくなるでしょう。さらに、これまで自然っていうのは残酷さや不気味さが宿るものだったんだけれど、そういうものは減衰していく。ただし、人間はどんどん人間ではなくなるわけですが、幸せならそれでいいじゃんと言われたときにどう反論しますか」

「俺の答えは――」

真行寺は独り言のようにつぶやいたあとで、今度ははっきりと、

「そんな幸せなんか、犬に食わせろ、だ」

そう吐き捨てるように言った。

黒木は声を上げて笑った。愉快そうだった。

「いいなあ。やっぱり真行寺さんはそうでなくっちゃ」

本気なのか馬鹿にしているのかわからない。

黒木は突然立ちあがって、作業台の上のラップトップのキーボードをちょいちょいといじった。困惑したままの真行寺の耳にジャニス・ジョプリンの「ミー・アンド・ボビー・マギー」が聞こえてきた。

「尾関議員と真行寺さんのテーマ曲ですね」

振り返った黒木の顔にはまだ笑いが残っていた。

この水曜日の宿泊を最後に、木曜日の夜、真行寺は八王子の自宅に戻った。

金曜は自宅から捜査本部に登庁した。しかし、なにせ犯人も動機も証拠も握ってしまったあとだから、もう何もすることはなかった。適当に時間をつぶして、新宿で映画を見たり、音がいいという噂の白山《はくさん》のジャズ喫茶に足を運んでロックっぽいものを聴いたりと勝手なことをしているうちに週が明けて、水野から電話があった。

「今晩の予定は?」

「これからハンバーガーでも食ってもう一本映画を見ようかと思ってたんですが」

「もう一本?」

「ええ、サボってます、やることないんで」

「夕飯はまだなのね」

水野は、真行寺の返事を待たずに、花園《はなぞの》神社の近くにあるフランス料理店の個室を予約するから一時間後にそこに来てと言った。

「こっちは薄給なので、もっと安い店がいいんですが」

「フレンチと言っても家庭料理だし。それに今夜は奢《おご》るわよ」

いやな予感がした。

「けれど、よくここまで調べ上げたわね」

ワインのテイスティングをすませたあとこう褒められ、よくない徴候だと思いながら、真行寺は前菜の凝ったサラダにフォークを突き立てた。

「でも、荷が重すぎる。私の力ではどうにもならない」

ワイングラスを赤い唇から離し、水野は首を振った。グラスの中の黒味がかった石榴《ざくろ》のような赤い液も、ゆらゆらと不吉に揺れた。

「調べてみてわかったんだけど、このプロジェクトを管理しているのは、内閣情報調査室だった」

内調か。公安がはりきるわけだ。内閣の情報調査機関であるここの室長は、警察官僚と相場が決まっている。そして大抵は公安出身者である。いわば公安の出先機関だ。真行寺は、突き刺した蔬菜《そさい》を口中にほうり込み、青い葉を噛んだ。

「さらに各省庁のトップがここに絡んでいる」

「それを鴻上が総括しているってわけですか」

「とりあえずは。でも、その上には首相がいる。鴻上はプロジェクトリーダーとして指名されたに過ぎないみたい」

つまり、真行寺が想像していたよりも、もうひとまわり図体のでかい計画だってことだ。

噛み砕いた蔬菜は、淡い苦みをともなった青酸《あおず》っぱい漿液《しょうえき》となって、喉を落ちていった。

ポタージュが運ばれてきた。

「届けてくれたもので筋は通る、一応はね」

それはよかった、真行寺はとりあえずそう返して、スープを掬った。

続いて、水野はこのプロジェクトの目的を説明してくれた。それは黒木の解説を穏当な表現に直したものにすぎなかったけれど、ともかくインテリふたりの解釈は合致し、真行寺の推理の確かさを裏付けた。しかし、捜査によって浮かび上がった現実については、水野は黒木よりもずっと重く受け止めているようだ。

「違法な手段で手に入れたものだから証拠に使えないってことはわかるわよね」

「だけど、とりあえず上にあげて、反応を見たっていいでしょう」

水野はスプーンを持った手を止めて、また首を振った。頬の横で髪が揺れ、その動きがスローモーションのように妙にゆっくりに見えたので、真行寺は少し酔ったなと思った。しかし、次の一言が彼をはっとさせた。

「瞬殺。あっという間に握りつぶされるよ」

さらに水野はスプーンを置き、クリームがついた唇の端をナプキンで押さえながら、

「この件は私のところで止めておくことにする」とあっさり断案した。

「それはないでしょう」

「いいえ、これが今日の結論です」

「マジですか」

「この間、真行寺さんが言ったのよ。もみ消せばいいって」

「課長はそれでいいんですか」

「いいのか悪いのか、じっくり考えた。その上での結論」

「じっくりですか」

「そうよ」

「じっくり考えてそれでいいと？」

真行寺が粘ると、「ただ、勾留されているあのふたりはなんとか釈放させる」と言った。

ここまではがんばったのよ、という口調である。

「それと児玉と富山組は別件で締め上げる」

これもどうでもいいようなおまけだ。政界エリアに手を付けないのなら捜査の意味などない、と思いながら真行寺は黙ってスプーンを置いた。

水野は不満を察知して、

「もし、どうしても闘うというのなら、警察を辞めてやるべきね。組織の中にはいられないと思うから」

瞬時に真行寺は、辞職後の人生に思いを巡らせた。すぐに結論が出た。辞めてたまるか。簡単に言うな。

「たぶん二十四時間尾行をつけられると思う。それでなきゃ相当に屈辱的な人事異動が待っていると考えたほうがいい」

まさか、と思いつつも、この警告はシリアスに受け取ることにした。それにしても、定年もぼんやり見えてきたこの時期に最悪の展開である。

水野はワインのボトルを摑んだ。本当は女が注ぐのはマナー違反らしいけどビストロだから許されるよね、と言いながら真行寺のグラスに紫がかった深紅の酒を注いだ。

「私の報告はここまで。じゃあ、言いたいこと言っていいわ。そのために昇進してないんでしょ」

とりあえず毒を吐かせて少しでも気を晴らしてやろうとしているのだろう。それならばと真行寺は口を開いた。

「二重に間違っていますね、やっぱり」

「まずひとつは、犯人がここまで明確になったのに逮捕できないってことね」

そうだと返事をするのも馬鹿らしく、皿に載ったパンをちぎると口に入れた。

「ふたつ目はなんですか」

水野は口調を敬語に改めて訊いてきた。怒りの徴候である。真行寺は暗く赤い葡萄酒で口を湿らせた。

「まあ、なんて言っていいんだか……。しかし、なにもかもコントロールして快適に生きるなんてことが人間に許されていいんでしょうかね」

「どういうことかしら」

「どうしようもないことをどうしようもないこととして引き受けることが、生きるってことなんじゃないんですか」

そう言ってすぐに彼は、自分の意見の不徹底さに気がついた。しかし、撤回するいとまもなく、見事に急所を突かれてしまった。

「いま言ったこと、難病で苦しんでる人に言って差し上げたらいかがかしら。どうしようもないものとしてあなたの不治の病《やまい》を受け入れなさい。治療技術の開発は可能だけれど、そこまでやるのは傲慢だって」

会ったことのない隼雄の姿が脳裏に浮かんだ。麻衣子の悲歎《ひたん》の声が聞こえた。

真行寺は首を振った。

「言えませんね」

しかしそう認めたあとで、

「ただ、言えないけれども言いたくはあるんです。不幸になる自由を手放すなって。畜舎を出て、腹を空かせて荒野をほっつき歩く自由をね」

と言ってワインを飲み干した。水野は空になったグラスにワインを注ぎながら、注釈を加えた。

「野垂れ死にの自由ね。かっこよくて結構だわ」


一週間後、横町れいらとジョージが釈放された翌日、黒木から借家を引き払ったと連絡があった。前もって知らされていたのに、真行寺の耳にはふいの別れの挨拶のように響いた。慌てて、成田の高級ホテルのラウンジに黒木を訪ねた。向かい合って挟んだテーブルの横に切られた大窓から、離発着する旅客機が見えた。

「まあ、しょうがないですよ」

あそこまで協力してもらったのに申し訳ない、と真行寺が頭を下げると黒木はなぐさめるようにこう言ってくれたが、その口調がまったく悔しそうでないのが、ほっとするよりもむしろつまらなかった。

「大きな借りができてしまったな」

「そのうち返してもらいます」

黒木は冗談めかしてそう言った。

「アンプは持ったのか」

「ええ。スピーカーは部屋に置きっぱにしてきたんですが、不動産屋に捨ててもらうようにお願いしました」

「もったいないことするなあ」

「よかったら持っていってください」

「とは言っても、もう引き払ったんだから、部屋には入れないだろ」

「いや、家賃は来月分まで納めてあるんですよ。ガスメーターの支柱に南京錠式の鍵収納ボックスがフックしてあります。そこに鍵が入っているので、よかったらどうぞ」

そう言って黒木は、収納箱の暗証番号を教えてくれた。

窓を斜向かいに過ぎるように、ジャンボジェットが青い空へ飛翔していく。自由自由と息巻いてはいるものの、この狭い列島や組織に縛られ、身動きできない自分が口惜しかった。すべては情報なんだと観念しつつも精力的に世界に飛び立っていく黒木と比較して、真行寺は自分のまどろい生涯が哀れに思えた。

「日本に戻ってきたら連絡くれよ。また飯でも食おう」と真行寺は言った。

そうですね、ぜひ、と黒木も賛成した。


麻衣子から電話がかかってきて、離婚することになったと知らされた。そうか、と受けてその後の言葉が出なかった。沈黙の後、色々と迷惑かけてごめんなさいと言って彼女が切ろうとした時、どこかで会わないかという誘いの言葉が真行寺の口からこぼれた。

ふたりは青山の骨董《こっとう》通りを脇道に入ったところにある古いカフェで向かい合った。

自分の家系の遺伝子に瑕瑾《きず》のあることを麻衣子が申告していなかったことについて、義母はこれは詐欺《さぎ》だ訴えると猛烈に怒ったものの、法的にそれを追及しても詮《せん》ないことだと息子に説得され、しぶしぶ納得したらしい。

離婚は波木家のほうから切り出された。ことを早くすませたいのだろう、ほどなくそれなりの慰謝料と医療費は支払うという提案があった。さらに、所有するマンションの一部屋を空けるので、そこに移るなら五年間は家賃も取らないと言われた。代々の生業《なりわい》だけあって、手慣れたものだった。これを聞いた真行寺は、一刻も早く追い出したいという先方の露骨な魂胆に辟易《へきえき》したが、とりあえず、元妻が日々の暮らしに事欠かないことがわかってほっとした。

「早く医療技術が開発されて、治るといいな。いや案外そういう日も近い気がするよ」

真行寺はそんな慰めを口にした。だが、それは黒木や水野の前でいくぶん苦し紛れに切った咳呵とは相いれない、いたわりに染め上げられた軟弱な言葉であることもわかっていた。また、その言葉が慰めでなくなるとすれば、それは自分が阻止しようとしたあのプロジェクトによって実現されるにちがいなかった。この皮肉に真行寺は心の内で苦笑した。

「まだあったのね。懐かしいな」

麻衣子はそう言って店内を見渡した。学生時代にバンド仲間とよく訪れた喫茶店はほとんど昔のまま残っていた。

「けれど、あなたが刑事なんかやってるのがまだ不思議よね」

麻衣子は話題を元夫のほうに向けた。

「それは俺も同じだ」

「よく辞めないわね」

「他に特技もないからな」

「曲を書くのは上手だったじゃない。ギターはヘタクソだったけど」

ギターが下手ってのはよけいだとつぶやいて、真行寺は学生時代と変わらないインテリアを眺めながら、麻衣子とつきあうようになった経緯を思い返した。

真行寺のバンドのメンバーのひとりが、ライブをひと月後に控えながら、家庭の事情で退校せざるを得なくなって北海道に戻った時、ドラムを叩いていた男がよそのバンドでベースを弾いていた国文科の女子を連れてきた。

この女は、最初はエキストラのベース弾きとしておとなしくコード譜を見ながら弾いていたけれど、二度目のリハーサルあたりから、曲の構成やアレンジに口を出してきた。このメロディーならこっちのコードのほうが渋味があっていいから変えようだの、テンポはこころもち落としたほうが歌詞が引き立つだの、ここでブレイクだの、リフレインだの、コーラスだの、遠慮なく提言してきて、それがまたなかなか的を射ていたりするので感心していると、ライブを目前に、むこうのバンドを脱退してきたからこれからはこっちで弾くんだと言い出したので、メンバーは驚いた。

当然、在籍していたバンドから苦情が持ち込まれた。実際、彼女は地味だが味のあるベースを弾いたし、ジャズなどのややこしい和音や和声にも詳しかった。ギターを持たせると真行寺よりも速く指を走らせ、難しいコードも難なく押さえた。キーボードもそこそこ弾けた上に、なにしろ美女だったから、抜けられたバンドが黙っているほうがおかしかった。けれど、彼女はそういうゴタゴタにいつの間にかケリを付けて、真行寺たちのバンドに居座った。

「きっと売れるよ」

そう言って彼女は、真行寺の書いた曲を褒めた。実際、バンドがライブを行うときには、レコード会社の人間が顔を出したりしていたから、彼女はデビューするものだと思っていたらしい。だが真行寺のほうは、自分の才能が金を取れるほどのものだという自信がなかった。迷っていると、こんどはバンドのボーカルが就職活動に専念したいと言い出した。演奏技術を売りにしているわけではないバンドがボーカルに抜けられると、持ちこたえるのは難しい。何度かほかのボーカリストを入れて態勢を立て直そうとしたもののうまくいかず、真行寺はこれは駄目だと観念した。結局バンドは、インディーズレーベルからCDを一枚出したきりで、解散した。

　はたと気づいたときには、もうひんやりとした風が吹いて就活の季節は終わりを迎えていた。とりあえず食《く》い扶持《ぶち》を確保しなければと真行寺は慌てた。母方の親戚に紹介され、警視庁の試験を受けてみることにした。その時一番よく聴いていたバンドがポリスだったから、とおかしな言い訳をつけた。革命家を自称し、左翼系の小さな出版社で働きながら現代詩を書いていた父親なら猛反対しただろうが、もう死んでいた。

「さすがに警察はないだろうと思ったわよ。こっちはソングライターになると思って期待してたのに」

　カップを口に運びながら麻衣子は言った。

「期待外れで申し訳なかったな」と真行寺は言葉だけで詫びて、

「お前のほうこそ音楽をやりなおしたらどうなんだ。食うに困らない気楽な身分になれたんだから」と訊き返した。

　麻衣子はまさかという顔をした。

「あんな息子がいるのに、なにが気楽よ」

「だからこそやってみればと思うんだ。ジョン・レノン以降、子育てはロックのテーマのひとつだろ。お前の場合、重量級のロックになるんじゃないか」

「息子が重病だから重量級ってわけ？」

「うがち過ぎだ。今は機材も安いらしいし、麻衣子は鍵盤も弾けるんだから打ち込みでキーボードやドラムのトラックだって作れるだろ。ベースもギターもちょっと練習すりゃあまた指も動くようになるさ」

「そうかな」

「離婚されてしょげてるよりも、そのほうがお前らしいと思うよ」

「よしてよ、私らしさなんてろくなもんじゃないと思ったこの一年だったのに」

自分らしく生きたいと言って離縁を持ちかけた麻衣子は言った。

「でも、やってみようかな。隼雄にも手伝わせて」

「隼雄君、なにか楽器ができるのか」

「うん、大学のサークルでバンドやってたのよ」

「え、ひょっとして」

「そうよ、私たちと同じサークル。つまり後輩ってわけ。なかなかいい曲書くわよ、詞は絶品と言ってもいいくらい。その辺もあなたに似てるわね」

真行寺は考え込んでしまった。確かに学生時代、ソングライティングについて、とりわけ叙情的な歌詞をメロディやリズムに合わせるのがうまいと、よく褒められた。そのセンスは、そりの合わなかった父親から譲り受けたものらしいと、真行寺は次第に自覚していった。そうして、いまそれが、一度も会ったこともなく法的にも他人であるが、生物学上は親子である隼雄という男に受け継がれていることに、薄気味悪さと同時に、個を超えた生命の大きな流れを感じた。

麻衣子は真行寺の顔を見つめた。

「ギターが下手なのもあなた似ね。せめてそこは私に似てくれればよかったのに」

こちらを向いた麻衣子の瞳は濡《ぬ》れた光に潤んでいた。諦観したような、自分を揶揄《やゆ》するような言葉とは裏腹なものを、真行寺はその光に感じ取った。


あくる日から桜田門に出勤した。新宿署の捜査本部はさらに縮小されたので、水野が呼び戻し、真行寺はこれを機に警視庁本部に戻ることになったのである。一応、先日ご馳走になったので、礼を言おうと思ったが、フロアに水野の姿はなかった。ホワイトボードを見ると、〝会議〟と書いてある。

「なんだか緊急のものらしいぜ。朝ひとつ課内ミーティングが入っていたんだが、それで飛んだよ」

ホワイトボードを眺めている真行寺に、通りかかった同僚が声をかけた。

そうですか、と真行寺は言った。その時、真行寺のスマホが鳴った。妙な番号が表示されたので、不思議に思いながら耳に当てると、意外な人物が出た。

――もしもし真行寺さん、ご無沙汰してます。谷村です。

「ああ、八王子署の」

――〈お孫さん〉事件ではお世話になりました。

「こちらこそ。元気か」

――はい、おかげさまで。ところで少しお伺いしたいことがあるんですが。

「なにかな」

――快老院の〈お孫さん〉なんですが、またちょっと様子がおかしいんです。

「どういう風に」

――またしても妙なこと口走ってるらしく。

「キーボードや周辺機器を取っ換えたあとにか」

――そうなんですよ。それで真行寺さんに聞けばなにかわかるかなと思いまして。

知るかよと思いつつ、わからないなと返事した。先方も、大して期待をしていたわけでもないのか、あっさりと、そうですか、いやすみませんでした、と切ろうとした。

真行寺はスマホを耳から離しかけたが、ふと、

「〈お孫さん〉が口走っている変なことってのを教えてくれ」と言った。

――聞いてくれますか。嬉しいな。

「聞いてわかればいいけど、あまりあてにするな」

――なんかね、やたらと難しいこと言い始めたんですよ、ちょっと待ってください。メモを出します。前のような罵詈雑言とはちがうんで、大騒ぎする必要もないとは思うんですが。いいですか。読み上げます。『ぼくらはみんな生きている。生きているけど死んでいる』。

「なんだそりゃ」

——ね、おかしいでしょ。こういうのもあります。『老人よ荒野《こうや》をめざせ』。なんですか、これ。じいちゃんばあちゃんが荒野めざしてどうすんだっての。

確かに妙だ。イタズラの意図がわからない。

「ほかには」と真行寺は訊いた。

——一番わからないのは、これです。『満足した豚よりは、満足しない人間であるほうがよい。満足した馬鹿より、満足しないソクラテスであるほうがよい』。

「なんか聞いたことあるな、それ」

——イギリスの哲学者の言葉だそうです。快老院の入居者の中に高校で社会の先生してた爺さんがいて、教えてくれました。

満足した豚よりは、満足しない人間であるほうがよいだって？　……豚を家畜に置き換えると、真行寺が黒木に言ったことと同じじゃないか。

「それで、目立った被害は今のところないんだな」

——それどころか、爺さん婆さんにウケちゃってますよ。その先生なんか、こういうのは有り難い。日捲《ひめく》りのカレンダーのはじっこについている格言みたいに、毎日こういう知的なことを〈お孫さん〉にささやいて欲しいって言ってるくらいだから、ほっといてもいいかななんて思ってるんですが、快老院の職員が気味悪がって、調べてくれって言うんですよ。

「原因は突き止めるべきだな。そのまま少し様子を見たほうがいいだろう。さらになにかおかしなこと話し出すようなら、連絡くれ」

谷村が、ありがとうございます、また相談させてくださいと言った時、水野が一課の部屋に戻ってきた。真行寺はスマホを切ると、水野の机の前に立った。

「今日から、こちらに戻ることになりました。それから、先日はご馳走様でした」

こちらを見上げた水野の顔がどこか虚《うつ》ろだった。

「課長、どうかしましたか」

「これから部全体で緊急会議。真行寺さんも今日は必ず出て」

「なにかあったんですか」

「情報漏洩《ろうえい》防止について再度徹底します」

これを聞いた真行寺は、先日、鴻上のPCとスマホがハッキングされたのにようやく気づいてパニックになっているんだな、と思った。しかし、続いて水野は予想外の一言を吐いた。

「偽物《にせもの》だったって」

真行寺はその意味を摑みかねた。

「警察庁が招いて講演させた黒木って講師、実は本人じゃなかったの」

突然、足元が崩れ落ち、絶壁がむきだしになった。気楽な散歩の途中で、深い落とし穴に落ちた気がした。

「警察庁は黒木を招聘《しょうへい》して、サイバーセキュリティの先端技術について講義をしてもらった。そういうつもりでいたけれど、実は、やって来たのはまったくの別人だった。つまり、警察はこの間《かん》、情報ネットワークのセキュリティを強化するどころか、危険にさらしていたってこと。さ、行くわよ」

水野は分厚いバインダーノートを抱えて立ちあがり、部屋を出て行った。ほかの刑事たちもゾロゾロと出入り口へ流れ出した。部屋にひとり残って突っ立ったままの真行寺の携帯が鳴った。

——すみません、谷村です。さっき切ったばかりなのにまたぞろ電話しちゃって。なんか〈お孫さん〉やっぱりヘンです。またおかしなこと喋りだしたみたいで。

谷村の声は遠い雷鳴のように聞こえた。

——でね、こんどは高校の先生やってた爺さんもてんでわからないって匙を投げたんですよ。ひょっとして詩なんですかね、とりあえずそのまま読みますね。

自由っていうけどただ無一文なだけさ
だけど自由がなけりゃ始まらないじゃないか
だから、歌ってもらいたいのさ　しんチャンに
自由のブルースをね

——こんなこと言われても、爺さんや婆さんはポカーンですよ。ねえ、どう思います。喜んでいる人もいますがね、ちょっと気味悪くないですか。

あいつだ！

もしもし、真行寺さん聞いてますか、どうしましょう、別に実害はないんですが、このまま放置しておくってわけにも……。

谷村の声はさらにくぐもり小さくなっていった。

6　あいつ

さらにメロディが加わり、〈お孫さん〉はついに歌い出した、「ミー・アンド・ボビー・マギー」を。

電話口で録音を聞かされた真行寺は快老院まで出かけて、実演を目《ま》の当たりにした。

夕方四時に、コンピュータのプログラミングソフトで作られたカラオケをバックに、〈お孫さん〉全員が、ジャニス・ジョプリンの声をサンプリングして、ボーカロイドに仕立てた声で歌った。

「だから、歌ってもらいたいのさ しんチャンに 自由のブルースをね」と〈お孫さん〉が歌い終わった時、谷村が不思議そうに、しんチャンって誰ですかね？　とつぶやいた。俺のことなんだとはまさか言えない。

〈お孫さん〉のお喋りはさらにわけのわからないものになり、「すべては情報なのさ」だの、「人間は砂の上に描かれた顔。やがて消え去るよ」だの、ついには、物的現象に実体なく、実体なき故に物的現象なのだ、などと、まるでお経のようなことをとなえ始め、調べてみると、まさしくこれは般若心経の現代語訳だとわかった。特に苦情は出なかったが、万が一を考え、快老院は〈お孫さん〉につながるパソコンをシャットダウンした。

驚いたことに、それでも〈お孫さん〉は喋り続け歌い続けた。レパートリーに、ニーナ・

シモンの「エイント・ガット・ノー」まで加わった。

歌う〈お孫さん〉の珍事はニュースになった。すると、ＪＡＳＲＡＣから著作権料の請求がきたので、困惑した快老院は〈お孫さん〉の電源を完全に落として撤去してしまった。


一方、警察では、ニセモノ黒木にセキュリティシステムに関する講義をしてもらい、アドバイスを受けたことが大問題になっていた。

ホンモノの黒木はＦＢＩに協力し、ハッカー逮捕に貢献したことが多々あったし、公的機関や大企業のアドバイザーも務めている。実際に企業のセキュリティシステムを突破して、なぜ突破できたのかを説明し、そのセキュリティホールを塞《ふさ》ぐようにアドバイスすることはホンモノ黒木の仕事のひとつだったから、信用してしまったという事情があった。

そして、ニセモノ黒木がハッカーとして相当な凄腕だったことが、警察に疑いを抱かせなかった原因となった。

水野に聞いたところによると、ニセ黒木は、幹部たちの目の前で、警察のネットワークシステムに侵入してみせ、その上でセキュリティの欠陥を指摘し、こういう構成だと、ここらへんに脆弱性が表れるので、Ａクラスのハッカーならハッキングできてしまうんです、この種のシステムの宿命とも言えるけれど、ここから入られると一気に奥まで攻め込まれてしまいますよ、なるべく早めに対処したほうがいいですね、などと非常にもっともらしい講釈を垂れたので、聴いていた幹部たちが慌てて、それは大変だ、なにか対策はないですかと助言を求めたところ、たとえばこういう防御法がありますと戻ってきた返事がまたしてももっともらしかったから、完全に信用してしまったということのようだ。

さらにニセ黒木は、いま応急処置しておきましょうか、と言ってリペアのプログラミングをワクチンのように注入してくれたのだけれど、実はこれこそがマルウェアで、この時に重要機密書類をごっそり盗まれていたのに、警察はこれに気づかず、ニセ黒木の腕前に感心して、公共性の高い企業の安全管理部門に紹介までしてしまったのだという。

「けれど、その黒木ってのはサイバーセキュリティの専門家でしょう。なんで自分のホームページをハッキングされて今の今まで気がつかなかったんです」

真行寺は素朴な疑問を投げかけた。

「チベットにいたから」と水野は言った。

はあ、と真行寺は間の抜けた声を漏らした。

「スマホもラップトップも持たずに」と水野が付け加えた。

「仏教の修行でもしてたって言うんですか」

真行寺は苦笑を浮かべてそう言ったが、水野は真顔で、そうよ、と言った。

「その人、一年のある一定期間、山に籠もって瞑想《めいそう》したりしてるんですって。高僧をトレーナーにつけてガチでやってるみたい。そうして、自然と自己との一体感を確認してるんだとか説明されたらしいけど、早い話が、情報のデトックスね」

もちろんこの時期、ホンモノ黒木は自分のホームページを閉じてはいた。しかし、知らないうちにこれをこじ開けられて、ここに日本の警察から講演依頼のメールが届き、まんまとなりすまされたというわけである。

さらに、ホンモノ黒木がプライバシーを重んじて、自分の顔を世間にいっさい公開していないことも、ニセ黒木にとっては都合がよかった。

しかし、こうして振り返ってみると、ニセ黒木たるあいつは、警察のセキュリティシステムに侵入し、その構造を把握しただろうし、極秘資料も読めたにちがいないから、尾関議員の殺人事件を真行寺と一緒に追いながらも、例の計画のおおよそは見当がついていたのかもしれない。

だとしたら、なぜ危険と知りながら、危ない橋を一緒に渡ったのだろうか？　真行寺に考えさせ、発見させ、そして悩ませるためだったのか？　それにしても、やたらと手間がかかり、すこぶる危険で、おまけに一銭の得にもならないことを、なぜあいつはやったのか。

真行寺は、快老院に再び足を運んだ。

入居者の中で認知症を患っている老人のリストを用意してもらい、彼らの訪問客の中で、二十代後半から三十代前半の髪の長い男がいなかったかと尋ねた。すると、少し前にそれらしき青年が認知症を患ってはいるが大人しい老婆の甥《おい》だと名乗ってやって来た、と職員のひとりが証言した。おそらく、あいつは婆さんの部屋で適当に世間話をしながら、部屋に置いてある〈お孫さん〉に、持参したPCを接続して、その場でプログラムを書き換えたのではないか。こうすれば、事務所の専用パソコンがシャットダウンされていても〈お孫さん〉は操れる。確証はないが、とてもありそうなことだと思われた。

防犯カメラを見せてくれと真行寺は職員に要求した。しかし、二週間経つと消去して上からまた録画を被せてしまうので、ご協力できませんと謝られた。

八王子からの帰り道、新宿から山手《やまのて》線に乗り込んだ真行寺は、乗降口の上に嵌《は》め込まれたモニターをぼんやり見ていた。山手線の全景を示す環《わ》の図形に、現在地とこれから停車する駅名と、そこに到着するまでの時間とが示されていて、その隣には、企業広告を映し出すパネルがある。アイドルタレントが微笑む清涼飲料水のＣＭの後、全車両のモニターにそれは現れた。

まず、Cというアルファベットが画面いっぱいに出た。次にGがきた。そして、Aが現れた。ポップスのコード進行ならＧの次はＡよりもＡｍ《エーマイナー》にして、Ｅｍ、Ｆ、Ｃ、Ｆ、Ｇとつないでいわゆるカノン進行にしたほうがいいのに。とりとめもなく真行寺はそんなことを思った。しかし、Ａの次に現れたのはTだった。Ｔなんて和音《コード》はないぞ、と思っているうちに、文字は急に細かくなってTACCTCCTGATTという、コード進行としてはあり得ない列《つら》なりになった。そして、さらに小さくなりTACCTCCTGATTTACCTCCTGATTTACCTCCTGATTTACCTCCTGATTTACCTCCTGATTTACCTCCTGATTTACCTCCTGATTTACCTCCTGATTTACCTCCTGATTのような長大な記号がモニターを埋め尽くした。それはやがて二列に分岐し、そして完全に平行し、二匹の蛇のようにのたうって、首をもたげ、うねり、絡まり合って、二重《ふたえ》の螺旋状《らせん》になった。ああ、これはDNAの塩基配列だったのかと真行寺がようやく気づいた時、画面が溶解し、靄《もや》の中から人影が現れた。字幕が出た。内閣総理大臣だった。唇が動く。車内のモニターは音声がミュートされている。『今見ていただいたのは練馬区《ねりま》にお住まいで外資系保険会社にお勤めの三十二歳男性のDNA情報の一部です。日本政府は全国民の個人情報をDNAレベルで集約し、厳重に管理し、安全を守り、健康を促進することを誓います』。そして、『自由から、安全へ！　快適へ！』という大文字が首相の顔の上に無遠慮に被さり、画面が切り替わると、〈政府広報〉の文字とアイコンが出た。これで終わりかと思ったら、画面の奥から、在りし日の尾関一郎議員が国会で質問する映像がうっすらと浮かび上がり、しかし、くっきりと輪郭が縁取《ふちど》られないままに、また茫漠《ぼうばく》とした光の影を残して暗い画面の中に溶解していった。

もちろん、こんな政府広告はでっちあげだ、と真行寺はすぐに気づいた。JR東日本の車内広告のネットワークに侵入し、あんな動画を掲示プログラムに組み込めるのはあいつくらいだ。動機は不明だが、あいつは独自に政府に揺さぶりをかけようとしている。しかし、それは明らかに一線を越えていた。ここまでコケにされて警察が黙っているはずがない。なんとしてでもあいつの身柄を拘束しにかかる。海外へも手を回す。足も運ぶだろう。

真行寺は政府の反撃を恐れた。巻き添えを恐れた。処分を恐れた。あいつが逮捕された時、俺はどうなるのだろうか。懲戒免職という言葉が浮かんだ。

なんの取り柄もない自分が、刑事を馘首《くび》になってやれる仕事はほとんどない。荒野をほっつき歩く狼《おおかみ》のように自由でいたいなどという文句は口にすると爽快だが、実際のところはなんとしてでも御免蒙《こうむ》りたかった。

レコードを聴いても、響きや音の連なりや重なりに我を忘れることができなくなり、雲のように湧いてくる暗い想念が音楽への没入の邪魔をした。

果たして、真行寺は監察に呼ばれた。

「例の件を調査した時、あなたの名前は一切出してないからね」

幹部用の小会議室に行くように真行寺に伝えた時、水野はそう言い添えた。

つまり、監察がそれらしきことを言ってきても、証拠を握っているとは限らないから、簡単にボロを出すなという助言だ。

心配そうな水野課長に見送られて、フロアをふたつ上り、今まで入ったことのない小会議室の扉をノックした。どうぞと言われて開けると、立派な調度品が目を引く部屋の中央に長テーブルが置かれ、ふたりの監察官がこちらに向かって座っていた。

両者とも三十代後半から四十代前半だと見受けられた。ひとりはでっぷりと太ってくい、っとした顔をしていた。もうひとりは銀縁眼鏡の奥の細い目が印象的だった。まるでブルドッグとキツネだ。

「真行寺巡査長、ご足労をかけて申し訳ないね。ま、掛けてください」

こちらをちらと見た後、キツネが手元に広げた革製のバインダーノートに目を落としたまま言った。もちろん申し訳ないなんて思ってやしない。

「これはあくまでも予備的な調査でね。いくつかの質問に答えてもらいます」とキツネが言った。

真行寺はうなずいた。

「巡査長はガーデン・ハイアット尾関一郎衆院議員急死事件の捜査に当たっていましたね」

「はい」

「この捜査で君は、蒲池雅子と寝屋川譲次の身柄拘束をしています」

「はい」

「蒲池雅子は本人が自首してきたと聞いているのですが」

「その通りです」

「ただ、寝屋川譲次の逮捕の経緯がわかりません」

「報告書にあげた通りです」

「おおよそのいきさつは読みました。けれど、ジョージとだけ名乗って蒲池雅子に毒入りの避妊具を持たせて消えた男がどうして寝屋川譲次だと特定でき、さらに住所まで探り当てることができたのかを聞かせてください」

まずい、と真行寺は思った。その言い訳を考えておけとあいつにも言われていたのに、名案が浮かばないまま、加古課長からも追及がないのをいいことに、ほったらかしにしていたのである。

辻褄の合わないことを言えば、すかさずそこを衝かれ、傷をつけられ、こじ開けられてえぐられる。黙秘しようかと思ったが、それもまずいと判断した。

「勘です」

真行寺はとりあえずこう答えた。

「勘ですか」

キツネは言った。口の端に憫笑の影が射している。

「実際の現場では勘で動くことはままありますので」と真行寺は付け加えた。

「なるほど。では、どういう風に勘が働いたのか、説明してください」

「わかりました。いま思い出しますので少しお時間をください」

真行寺は考えた。目の前に茶でも出ていればそれに手を伸ばし、そういうちょっとした動作で落ち着くこともできるのだが、当然そんなものは出てやしない。真行寺は舌で唇を湿し、また口を開いた。

「取り調べで蒲池雅子の話を聞いたときでした。ジョージという男は顔立ちが整っていたと蒲池が言いました。そして、やたらとかっこつけていたようでかえって道化のような印象を持ったと。そこで、彼は役者の卵じゃないかとまず考えたんです」

「ホストなどと考えず、役者だと思った理由はどうしてでしょうか」

「どうしてでしょうかね。いま思い出してみます。……そうですね、前日の会議で、ムーンライトというデリヘルクラブに蒲池雅子を紹介したAV会社が大手芸能プロダクションとつながっているという情報を得ていたことが大きいと思います。また、その蒲池雅子にジョージの服装・容姿・風情・物腰などを説明させた時、これはホストではないなと思ったのだと思いますが。金のネックレスやピアスをしていたと聞いたら、その可能性も考慮にいれたとは思いますが。あと喋り方など。『尾関先生は悩んでおられる』などという言い回しはホストはしませんから」

「しないかね」

ブルドッグが口を挟んだ。

「失礼しました。しないと私は思った、と言うべきでした。つまり、さっき申し上げたように、私の勘です」

ふむ。ブルドッグは、納得したのか、はたまた不満なのか、よくわからない声を漏らした。

真行寺は続けた。

「そうこうしているうちに、ジョージの似顔絵ができあがってきたんです。私はそれを横目で見ながら、Facebookで、職業欄に〈俳優〉と記入している人間を、ジョージの漢字名をさまざまに変換し、これを入力しながら検索をかけました。そしてそれらを片っ端から閲覧している時、ひょっとしたら、と思う人間に出くわした。それが寝屋川譲次だったのです」

「しかし、君は三軒茶屋の劇団事務所兼稽古場で彼を逮捕する前に、寝屋川譲次のアパートを捜索しているが、この住所はどうやって特定したのかね」とキツネが尋ねた。

そろそろ言葉遣いがぞんざいになってきたぞ、と真行寺は思った。

「Facebook の利用者は写真をよく載せているのですが、寝屋川もその例に漏れず自分の身辺雑記を写真に撮ってアップしていたわけです。その中に、あるテレビドラマに出演した時の楽屋の写真を掲載していました。寝屋川にとっては、端役とは言え、これは誇らしいショットだったのでしょう、番組名もちゃんと書いてありました」

ブルドッグがスマホを取りだし、いじり始めた。寝屋川譲次のアカウントを調べているようだ。

「番組の制作会社を調べて電話を入れ、連絡先をもらいました」

「制作会社が自宅の住所を教えたのかね」

「寝屋川は事務所に所属していないので、連絡先がそもそも自宅だったようです」

そうであってくれと願った。

「その制作会社はどこかね。担当者も教えてくれないか」

「今は正確にお答えできません。調べてみますが、担当者の名前などはメモらなかった可能性もあります」

「今は会社の名前も思い出せないのか」

思い出せません、と真行寺は言った。しかし、ジョージが出演した作品名はぼんやり覚えていたので、

「出演作は犯罪心理学なんとか教授の捜査ファイルみたいなタイトルではなかったかと思います。警察がらみの作品だったからか、こちらの身分を明かすと、協力的な態度に変わった

ような印象を受けました」と言った。

「これかな」

ブルドッグがスマホの画面をこちらに向けた。そうだ、その画面の記憶から今とっさにストーリーをでっち上げたのだ。寝屋川譲次が添えたキャプションに作品名が入っていた。『犯罪心理学者・香月《かづき》洋平の事件簿』だ。

「しかし、君はこの時点で寝屋川譲次の自宅を捜索しているね」とキツネが言った。

「はい」

「令状は取ってないな」

「不動産会社の協力を得られたので、鍵を開けてもらいました」

「しかし、違法だろ」

「はい」

「なぜだ」

「早いほうがよいと思ったので」

「けれど、やはりそれは違法だ」

「寝屋川譲次の身に危険が迫っている気がしました。場合によっては死体が転がっている可能性もあると」

「なぜだ」

「勘です」

「また勘か。もう少し詳しく答えてくれないか」

「寝屋川は暴力団員でも準構成員でもありません。このことから、それと知らないうちに尾関一郎衆院議員の殺しの片棒を担がされた可能性が高いと判断しました。確かに、飛躍しているると言われるかも知れません。ですから、やはり勘です。しかし、それほど突飛な推理とも言えないでしょう。よって、いますぐに確認する必要があると感じて部屋に入りました。ご存じのように部屋の中には死体はありませんでした。しかし、三軒茶屋の劇団事務所では、寝屋川譲次は暴力団の準構成員に拉致されようとしていましたから、私の勘は当たらずとも遠からずだったと言えるのではないでしょうか」

　ブルドッグがにやりと笑っておもむろに、

「なんかおかしいな」と言った。

　どこかでミスを犯したのだろうか？　真行寺は急に不安になった。彼が自分の証言を点検する前に、ブルドッグがふたたび口を開いた。

「三軒茶屋の劇団事務所に突入する前、応援に駆けつけた世田谷署の制服警官に君のほうから『中に富山組の舎弟が三人いる』と声をかけている。なぜ、富山組とわかった」

「応援を呼ぶ前に一度館内に入ってドアの隙間から覗いて、寝屋川を取り囲んでいる三人を目視し、その時の物腰風貌から暴力団の準構成員だとみなしました。もちろん確証はありません。ただ、この事件に富山組が絡んでいる可能性があるという意見が、捜査会議で他の捜査員の口から出ていました。ですから、準構成員であるならば富山組の連中だろうと考えたわけです。断定口調で舎弟と呼んだのは、応援の警官の気を引き締めるためでした」

ふたりは沈黙した。

「質問を変えよう」

キツネは言った。日付が読み上げられた。あの金曜日から翌週の火曜日まで、あいつの家に泊まり込んでの合宿の期間だった。

「この間《かん》、独自に捜査をしていたようだけれど、その足取りを細かく教えてくれ」

真行寺は沈黙した。キツネとブルドッグは真行寺が口を開くのをじっと待っている。黙っていれば明日の朝まで待つだろう。しかたないと真行寺は観念した。

「この期間は自宅で寝ていました」

ふたりはこの返答の意味を解しかねたように黙っていた。

「どういうことかね」

ようやくキツネが尋ねた。

「つまり、体調を崩して自宅で寝ていたのです」

「ということは勤務はしていなかったと言うんだね」

「はい。動き回るはずだったのですが、年齢《とし》のせいか疲れがどっと出て、本来は連絡すべきところを、それもせずにひたすら寝ていました」

「勤務していないのに、勤務しているように見せかけたのなら、それは不正行為だぞ」

真行寺は心の中で失笑した。処分するぞと脅しているつもりだろうが、こっちはもう昇進する気もないのだから数ヵ月の減給くらいどうってことはない。俺は巡査長だ。言ってみりゃ、巡査だ。降格なんてないようなもんだ。自由ってのは失うものが何もないってことなんだよ、馬鹿野郎。

「はい、申し訳ございません。しかし、見せかけるつもりはなく、報告し忘れていたのです」

表面上はしおらしく頭を下げた。

「医者には行ったんだな」

「いえ、それもおっくうで」

「まったく……」

ブルドッグは呻くようにそう言ったが、その先はため息になった。

「私からお尋ねしてもよろしいでしょうか」と真行寺は言った。

ふたりは黙っていた。

「この監察の目的をお聞かせください」

キツネとブルドッグは顔を見合わせた。

ブルドッグが微かにうなずくと、キツネは革製のバインダーノートをめくり、そこに挟んでいた写真をテーブルの上に載せて、ついと真行寺のほうに突き出した。

あいつがいた。黒木を名乗って警察庁で講演している時に撮られたものらしかった。

「知っているか」

キツネが訊いた。

「はい」

「そうか。で、どういう風に知り合った」

「いいえ、知り合ってはいません」

「どういうことだね」

「警視庁の中でお見かけしただけです」

「そういうことか」

「はい」

「君は、この男が警視庁舎を出る時に、吉良警視正にあの人は誰ですか、と訊いたんじゃないのか」

ブルドッグが割り込んで来た。

「ええ、訊きました」

「なぜ訊いた」

「髪が長くて警察官に見えなかったので、興味本位で訊きました。潜入捜査官かもしれないとも思いました」

「そうか。しかし、君とこの男が一緒にいるところを見たという証言があるんだがね」

血の気が引いた。

「それは間違いでしょう」

「ほんとうか」

「いつどこででしょうか」

　ふたりはなにも言わなかった。これはおかしい。確たる証拠を握っているのなら、具体的な日付をあげてその日の行動を問い質すはずだ。ハッタリだなと思った。とはいえ、鎌をかけられているということは、疑われているということを意味する。つまり誰かが疑いをこっちに向けたってことだ。誰だ。橘の顔が浮かんだ。

「この方はどなたでしょうか」

　真行寺は写真の中のあいつを指さして言った。

「知らないのか」

「警察庁がまちがえて講演に招いたコンピュータの専門家だと水野課長から聞きました。さらにこの人物をJR東日本や東日本高速道路、東京電力の原発の安全管理部門などに紹介していたことも」

　ふたりともそうだともちがうとも言わない。

「とんだ大失態だと思いますが、それは私の責任ではありません」

「そんなことは言っていない」

　キツネが微かに気色ばんだので、真行寺はざまあみろと思った。

「では、あやふやな目撃証言以外に、その人物と私との接点を疑う理由はなんでしょうか？」

　それはな、とブルドッグが言った。

「君がふたり一組での行動を取っていないから、怪しまれるんだよ」

「ニコイチは原則であって鉄則ではありません」

「すくなくとも監察の対象にはなる」

「では、橘捜査員はどうでしょうか」

「なんだって」

「生活安全課から捜査本部に来た橘捜査員。彼も単独行動をしています。尾関議員の邸宅に私物のパソコンを取りに行っていますが、この時ほかの捜査員は随行しておりません」

「その一度だけだろ」

吐き捨てるようにブルドッグが言った。これで党幹事長と同行してパソコンを取りに行った捜査員は橘だと確定された。

「しかし、橘捜査員は、議員のパソコンの押収は難しいとミーティングで述べていて、これは加古課長ならびに新宿署の宇田川や溝口捜査員も聞いているのですが、実際は党幹事長と一緒に尾関邸を訪問し、借り受けています。この矛盾と単独行動が重なるのは問題だと思いますがいかがでしょう。さらに彼は、この押収したパソコンの調査報告書を書いておりません」

とさらに突《つつ》いてみた。調査報告書を書いていないことは、一応念の為に調べておいた。もっとも、書けるはずなどないのだ。だから、

「報告すべきことがなかったから書かなかったのかもしれませんが、書くとまずいような細

工をしたから書かなかったとも考えられます。こういう単独行動こそ疑う必要があるのではないでしょうか」とさらに責め立てた。

「何を疑うんだ」

「証拠隠滅です」

ふたりは驚いた顔をした。

しかし、もう一度訊くが、とブルドッグが言った。

「なぜニコイチの原則を守らないんだ？」

「ひとりのほうが勘が働くからです」

「そんなことでか」

ブルドッグの声には怒りが滲んでいた。もっと怒れと、真行寺は続けた。

「デスクワークの監察官にはわからないのも無理はないと思いますが、現場で捜査する刑事にとって勘が働くことは重要です。実際、私には、勘を働かせていくつかの事件解決に貢献した実績もあります」

キツネが手元の資料を引き寄せた。そこの経歴をよく見やがれ、刑事部長賞だってもらってるんだボケ！　と真行寺は心の中で毒づいた。

「しかし、あなたは単独行動をいいことにサボっていたんだろ。これは事実だな」

またその話かよ、と真行寺は思った。

「はい。加古課長に、実は自宅で寝ていたので欠勤扱いにしてくださいと言うべきでした」

しおらしく言ったもののムカムカし、監察と言えば、そこのトップが〈お孫さん〉に罵倒《ばとう》されてショック死した婆さんのそれこそ孫だったはずで、このふたりの上司にあたるなと思い出し、コイツらに忖度して本部から出張り八王子署で悪戦苦闘していたことを思うと腹の虫が治まらず、

「もっとも、我々現場の刑事は監察の方々とはちがって、手当なしの休日勤務は売るほど貯まっていますがね」

と付け加えてやった。


それから、また真行寺から質問して、あいつの名前や身元を公安が把握しているかどうかを尋ねたけれど、予想したとおり、はぐらかされて終わった。ただ、これはまだなにも摑めていないなと判断した。

あいつが仕掛けたニセ政府広告は約二週間、通勤時の満員電車で不定期に流れ続け、その後、自然と収まった。

警察は、当然これはニセ黒木の仕業にちがいないとみなしていた。しかし、政府・ＪＲ東日本ともに、ＪＲ東日本のネットワークがハッキングされたとは発表しなかった。そんなことを馬鹿正直に白状したら、警察庁やＪＲ東日本、ひいては日本政府の危機管理能力への信頼がガタ落ちになることは確実だったし、下手をすると株価にも影響しかねなかった。

当然、マスコミは、この広告の意図を問い質した。政府は、デモで制作したものを担当職

員が間違ってＪＲに納品してしまったのだと説明した。では、この広告の内容そのものは政府の見解に沿ったものなのかという質問に対しては、ＤＮＡレベルという表現が適切かどうかはともかくとして、政府が国民の安全を守り、健康を促進するのは当然だ、と官房長官はまともにとりあわなかった。

あいつが警察やＪＲ東日本や東京電力のネットワークに侵入したことは疑いようがなかった。しかし、政府、東電、ＪＲ、東日本高速道路、そして警察首脳部が恐れていた、信号機の誤作動、原発の制御装置の暴走、ＥＴＣシステムの機能停止などは発生しなかった。警察首脳部は、このことに安堵しつつも、ニセ黒木をテロリストもしくは愉快犯のハッカーだとみなしていたので、この平穏を薄気味悪く感じているようでもあった。

しかし、真行寺は、そんなことはあいつがやるはずがない、と納得していた。と同時に、なぜそう思ったのかについては、その論理の道筋をいまいちど考える必要があった。真行寺は日曜日に自宅を出ると、八王子から下りに乗って高尾に向かった。

赤い煉瓦の家の玄関脇にガスメーターがあり、その支柱に、南京錠型の鍵収納箱がフックされていた。教えられた番号を押し込むと、箱が開き、中に鍵が見えた。

室内は、いくぶんがらんとした印象を受けたけれども、備え付けだった冷蔵庫や電子レンジやダイニングテーブルやソファーなどはそのままだ。スピーカーも残っていた。けれど、銀色のアンプは消えて、代わりに別のものが鎮座していた。真行寺は目を疑った。それは真空管アンプだった。メーカーのロゴはない。どうやら、これもあいつの手になるものらしかった。真空管はマニア垂涎《すいぜん》のアメリカ製である。なぜだ。デジタル最強説を唱えていたあいつだったのに。

これはもらっていこう。真行寺がそう思ったのは、物欲にかられてのことだけではなかった。これは自分に宛てて残されたメッセージだと直観したからである。真行寺はいったん八王子の自宅に引き返すと、バスタオルをキャリーバッグに放り込み、ふたたび高尾の家に舞い戻って、ふたつのアンプをタオルで何重にもくるんで収め、それを抱えて、この空き家を後にした。

さて、一体全体何が起こっているんだ、と真行寺は箸と口を動かしながら考えた。

あいつを黒木だと思い込んで、警察庁や警視庁のネットワークを危険に晒した責任は、警察庁の首脳部にある。事実、黒木の招聘を担当した連中はまるごと左遷《させん》されたらしい。もちろん、それで片がつく話でもない。面子《メンツ》をつぶされた警察は、あいつの行方を必死で追っているだろう。

一方、俺は俺で、あいつを黒木と信じて疑わなかった。ということは、俺も騙されていたひとりだってわけだ。しかし、俺は黒木という人物に思い入れなんかないし、そもそもそんな奴など知らなかった。俺があいつを信じたのは、あの屈託のない笑顔と、笑顔のままで寄こす意地の悪い質問と、ヘボそうなスピーカーから流れるてらいのない鮮やかな音に降参したからだった。

とはいうものの、あいつとニコイチでの捜査に踏み切ったのは、警察庁のお偉方を前に講釈を垂れたという、言ってみりゃお役所のお墨付きがあったからってことも事実だ。実にややこしい。

では、あいつと一緒におこなった一連の捜査を、洗いざらい真っ正直に上に報告するとどうなるだろうか、と考えた。ろくなことにならないという結論がはやばやと出た。田舎《いなか》の箱番に左遷《とば》される程度ではすまないだろう。やはりダンマリを決め込むのが得策のようだ。

ともあれ、ニセモノだろうとなんだろうと、あいつがいなけりゃこの事件は端《はな》からお宮入りだったはずだ。あいつの腕を借りることで、俺は尾関殺しの真相を突き止めることができた。あいつと俺のニコイチの成果だ。そう言っていいだろう。

しかし、真犯人は突き止めたものの、逮捕はできなかった。やつらが目論んでいる計画は今も進行中だ。俺はその計画を憎んでいる。あいつはどうかというと、何か問題でもあるんですか、とうそぶいてる。

自由なんかなくたって快適ならばいいじゃないですか。真行寺さんがよくなくたって、みんながいいと言い出したらそれを止める理由なんてあるんですか、ときたもんだ。俺と一緒に犯人を突き止めたあとで、こいつらのやっていることはもっともだと言いやがる。このへんがわからない。いや、わからないでもない。わかる気もする。複雑な状況を複雑に考えていけばそういう結論に達するのかもしれない。だけど、俺はもっと単純なほうが好きなのだ。馬鹿なのか。馬鹿だろう。馬鹿じゃいけないのか。いけないことはわかっているが、もともとと頭がよくないんだからしかたがない。

じゃあ、あいつはどうだ。オツムの出来は俺よりはるかにいいだろう。だから、なるほど、よくできた計画ですよこれは、なんて澄ましていられるんだ。では双手《もろて》を挙げて賛成かというと、そうでもなさそうだ。だって、この期《ご》に及んで、〈お孫さん〉を操り、山手線のモニター画面を乗っ取って、警告を発するような真似をしてるんだからわけがわからない。

それに、あの真空管アンプはなんだ。軽くてコンパクトでいいですねとデジタルアンプの肩ばかり持っていたあいつが、重くて図体がでかくて扱いにくいあんなものを残していったのはなぜだ。こう考えてみると、あいつが口にすることをそのまま真意と受け取るのは禁物だな、と真行寺は思い直していた。

では、いったいあいつの本心ってのはどのへんにあるんだ。

肉野菜炒め定食をあらかた平らげた時、名前を呼ばれた。

「俺に？」

箸をくわえたまま真行寺は聞き返した。

「真行寺さんってあんたなんだろ」

でっぷり太ったおかみさんが言った。

真行寺はうなずいた。

「いまになって電話の取り次ぎなんてやると思ってなかったよ。昔はちょいちょいあったけどね。緊急だそうだ。早く出な」

おかみさんは大衆食堂の店の壁を指さした。いまどきまだこんなものを使っているのかと思われる黒電話が掛かっていて、通話が切れないようにと、白いフック・スイッチの間に受話口が引っ掛けられてあった。

誰だろう。真行寺はスマホを見た。八王子で降りた時に電源を入れておいたから、職場からならこいつにかけてくるはずだ。

「もしもし、真行寺ですが」

受話口を耳に当てて言った。

――ハロー、ブラザー。

その声はあいかわらず人を食ったような快活さに染められていた。

「誰だ」

――誰だはないでしょう。

「とんでもない偽名使いやがって。本名を名乗れよ」

――じゃあ、これからはボビーでいきましょう。

「ふざけるな」

――しかたがないんですよ、そういう身の上なんです。

「なんでここにいるのがわかった」

――渡したスマホが位置情報を送ってくれているので。でもまちがえて、最初は隣のビストロにかけちゃいました。

「なぜスマホにかけないんだ」

――いちおう用心のために。あそうだ、部屋に置いといたのもらってくれましたか？

「あのアンプはなんだよ」

――やっぱり、真空管の音は味わい深いものがありますから。

「だったら最初から素直にあれで聴けばいいじゃないか」

――夏は暑くて。真空管は発熱がすごいでしょ。

えーっ、そんな理由なのかよ。

――あれは真行寺さんへのプレゼントです。たぶん今使ってるのよりもいい音しますよ。

そう言われると聴きたくなるじゃないか。

「そっちはデジタル派だろう。人間の脳は情報ネットワークだとか、すべてはとびとびで、情報なんだとか、そんなことばかり言ってたじゃないかよ」

――ひとつの話として紹介しただけですよ。量子論だって相対性理論と合わせると辻褄合わないし、それを統一しようとする超弦理論だって完成されてるわけじゃない。ただ、そうなのかなと思う、そんな気分の時もあるって話です。

「気分？」

――だって、すべてが情報なんかじゃつまんないじゃないですか。

「おい、それこそ気分じゃないのか」

――いや、ちがいますね。

「ちがうのかよ」

――そうですよ。でなきゃ、誰があんな捜査手伝うんですか？

「お前、最初からあの計画のこと摑んでたんじゃないのか？」

――多少はね。確信はなかったんですが。

「ちくしょう、馬鹿にしやがって」

――ところで真行寺さん、俺との約束覚えてますか？

「約束？」

――もし六本木あたりでヨッパライに絡まれて大喧嘩になって、赤坂署にぶち込まれても真行寺さんが出してくれるって約束ですよ。

覚えていた。ノーギャラで捜査に協力してもらう代わりに、そういう喩え話で借りを確認したのだった。

――ちょっと手を貸してもらいたいんですよ。

「なんだ」

――しあげちゃいたいんです。

「しあげって」

――だって、このままじゃあ、おさまりがつかないでしょ。

「馬鹿。おさめるしかないんだよ、もう」

――やだなあ、ここまでやったんですから、もう一発ガツンといきましょうよ。

「そういやお前、〈お孫さん〉に悪戯したり、山手線で変な広告見せたりしただろ」

――面白かったでしょ。

「面白かねえ。肝を冷やしたぞ。おまけに監察にだっていじめられたんだ」

――あはは。じゃあ、よろしくお願いします。

切れた。呆然《ぼうぜん》として、ツーツーと話中音が鳴る受話器を握っていると、おかみさんがこれを取りあげ、フックの上に戻した。

「あんた、本当にまだハムエッグなんか食べるのかい。もうお腹いっぱいだろ」

突然、おかみさんがわけのわからないことを言い出した。

「いや、今の電話の兄さん、ボビーって言ったっけ、日本語話すくせに外国人みたいな名前の。あの人がハムエッグを作ってやってくれって言うんだよ」

わかった！　わかったぞ！

「作るのはいいけど、注文してませんなんて言われちゃたまらないからね。で、食べるのかい？」

はち切れそうな腹を抱えて自宅に戻ると、真行寺はすぐラップトップを立ち上げて、Googleの〝ミー・アンド・ボビー・マギー高尾〟というアカウント（meandbobbymacgeetakao）に〝ハムエッグ〟のパスワード（hamandegg）でログインした。

Gmailの〈下書き〉フォルダーにはいくつもの添付ファイル付きのメールが格納されてい

た。まず、一番古いのを読んだ。

また海外田舎暮らし始めました。今回の住居はログハウスです。近くにきれいな小川があり、河畔に沿って並び立つ針葉樹がきれいです。

ほんの時たま、車を飛ばして都市部まで出かけ、ミーティングに出て仲間と打ち合わせると、スーパーで食材をしこたま仕入れて戻り、あとはずっとテラスのテーブルでプログラムを書いたり、本を読んだり、それに飽きると散歩しに水辺まで出かけたりしています。

んでもって、ようやく昨日、スピーカーが完成しました。借りた家の内装の壁と床に、響きのいい木材が使われているのと、アンプを駆動する電流も近くを流れる川のように澄んでいるので、オーディオの環境としては理想的です。さらにこのあたりはいい木材が安く手に入ると知ったので、思い切ってキャビネットの図体をデカくして、20cmウーファーを二発！　振動板ユニットは日本が地味に世界に誇るF社（安い！　音よし！　愛想よし！）の中古をネットのオークションで落札。

さて、海を渡ってやってきたその梱包《こんぽう》をほどいたら、緩衝材に新聞紙が使われていて、久しぶりに目にする日本語も懐かしく、くしゃくしゃに丸められたそいつを広げ、インクで汚れるのもかまわずに、掌を押し当て皺《しわ》を伸ばしてみたら、我らが内閣総理大臣が京都遺伝子工学ラボを訪問し、ノーベル賞を受賞した先生とＤＡＣ談義ならぬＤＮＡ談義に花を咲かせましたとさ。——なんて記事が目に飛び込んで来たんです。

さてと、ここからが本題。

実は、機内のテーブルの上でラップトップを開いて、もういちど資料を読み込んでみました。政府が厚生労働省を通じて全国の大きな病院と連携し、国民のＤＮＡ情報を省内に設けたデータバンクにせっせと収集していることは、日本を出る前に真行寺さんにお伝えしたとおりですが、そのピッチは思っていたよりも速く、すでに集められた情報量は予想を超えてデカくて、それを思うとまずい機内食がさらにまずくなり、美人のキャビンアテンダントに顔色が悪いけど大丈夫なのと心配されたほどでした。なにか聴いて気分転換したかったのですが、ご存じのように飛行中の機内はノイズだらけで、イヤフォンをいくらしっかり突っ込んでも、ピアニシモではノイズを聴いているような具合になり、クラシックは聴けたもんじゃない。しかたなく（失礼！）、「ミー・アンド・ボビー・マギー」なんか聴いてみたりして……。

また、厚労省のデータバンクは警察庁と連動し、警察庁からも閲覧可能になっています。もちろん管轄は公安課。もっとも、警察のコンピュータ・ネットワークは講習に出向いた時にじっくり観察させてもらったので、昨日ちょっとお邪魔して、当該のデータはちょうだいしておきました。添付ファイルはそれを高密度に圧縮したものです。

さて、政府や警察が尾関殺しの首謀者であったというトンデモな真犯人が出てきたところで、ステージには急に緞帳《どんちょう》が下ろされ、あっけなく終演になっちゃいました。このアンチクライマックスなエンディングも、それを聞かされた時には、まあ、しかたないか、政府がやろうとしていること自体も、別に悪いことでもないしなあ、なんて逆にほっとしていたんですが、機内でこじらせたバッドな気分はそのままこの土地にまで引きずってきてしまいました。それで今日の夕方、マーラーなんか聴いた後、ふとまた「ミー・アンド・ボビー・マギー」を再生してみた。そしたら、真行寺さんは今頃、きっと切歯扼腕《せっしやくわん》してるんだろうな、このまま指をくわえて見ていることもないよな、なんて思い始め、アンコールの拍手に応えてステージに出て行って、ガツンともう一曲行ってみようぜって計画立てちゃいました。もっとも誰からも拍手はもらってないんですがね。

自由っていうのは失うものがないことなのさ
だけど自由がなけりゃ始まらないよ
だから、歌ってもらいたいのさ　しんチャンに
自由のブルースをね

その提案の詳細をじっくり読んだあとで、真行寺は叫んだ。冗談じゃないぜ！　なにがしんチャンだよ。とてもじゃないが、できっこない。本気なのか。それとも暢気《のんき》なのか。ひょっとして、俺に危ない橋を渡らせて面白がっているのか。

そもそも、やろうと思えばあいつが独自に実行できるじゃないか。もっとも、実行されて、身の危険が迫るのはあいつじゃなくて俺のほうだが……。

とにかく、これは無理だ。

真行寺はそう自分に言い聞かせると、下書きを削除した。


ただし、やってきたのは安堵ではなく落胆と諦念だった。結局のところ収穫はなにもなかったんだと思うと、徒労感がこみ上げ、五十過ぎの刑事から気力と体力を奪った。やがて、この敗北感に染まった草臥れた感情は、いやそもそもこれでよかったのではないかという具合に居直りだした。みんながよければそれでよしとしようじゃないか。隼雄だってこれで治る可能性は以前よりは高まるのだし。だいたい一介の刑事がどうこうできるものでもない。歴史が大きなうねりを見せて変化しようとしているときに、俺みたいなのが、やめろ！　とシャウトしても誰も見向きもしないのだ。

それでも、この心境の変化は惨敗を納得するための精神の歪曲《わいきょく》作業にすぎない、と真行寺はわかっていた。それだけに、この強引な路線変更は、どこかでしらじらしい苦みを彼の中に残した。

問題は、捜査の片棒を担がせた幸恵にどのように報告するかだった。あんな田舎芝居までさせておいて、ダンマリを決め込むわけにはいかない。もみ潰されてどうにもなりませんでした、力不足ですみません、もしくは、いや実は大した証拠を手に入れられずに駒を進められませんでした、作戦失敗です、大変失礼いたしました、のどちらかを選択し、とにかく頭を下げにいちど出向かなければならない。そうとわかっていながらも、真行寺はぐずぐずとそれを先延ばしにしていた。そんな彼の心の大半を占めていたのは、真相解明してみせますと啖呵を切ったはいいが、とんだ体たらくで、幸恵に合わせる顔がない、という決まり悪さだった。と同時に、白旗を揚げておめおめ撤退したくないという意地もかすかに混じっていた。

片付かない気持ちのままで、真行寺は尾関邸の玄関の前に立った。インターフォン越しに挨拶すると、幸恵が自ら扉を開けて、ちょうどよかったわ、と言った。

「これを聴きたいんだけど、音が出ないのよ」

リビングに招き入れると、幸恵は一枚のCDを突き出して真行寺に渡し、奥に消えた。

真行寺は、プリアンプのセレクターがレコードを指したままになっていたのを確認し、つまみをひねってCDに合わせ、プレイヤーのトレイを出して、銀盤を載せた。

「これで聴けますよ」

紅茶を盆に載せて戻ってきた幸恵に言った。

「あら、そう。じゃあ、二、三曲聴きたいんだけど、つきあってくれる？」

「最初から聴かれますか」

幸恵がそうねと言ったので、そのまま再生ボタンを押すと、聞こえてきたのはヴァイオリンのおごそかな独奏だった。

高いところに張られたロープの上の遊戯のように、厳粛な音が紡ぎ出されていく。聴いていると、音に包まれ、音の粒子に支えられて、浮遊するような感覚に囚われる。強烈なリズムに突き飛ばされながらもどこか能動的に身を投じる空間とは別種の、普遍の高み。そこに運ばれていく、徹底的に受動的な高揚感。

クラシックは高みをめざす音楽だと真行寺は思いはじめている。天の啓示を音に変えてまた天に差し出すような。長調でも短調でもクラシックは暗い。暗くて格調が高い。ロックのようにきさくに「やあ」と向き合って元気づけてもらうことは難しい。エネルギッシュで、勇気にあふれ、どこかだらしなくて、過激でなおかつ寛大で、愛と自由を大切にするのがロックなら、軽薄なものをしりぞけ、高次の絶対的な場所を目指し、神聖な熱情を放出するのがクラシック音楽だ。乏しい体験から真行寺はそのような線引きをしてみた。

「やだ、一番を最後まで聴いちゃったじゃない」呆れたように幸恵は言った。「久しぶりに聴いたから感動しちゃった」

「これは有名な曲なんですか?」

真行寺は訊いた。確か合宿の時に、あいつがかけていたっけ。

「超有名。バッハの無伴奏ヴァイオリンソナタ。ケースに戻さなくていいわ、あとでまた聴きたいから」

「議員もこの曲は好きでしたか」

「そうね、でも、あの人はもっと派手な曲が好きだったわね。ベルリオーズの『幻想交響曲』の第四楽章と第五楽章ばかり聴いてたな」

　真行寺は苦笑した。クラシックに疎い真行寺もベルリオーズの『幻想交響曲』は知っている。オーディオマニアが装置の調整によくかける曲として有名だからだ。

「それで」と幸恵は改まった。「その後いかがですか」

「まあ、網にかかった魚はかなりでかかったんですが……」

　真行寺は、収穫なしと誤魔化すのはよした。

「つまり、この間ここで話してくれたあなたの仮説は概ね正しかったわけね」

「それどころか、奴らはもっと先のほうまで計画してました」

「それで」

「ところが、釣った魚を水揚げしたところ、これは競《せ》りにかけられないと言われたんです。つまり、証拠として使えないという判断が上司から下りました」

「なぜかしら」

「それは俺も聞きたいところなんですが。おそらく、あまりにも大きな胎動の中で起きた事件であり、この全体がつまびらかになると、国政を揺るがす大事件に発展するからだと思われます」

「国政は揺らぐでしょう。揺らげばいいじゃない。日本が潰れるわけじゃないんだから」

「潰れないでしょうが、没落の食い止めようがなくなるというのが向こうの言い分です」

　幸恵はしばし考えていたが、ティーカップを取って口を湿らせてから、その資料をいただけるかしら、と訊いてきた。

「望まれるなら」

「そりゃ望むわよ」

「ただ、資料の保持が明るみになると、私と同罪になる可能性があります」

カップの横には小皿が添えられてあり、そこにはドライフルーツが品よく盛られていた。

幸恵は黄色いカケラをつまむと、そっと舌の上に載せた。

「バレたわけ?」

「まだです。疑われてはいるようですが、その疑いにも確たる根拠はないと私は見ています。上司にはさるマスコミから入手したという体裁で押し通しています。ただし、事の真相が国民の前にさらされる時、我々が資料を盗んだという疑惑もまた確実なものになるでしょう。公安がこの計画に絡んでいることも私としてはかなりやっかいです」

「あなたの立場も危うくなるってわけね」

「まあ、今回の捜査方法にはかなりアクロバティックなところがありますので、そこを突かれると色々と問題が」

「でも、尾関は殺されているのよ」

「仰る通りです。しかし、私がオチれば、奥様がかかわったことも露見してしまいます。もちろん、しらを切り通すつもりではおりますが、警察の追及は執拗《しつよう》で大変いやらしいので、耐えきれないで吐いてしまう可能性も考慮するべきです。普段は追い込む側の私が言うのですから、ここは慎重に検討してください」

でしょうね、とだけ幸恵は言った。

真行寺はふと、朱、黄、緑と、小皿の中に盛られた色とりどりのドライフルーツを見た。金持ちってのはなかなか洒落たことをするなと思いつつ、緑の切片《せっぺん》をつまんで口に入れた。ほのかな甘みが口腔に広がり、呑み込んだあとにも、こんどは淡い渋みが、さっき聴いたヴァイオリンの残響と混じり合って、真行寺の心を虚ろにした。——ああ、このまま終わるのか、と思うと、いったんは飼いならしたはずの落胆と諦念がまた疼き出し、舌にとどまった渋みは苦みへと変わった。はるか遠くであいつが手を叩き、アンコールと叫んでいるのが聞こえた。

真行寺は口を開いた。

「もう少しお時間をください。作戦を立て直します」

自分でも意外な一言がこぼれた。

と言ったものの、立て直す作戦などなかった。要はやるか、やらないかだけであって、やれませんと詫びて撤退するつもりでいたのに、とんだことになってしまった。

ぼんやりと、夕暮の新宿西口公園の柵に真行寺は腰掛けていた。尾関邸を辞した後、素直に警視庁には戻らずに、どこかで一息入れようと、ここまで足を延ばしたのだった。こんもりと繁る緑の向こうに、黄土色のホテルの外壁が見えた。浮世の感覚を洗い流すには物足りない、都会の中にぽんと投げ込まれたような緑地に身を置き、さてどうしたものかと真行寺は考え込んだ。

　ふと、聴き覚えのある旋律が彼の心を捉えた。音がする芝生のほうを振り返ると、見覚えのある人影が木陰に立ってヴァイオリンを弾いていた。

　真行寺は思わず手を振った。そうして、弓を持つ手が止まり、驚いた顔がこちらに向いた時、練習の邪魔をしてしまったことに気がついた。

「今日はお休みですか」と真行寺はその人影に声をかけた。

　相手はヴァイオリンを手にしたまま近付いてきた。

「ええ、明日から新しい組織に出向なので、気持ちを一新しようと思って」

「すみません、意外なところで見かけたんでつい」

「ああ、この近くに部屋を借りてるんですよ」

「警視正がヴァイオリン弾くなんて意外でした」

「吉良でいいですよ、休日なので」

「そう言われても、私のほうは勤務中です」

「そうなんですか」

「ちょっとサボってたんです。いまの、バッハの無伴奏ヴァイオリンソナタってやつでしょう」

「ええ、よくご存じで」

「さっきCDで聴かされたとこだったんで」

「それは困ったな。プロが弾いておまけにCDなら完璧なはずだから、こっちが下手なのが目立っちゃうじゃないですか」

確かにそう感じたが、そうとは言わなかった。

「真行寺さんの上司はいまはどなたですか」

ヴァイオリンケースを芝生の上から取って戻って来ると吉良が尋ねた。

「水野玲子警視です」

「ああ、あの人はいい人です」

「ご存じですか？」

「先輩です。大学のゼミも同じでしたから。あの人はとても優秀です。警察は他の省庁よりもさらに男社会なので、苦労しているみたいですが」

吉良が水野を褒めるその口ぶりに、真行寺は男女の親密な関係のほのかな影を見て取った。吉良警視正と水野課長。無粋な警察でこれ以上、見栄えも中身も似つかわしいカップルはないだろう。真行寺はそこを見極めたいと思った。それは刑事の習性からくるものではなく、微かな嫉妬心が混じった好奇心によるものだった。と同時に、それを問い質すことは、あまりにも無遠慮だという分別もあった。

「おふたりは東大の法科を出たわけですよね」

「ええ」

「俺はかねがねキャリアという人たちが不思議なんですが」

「どのへんがですか」

「そんな立派な卒業証書を持ってるのならどこへでも就職できたでしょう」

「さあ、どうでしょうか」

「じゃあ、民間に行った同級生はどうでしたか」

「まあ、だいたい志望したところに入ってます」

「でしょう。警視正だってそうできたはずですよね。でもそうしなかった。もちろん俺なんかよりもずっと給料はいいのでしょうが、それでも民間企業に入った連中に比べれば――」

「ボロ負けですね」

「なんで警察を選んだんですか。俺みたいに、なにか食い扶持を見つけなきゃと焦ってなったわけでもないんでしょう」

「へえ、真行寺さんはそうだったんですか」

「キリギリスみたいにギター弾いて浮かれてたら、秋風が吹いてたってわけです」

「ギター弾くんですか」

「エレキのほうです。ヘタクソですが」

吉良はヴァイオリンをケースにしまい、

「企業に入ると、予算と売上ってものがあるでしょう。それがどうも嫌だったんですよ。まあ、商売には興味がなかったんですね。それに俺はわりとマジで日本を守りたいって気持ちが強いヘンな奴だったんです」

そう言って留金をパチンと留めた。それは、決め台詞のあとの拍子木のように、むしょうに高く響いた。

日本を守る？　真行寺はその言葉を味わってから、

「日本の何を守るんです？」と訊いた。

吉良は不思議そうに真行寺を見た。

「真行寺さんは面白いですね」

こんどは真行寺が首を傾げた。

「警察官だったら、そこは日本を何から守るのかって訊くんですよ、大抵はね。でも、日本の何を守るのかって質問は実にナイスだなあ」

「それで答えは？」

「わかりません」

吉良は笑った。不思議な笑みがあいつのそれと重なった。

「そこがね、わかりにくいんですよ、本当に」

突然、真行寺はこの若い幹部に自分の胸の内を打ち明けてみたくなった。そして、唐突にこう訊いた。

「警視正、法的にはまちがってるけど、よいことってあるんですか」

吉良はふと真顔になった。

「難しいところですが、俺たち警察官にはないんです」

「ないんですか」

「ええ、警察官としては。俺たちは法を武器に社会を守っていますから」

「じゃあ、なんならあるんですか」

「まあ人間としてはあるかもしれない。――そのくらいは言ってもいいでしょう」

「人間としては」

「法的に間違っているけれど、よいことだと思う、それは感情の問題でしょう」

まあ、そうだろう。法は客観であり、理性である。それらを踏み越えてノーと言うのだから。

「我々が暮らす大規模定住社会を統治する方法は法しかないんですが、狩猟で暮らした先祖に思いを馳せて、人が果たして法に縛られていいのかって疑問は常に抱いておくべきですよね、俺たち人間は」

あいつといいこの吉良といい、頭のいい連中は変わったことを言うなと思った。しかし、その言葉は鈍い打撃となってじんわり効いてきた。押し黙っていると、吉良の声がした。

「それでサボってたんですか」

真行寺は顔を上げた。

「そういうことを考えるために庁舎に戻らずここに？」

その表情はまた柔和なものに戻っていた。

「まあ、そういうことなんでしょうね」と真行寺は認めた。

「じゃあ、僕はこの辺で引き上げますが」

吉良はヴァイオリンケースを手にして立ちあがると、

「もうしばらくサボって考えたほうがいいですよ」

そう言ってさっと片手を挙げて歩き出した。

「ありがとうございます」

真行寺は頭を下げた。

「水野はいいやつです。きっと力になってくれますよ」

そう言い残して、散歩道を遠ざかっていった。

その言葉に甘えて、真行寺はしばらく鉄柵に尻を載せ、中途半端で切れっ端みたいな緑を瞳に映してぼんやりしていた。しかし、だんだんと尻が痛くなってきたので、柵を跨いで芝生に出て、そこに尻をつけて座った。彼の視線の先で、まだ小学校にもあがらない幼児が母親の胸から降ろされ、青い草の上をヨタヨタ走り、黄色い声を上げはじめた。

真行寺は草の上に寝転んで肘枕をした。そうして、そこかしこを走る幼児をしばし見つめ、自分の肉体の上に流れた時間を思った。それなりに楽しいこともあったような気もするが、なんということもないまま人生のほとんどが過ぎてしまったような気がしてならないのは、ぜいたくな感慨だろうか。俺はこう生きたという刻印を世界に示して死ねる人間などごくわずかだろうとは思いつつ、小悪党ばかり追い回して過ごした人生が今さらながら口惜しかった。

　真行寺は頬に冷たいものを感じて、そこに手を当てた。見ると指が濡れている。そして、続けざまにポツポツときて、あれよあれよという間に、明るい空から白い線を引いて雨が顔に落ちてきた。

　木陰まで退散すべきところを、真行寺は面倒なのでそのまま寝転んでいた。いくぶん捨鉢な気持ちで顔を驟雨《しゅうう》に叩かせていると気持ちよかった。

　犬のように首を振って顔の雫《しずく》を振り払い、前を見れば、さきほどの幼児も母親の手から逃げながら、雨の中を駈けまわっている。そして転んだ。濡れた土で白い服が汚れたけれど、幼子《おさなご》は笑っていた。一九六九年ニューヨーク州で開かれたウッドストックコンサートのドキュメンタリーで見た、土砂降りの雨と観客の泥遊びを思い出した。その後に、レコードデビュー前のサンタナがステージに上がり、凄まじい演奏を披露した。ロックが一番元気だった頃の、自分が体験していないけれど大事な思い出だ。

　空はかき曇り、ざあとひとしきり降ったあと、またからりと晴れて、通り雨は止んだ。真行寺は笑ってみた。その笑いで、我に返ったような気がした。身体を起こした。少し身軽になったように感じた。

　日がまた照りつけだした草の上に立って、よし、と思った。

　あくる日、真行寺は国会図書館のカフェに首都新聞の喜安を呼び出した。そこで真行寺は、これから異変が起きるであろう場所を仄《ほの》めかした。喜安はその場所がどこかをすぐに察知し、起こることの詳細はわからないものの、どんな種類のことが起こるのかは、その場所の性格から、おおよその見当をつけたようだった。

真行寺が次に向かったのは尾関邸だった。

このように作戦を立て直しましたと真行寺が説明すると、幸恵は黙ってうなずいた。そうして、壁一面のレコード棚に視線を持っていき、

「立候補することにしました」とつぶやいた。

そうですか、と真行寺は言った。

「もちろん無所属でね」

レコード棚を見つめたまま幸恵は付け加えた。

「では、プレゼントがあります」

幸恵は視線を戻して不思議そうに、なにかしらと訊いた。真行寺は店名が入ったビニール袋をリュックの中から取り出して、幸恵の目の前に差し出した。

「なにこれ」

幸恵は、袋に入っていたTシャツを広げて言った。ピンクの生地の胸元は〝自由〟の二《ふた》文字《もじ》が深緑で染め抜かれていた。

「いわゆる〝自由Tシャツ〟です」

「いわゆるって言われても、初耳なんだけど」

「高尾山の麓に店がありまして、そこで作ってみたんです。街頭演説の時にでも着てくれれば大変に嬉しいです」

「私が立候補するってどうしてわかったの」

「勘です」

幸恵は、ハードル高いなあ、と言いながらたたんで袋に戻し、「ありがとう。そうね、考えます」と言った。

真行寺は早めに帰宅すると、白米を炊き、市販のソースの素で麻婆豆腐を作り、ダイニングキッチンのテーブルでひとりの夕飯をすませると、冷蔵庫から缶ビールをひとつ取り、タブを引いて、リビングに移動した。

レッド・ツェッペリンの『フィジカル・グラフィティ』の一枚目を爆音で鳴らしながら、ソファーに座り、ラップトップを膝に載せ、デスクトップの圧縮ファイルを解凍した。先日、Gmailの下書きを削除する前に、添付ファイルだけはダウンロードしておいたのだ。すべてのファイルをまとめてもう一度圧縮をかけ、ひとつにした。その膨大な情報の小さな固まりを真行寺は見つめた。

そこには、このプロジェクトの概要、組織図、スケジュール案、プロジェクトリーダーである鴻上康平の挨拶文（全文英訳付）、もろもろの計画書（そのアウトラインの英訳付）、各省庁の官僚や各界のアカデミシャンならびに技術者や識者のレポート（そのアウトラインの英訳付）、鴻上康平プロジェクトリーダーと厚生労働省事務次官ならびに土屋隆行との新幹線内での通話の録音（ともに英語字幕付きで映像ファイル化したもの）などなどが濃縮して詰め込まれていた。デスクトップ上に置かれた小指の先ほどの小さなファイルは、巨象でさえもただちに倒れる毒を塗り固めた丸薬のようだった。

　そして、真行寺は実行した。

　B面最後の曲「カシミール」が終わると、深いしじまが降りて来た。ふいに訪れた静寂のなかに座っていると、真行寺の耳に彼らの声が聞こえはじめた。巨大な権力にかかわり、着々とプロジェクトを進める者たちが声を潜めて奸計《かんけい》をめぐらす声。その、威圧感のある、横柄で低い声は、真行寺をおびやかした。

　その声に心をざわつかせながらも、それでも表面上はなにごともなく、一週間を過ごした。一度、幸恵からメールがあり、今日は選挙管理委員会に補欠選の説明を受けに行ってきたと知らせてきた。幸恵は、Tシャツを着るかどうかはまだ迷っているわと付け加え、ふさぎがちな真行寺を笑わせてくれた。

　二週間が過ぎた。例の場所《サイト》に異変が起きた。まず海外のメディアがすぐ反応した。新大久保のマンションの殺人事件の現場検証に立ち会っていた時、喜安からスマホに着信があり、これから記事を書いて、デスクにあげますと言われた。その声は頻度を上げてより具体的に真行寺をさいなんだ。

　記事は海外ニュースの紹介という形で小さく出た。大スキャンダルという扱いではなかった。どこか随筆めいたその記事は、尾関一郎議員の死をさりげなく関連付けるようにして終わっていた。

『取りざたされている内容が正しいかどうかはまだわからない。ただ、本当だとしたら、これはまぎれもなく民主主義の否定である。スキャンダラスな死がまだ記憶に新しい尾関一郎元衆院議員には、倫理的に批難されるべきところはあった。しかし、このような手続き無視の政治に関しては厳しい態度で臨む、今となっては数少ない政治家であった。生きていればぜひ意見を聞いてみたいところである。と同時に、尾関一郎なき今の政界は沈黙を守っており、これはなんとも不可解だ』

大手のメディアはこの記事を黙殺した。そのまま消えるかと思ったが、ネットがざわつきだした。Twitter上でフリーのジャーナリストや評論家や社会科学のアカデミシャンがこの問題はもっと詳しく調査すべきではないかと注意を促し始めた。

さらに、政治の話題に敏感で野次馬根性も旺盛《おうせい》な匿名のネット市民が、尾関は国民総情報化計画に気がつき、これを告発しようとしてく、、、ノ一を放たれ殺されたのだ、そうネットに書き込み、多くのイイネをもらった。当人は、あえて下卑《げび》た冗談を放って異色な見解を披露したつもりだったのだろうが、実はほぼ真相を言い当てていたのだった。

さらに数日経ってもネット界ではこの話題は静かにくすぶり続け、細い煙を吐き、次第に茫漠と広がり、霧のようになって、ネット上の輿論《よろん》を覆い始めた。

そして、ある日の内閣官房長官の記者会見でのことだった。この日は冒頭発言がなにもなく、官房長官は演台の前に立つとすぐに、挙手している記者をひょいと指さして、どうぞと言った。

「首都新聞の喜安でございます。とあるインターネットサイトで告発されている、いわゆる国民総情報化計画について、官房長官の受け止めをお願いいたします」

まともなジャーナリズムと呼べない怪文書に対していちいち答える必要はないと考えている、と官房長官は一蹴した。

しかし、喜安は翌日も翌々日も同じような質問を繰り返し、ついには、

「尾関元議員が当計画について強く反対していて、そのためにのっぴきならない状況に追い込まれていたという説がネットには根強く存在します。これについても、官房長官の受け止めを確認させてください」

この発言をきっかけに、喜安は翌日から記者会見場に出入り禁止となった。

「あれはちょっとやりすぎだったなあ」

日比谷《ひびや》公園で落ち合った時、浜崎は残念そうに言った。

「しかし、政権側が、質問が気にくわないからといって、記者を出入り禁止にできるものなんですか」

噴水を背に浜崎と並んで立ちながら、真行寺が訊いた。

「それはできませんよ。だから、あくまでも記者を代えて欲しいと内々に言われて、うちがその要請に応えた形になっている。こんな要請はめったにあることじゃないからうちとして

も無視するのは難しいんですよ。しかし、喜安は頭もよくて鼻も利くし筆も達者だから幹部候補だったんだが、つまらんところでつまずいちゃったよなあ」

つまらんところなのか、と真行寺は思ったが、このあと喜安が名古屋の支局に左遷されたことを聞かされ、浜崎の無念にも感じるところがあった。

ところが、少しだけ後があった。官房長官の会見は首相官邸のサイトで公開されていて、閲覧した者が、国民総情報化計画や尾関の死についての質問がぴたりと止んだことを不思議に思ったのだろう、どこでどう調べたのかわからないが、喜安という記者が支局にとばされたことを嗅ぎつけ、尾関に続いて処分されたというストーリーをネット上に拡散させた。

もちろん官邸はこの物語を無視した。

政権が作る沈黙の中で真行寺は、あの声をより鮮明に聞くことになった。

「ちょっといい？」

週明けに出勤すると、待ちかねていたように水野が近付いてきて、「今日の予定は」と訊いてきた。

「これから新富町《しんとみちょう》の強盗傷害事件の鑑取りに行く予定です」

「行かないで、ここにいて」

水野はそう言い残すと刑事部屋を出て行った。

きたな、と思った。真行寺はスマホを取りだして、メモ帳を開いた。削除する前にコピペして貼り付けておいたあいつのメッセージを再び読んだ。

ウィキリークスってサイトはご存じですよね。日本のマスコミに持ち込めば即刻チクられちゃいそうな、そんなヤバいネタも公開できて、なおかつ投稿者の正体もバレない（ってことになってる？）いかしたサイトです。

実際これまで何度も、米軍やＣＩＡの機密文書を素《す》っ破抜《ぱぬ》いてます。でも、なんと言っても最高にクールだったのは、イラク戦争で、米軍ヘリが市民やジャーナリストを銃撃した映像の公開です。

担いでいたカメラを自動小銃に間違われたジャーナリストらがぼんやり立っているあたりで、突然、地面が逆毛立ったように土煙を上げたと思ったら、もう男たちは倒れていて、舞い上がり始めた粉塵《ふんじん》の中を這うように逃げ、着弾の列が大蛇のようにこれを追い、救護のために駆けつけるバン（子供ふたりが乗っている！）も、あれよあれよという間に蜂の巣にされる。この様子をウィキリークスは全世界の市民に目撃させたんです。

入手した文書、全部ここに投稿しちゃいませんか？

公開されれば、まず海外のメディアが声を上げてくれると思います。となれば、さすがに日本のマスコミだってずっとダンマリを決め込むことはできないのでは。

ただし、日本語のウィキリークスのサイトってのはないので、ドキュメントの概要は、テラスのテーブルでコーヒーがぶがぶ飲みながら、だーっと英訳しちゃいました。

録音した鴻上と厚生労働省事務次官、そして土屋隆行との通話の音声については、英語のサブタイトルが必要だなと気がついたので、映像ファイルにしちゃって画面に英字幕を入れました。せっかく映像ファイルにしたのだから、黒画面に文字が出るだけじゃ味気ないなと欲張って、鴻上と土屋のスチル写真も載っけました。こいつらが話すタイミングで鴻上と土屋の顔が切り替わる。まるで映画みたい。おっと、事務次官については、ネットに写真がなかったのと、またぞろ厚労省のシステムをハッキングするのも手間なので、テディベアで代用してます。


わかってますよ。なだめたり、煽ったりで一貫性まるでなしじゃないかって。でも、なぜ僕らは音楽を聴くのかってことを考えてみましょうよ。キング・クリムゾンにせよ、バッハにせよ、ソニー・ロリンズにせよ、バリ島のガムランにせよ、僕らが音楽を求めるのは、それは言葉以外の方法で世界に触れ合おうとしているからです。つまり、意味の外、情報の外へと旅立って、世界と魂を共振させようとしているんですよ。

世界が奏でる調べに、魂が震えなくなった時、それは感情をなくした時です。感情がなくなれば、音楽は消え、鳴っているのは音の情報にすぎなくなり、記号とノイズだけが残る。

ある音の列なりを聴いて、これは音楽だと思い、そして、音楽を聴きたいと思い続ける限り、感情を持った存在として、僕らは嫌なものは嫌だと踏みとどまろうとしてもいいんです。踏みとどまれるかどうかはわからないし、それが正しいかどうかもわからないけれど。

読み終えると、真行寺はこのページを削除した。

ウィキリークス側は、匿名性が保たれ、身元が割れることなくリークできる強固なセキュリティシステムがあると喧伝《けんでん》しているが、怪しいものだ。現に、米軍がイラクの民間人を殺傷する動画を公開して物議を醸した投稿者は、実は軍人だと身元がばれて、逮捕されている。スノーデンのように、海外のジャーナリストにリークするという手はあるかもしれない。政府が国民を盗聴しまくっていると暴露したこの元ＣＩＡ職員は、たしかブラジルのジャーナリストに協力を仰いで、香港からロシアへ亡命したんじゃなかったっけか。

ロシアか、と真行寺は考えた。ボルシチって何度か食ったことはあるが、あんまり好きになれなかったな。ウオッカなんてきつい酒も身体に悪そうだ。俺はやっぱり日本がいい。当たり前だが、日本語が通じるし、ラーメンだって中国よりよっぽどうまいにちがいない。

水野が戻ってきた。心なしか顔が蒼《あお》い。こちらに近づいてくると、低い声で、

「一緒に来てくれる」

真行寺はうなずいて、腰を上げ、上着を羽織った。

「監察ですか」

隣で水野がこくりとうなずいた。

「ヤバいんですか」

水野は答えなかった。ヤバいらしい。困ったぞと思った。

確かに、自由のブルースは歌いたい。けれど、職は失いたくない。毎月二十一日に給料をもらい、内緒話をするみたいに自由をつぶやく、それが俺の自由の限界だったはずだ。畜舎を出て荒野をほっつき歩くなんてカッコイイもんじゃない。そそくさと退庁して映画を見たり、部屋で好きな音楽を聴くことを自由と呼んでいただけだ。みっともない。カッコ悪い。しかし、人には分相応ってものがある。

だけど、やっちまった。

長い廊下を歩く真行寺の耳に、このひと月ばかり、彼を悩ませていたあのささやき声の断片がはっきり聞こえた。警察官僚、厚生労働技官、医療機関関係者、バイオテクノロジー関係者、政府高官のささやき声が混じり合った。

なんだ巡査長ってのは。

巡査長……。いちおう長とついていますが、巡査長は正式な階級じゃないと聞いた覚えがありますが。

仰る通りです。巡査長はしょせんは巡査です。

つまり、警察機構の一番下っ端ってことですね。我々の言葉で言えば平社員ですかね。

ええ。

五十三歳で、か。

さようです。

なぜだ。

詳しいことはわかりません。普通なら、よっぽどデキない馬鹿だと考えていいのでしょうが。

この事態を鑑みるとちがうようだな。

なんで、こんな下っ端に嗅ぎ回らせてるんだ。

申し訳ありません。

とにかく、なんとかしろ。つぶしてもいい。

そうだな。もう引き返すわけにはいかないからな。つぶせ——。

水野が立ち止まった。目の前に重そうな扉があった。真行寺の胸に、行き止まりの感覚がこみ上げ、思わず、

「つぶされてたまるか」と言った。

驚いたように水野がこちらを見た。

「俺は辞めません」

真行寺は言った。

水野はうなずいた。

そして、ノックした。

解説

北上次郎

榎本憲男は不思議な作家である。

最初に読んだのは、『エアー2・0』という作品だった。二〇一五年のことだ。榎本憲男が映画監督であることなど、その時点では知らなかった。初監督作品の「見えないほどの遠くの空を」を公開した二〇一一年に、同題の小説を書いて、小説家としてもデビューしたことも、すべて後日知ったことである。その『エアー2・0』の帯には「完璧な市場予測システムを描くネオサスペンス小説」とあり、私の好きなジャンルではないので、実は食指は動かなかった。だから、その長編を手に取って読み始めたのは偶然である。

なんとも不思議な小説だった。冒頭は、新国立競技場の工事現場。爆弾を仕掛けたテロリストの要求は、土曜に行われる東京競馬場の第11レースで、コウオンシッソウとバタイユニユウモンを一、二着にしろ、という不可解なもので、工事現場に出入りするノミ屋からその馬単（五百倍）を十万円買った老人に依頼されてその配当金を回収に行くのが本書の主人公中谷青年。ここから、とてつもなくヘンな話が始まっていく。物語がどこへ向かうのか、さっぱりわからないので、どんどんページをめくっていくことになるのだ。実に特異な才能といっていい。

正直に告白すると、この小説で描かれていることを、私が真に理解できたのかどうかは疑わしい。完璧な市場予測システムとは何なのかとか、どうして冒頭の挿話が必要なのかとか、わからないことが幾つもあるのは、私の理解力に絶対に問題がある。工事現場で中谷青年が会った老人がいったい何者であるのかも最後までわからなかったが、これはたぶん、そのポイントとなる箇所を私が読み落としているからだろう。ひどい読者だ。

にもかかわらず、この長編を一気読みしたのは、不思議なムードが全編を支配していて、市場予測とかそういうことに無知な読者をもぐいぐいと引きずり込む魅力に満ちていたからだ。平たく言えば、面白かったのである。福島の帰宅困難区域での経済実験がこの長編のテーマだが、中谷がマスコミの人間と会ったとき、「人を油断させるようないい笑顔」を見せるシーンに留意。こういう点景のうまさが小説の奥行きを作っていることは見逃せない。

脚本家や映画監督の小説には、周防正行《すおまさゆき》『シコふんじゃった』から、西川美和《にしかわみわ》『永い言い訳』まで、傑作が少なくない。近年でも、砂田麻美《すなだまみ》『一瞬の雲の切れ間に』、足立紳《あだちしん》『14の夜』など、うまさでは群を抜く小説が結構ある。榎本憲男も、そういう「ジャンル外から来た作家たち」の一人である。

『エアー2・0』を読んですぐに、小説第一作の『見えないほどの遠くの空を』を読んだことも書いておく。こちらはいわゆる普通の青春小説だ。大学の映画研究部で制作した映画はヒロインの交通事故で頓挫《とんざ》。その一年後にヒロインにそっくりの女性を見つけると、なんとヒロインの双子の妹で、彼女を起用すれば残されたショットの撮影も可能になり、映画も完成する。そこで昔のメンバーが急遽《きゅうきょ》集まるという話で、後半の展開は全然普通ではない。しかし『エアー2・0』のとぼけたような不思議さとは無縁なので、どちらがこの作家の本線なのか、二作だけでは判断できなかった。

そこに出てきたのが、本書『巡査長 真行寺弘道』なのである。前置きが長くてすみません。それにしても、捜査一課巡査長だと？ 最初にこの設定に驚いたことは正直に書いておく。『見えないほどの遠くの空を』と、『エアー2・0』のどちらが本線であっても、榎本憲男に警察小説を書くイメージはなかった。イヤだなあ、変わっちゃったのかなあ、と心配する向きもあるかもしれないが、しかしご安心。これはまぎれもなく、榎本憲男の小説だ。作品のトーンは、『見えないほどの遠くの空を』ではなく、『エアー2・0』に近い。『エアー2・0』に負けず劣らず、これもまた、ヘンな小説だ。誤解されると困るので急いで付け加えておくと、この場合、「ヘンな小説」というのは褒め言葉である。退屈な小説ではないぞ、という意味でもあったりする。

物語は、都心のホテルで亡くなった政治家の死を、主人公真行寺弘道が調べるかたちで進んでいく。政治家がホテルで会っていた女性を追い、送り込んだ組織を調べ、そういう地味な聞き込みを続けていくから一見、普通の警察小説のように思える。

にもかかわらず、「ヘンな小説」の雰囲気が濃厚なのは、そこに黒木という天才ハッカーが登場するからだ。真行寺が秋葉原で出会う男だが、「普通の警察小説」はこの黒木の登場で一変する。裁判所の命令がなくてもどんどん盗聴してしまうし、他人のパソコンにも平気で侵入する。それで真行寺の捜査を助けるのだ。ある種の相棒といっていい。この天才ハッカーを相棒にすることで、「普通の警察小説」の印象はがらりと一変してしまう。これこそが本書のキモだろう。

真行寺弘道は、リュックにスニーカーという姿で行動するから刑事らしくないが、それよりも何よりも、五十三歳であるのにいまだに巡査長で、しかも捜査一課にいるというのが不思議。いまだに巡査長であるのは出世を拒否しているからで（にもかかわらず捜査一課にいるのは、捜査力が群を抜いているからだ）、その理由はラスト近くで語られる。

このラストから導かれるのは、黒木という天才ハッカーが、すでに私たちは自由を失っていることを真行寺弘道に告げにきた使者であることだ。出世を拒否していれば自由でいられると真行寺は考えてきたが、そうではないことを黒木は教えてくれる。黒木は真行寺の甘さを撃ち抜く一本の矢なのである。

すなわち、通常の展開を取らず、本書が「ヘンな小説」であるのは、その道筋を示すためのものであり、けっして奇を衒《てら》っているわけではない。人物造形よく、細部よく、一気読み必至の、異色の警察小説をぜひ堪能されたい。

（きたがみ・じろう　文芸評論家）

この作品はフィクションで、実在する個人、団体等とは一切関係ありません。

本書は書き下ろしです。

中公文庫

巡《じゅん》査《さ》長《ちょう》 真行《しんぎょう》寺《じ》弘道《ひろみち》

2018年 3 月25日　初版発行
2019年12月10日　3 刷発行

著　者　榎《えの》本《もと》 憲《のり》男《お》

発行者　松 田 陽 三

発行所　中央公論新社
〒100-8152　東京都千代田区大手町 1-7-1
電話　販売 03-5299-1730　編集 03-5299-1890
URL http://www.chuko.co.jp/

DTP　柳田麻里
印　刷　三晃印刷
製　本　小泉製本

Published by CHUOKORON-SHINSHA, INC.
Printed in Japan　ISBN978-4-12-206553-6 C1193

各書目の下段の数字はISBNコードです。978－4－12が省略してあります。

中公文庫既刊より

え-21-2
ブルーロータス 巡査長 真行寺弘道　榎本憲男
真行寺弘道は、五十三歳で捜査一課ヒラ刑事という変わり種。インド人の変死体が発見され、インドを専門とする若き研究者・時任の協力で捜査を進めると……。
206634-2

え-21-3
ワルキューレ 巡査長 真行寺弘道　榎本憲男
元モデルだという十七歳の少女・麻倉瞳が誘拐された。真行寺刑事は、評論家デボラ・ヨハンソンの秘書を務める瞳の母に、早速聞き込みを始めたが――。
206723-3

え-21-4
エージェント 巡査長 真行寺弘道　榎本憲男
「令和」初の総選挙当日――。首相の経済政策を酷評し躍進する新党に批判的な男が、騒動を起こす。現場に居合わせた真行寺は騒ぎに巻き込まれるが……。
206796-7

こ-40-24
新装版 触 発 警視庁捜査一課・碓氷弘一1　今 野 敏
朝八時、霞ヶ関駅で爆弾テロが発生、死傷者三百名を超える大惨事に！ 内閣危機管理対策室は、捜査本部に一人の男を送り込んだ。「碓氷弘一」シリーズ第一弾、新装改版。
206254-2

と-25-32
ルーキー 刑事の挑戦・一之瀬拓真　堂場瞬一
千代田署刑事課に配属された新人・一之瀬。起きる事件は盗難ばかりというビジネス街で、初日から若い男性が被害者の殺人事件に直面する。書き下ろし。
205916-0

ひ-35-1
刑事たちの夏（上）　久間十義
大蔵官僚の墜落死を捜査する強行犯六係の松浦警部補は、他殺の証拠を手にした。しかし、大蔵省と取引した上層部により自殺と断定され、捜査は中止に……。
206344-0

ひ-35-2
刑事たちの夏（下）　久間十義
松浦は、北海道のリゾート開発に絡む不正融資事件を追う。鍵を握る、墜落死した官僚の残した「白鳥メモ」は、誰の手元にあるのか――。〈解説〉香山二三郎
206345-7